美しい悲劇

AGAINST THE RULES
by Linda Howard
Translation by Manako Irie

mira

AGAINST THE RULES

by Linda Howard

Published by K.K. HarperCollins Japan, 2023

美しい悲劇

ロイスとメイへ捧ぐ――
理由は言うまでもないわね。

おもな登場人物

キャサリン・アッシュ――ドナヒュー牧場のオーナー
ルール・ジャクソン――ドナヒュー牧場の牧場長
モニカ・ドナヒュー――キャサリンの義母
リッキー・ドナヒュー――キャサリンの義姉。モニカの娘
ローナ・イングラム――ドナヒュー家の料理人
ルイス・ストーヴァル――ルールの部下
ワンダ・ウォレス――キャサリンの高校時代の友人
グレン・レイシー――キャサリンの幼なじみ
ポール・ヴァーノン――キャサリンの亡父の友人
アイラ・モリス――ポールの知人。牧場経営者

1

キャサリンは疲れた様子で旅行バッグを足元に下ろし、空港内を見回した。見慣れた顔が目に入ってもいいはずだが。誰か見慣れた顔が。ヒューストン国際空港は、戦没将兵追悼記念日《メモリアル・デー》にかけての連休を楽しむ観光客で混雑している。乗り継ぎ便に急ぐ人々に前へ押され後ろへ押されたのち、キャサリンは旅行バッグを足で押してようやく最悪の状態を切り抜けた。飛行機が予定より早く着いたわけではないのに、なぜ誰も迎えに来ていないのだろう？　ほぼ三年ぶりで帰ってきたのだから、せめてモニカくらい来ていいはず……。

「キャット」

いらいらと考えているところへかすれた怒鳴り声がし、力強い手が両側からキャサリンの細いウエストを押さえた。と思うとくるりと後ろを向かされ、男らしい体に抱き寄せられた。驚いて見上げた目にちらりと映ったのは、何を考えているかわからない濃い茶色の目。その目はすぐに長く黒いまつ毛に隠れてしまった。とにかく、彼との距離が近すぎて居心地悪い。すると、唖然《あぜん》として開いた唇に彼の温かい口が触れた。二秒、三秒……キスは続く。しかも、しだいに熱を帯び、彼の舌が我が物顔にすべり込んできた。このままではいけない。ようやく我に返って抵抗しようとしたとたんに、彼は唇を離して後ろへ下がった。

「変なことしないでよ！」キャサリンはぴしりと言った。何人かの人が二人を見てにやにやしている。それに気づくと、青ざめた頬が熱くなった。

ルール・ジャクソンは形崩れした黒い帽子に親指をかけて後ろにずらし、黙って楽しそうにキャサリンを見つめた。彼女が手脚の長い十二歳の扱いにくい少女だった頃《ころ》にも、よくこんな目つきで見つめたものだ。「決して悪い感じじゃなかったと思うよ。お互いにね」

彼は南部なまりを響かせて言い、体をかがめてバッグを取り上げた。「荷物はこれだけ？」

「まだあるわ」キャサリンは彼をにらみつけた。

「そうだろうな」

ルールはきびすを返して手荷物受取所に向かい、キャサリンは彼のあとに続いた。彼の行為は腹に据えかねるが、憤慨しているのを彼に悟られてはならない。わたしは二十五歳。おどおどしてばかりいる十七歳の子供とは違うのだ。彼を怖がったりするものか。わたしは彼の雇い主であり、彼は牧場長にすぎない。全能の悪魔という彼のイメージは、幼稚なわたしの想像が創《つく》り出した産物だった。モニカとリッキーは、いまだに彼の魔法にかかっているのだろう。けれど、モニカはもうわたしの保護者ではないのだから、わたしに服従を強いることはできない。モニカはわざとルールを迎えに来させたのだろうか？　わたしが彼を嫌っているのを承知のうえで。顔には出さないものの、怒りがふつふつとわいてくる。

手荷物受取所には、キャサリンの名札がついたスーツケースしか残っていなかった。それを取り上げるルールの引き締まった体を無意識に眺めながら、キャサリンは胸を満たす激しい感情を抑えた。ルールに会うといつもこういう現象が起こる。自制心がなくなり、よほど頭にきたとき以外は決してしないようなことをしてしまう。ルールなんて大嫌い。ひそかに発した言葉が、ささやき声となって頭の中を流れていく。しかし、目は相変わらず彼の体の上を動いている。記憶にあるとおりの広い肩から、長く力強い脚へ……。

ルールはスーツケースを携えてキャサリンの前まで来ると、物問いたげに黒いまっすぐな眉を上げた。スーツケースは一つきりなのかと無言のうちに告げ、彼は不満げに言った。

「長くいるつもりはないらしいな」

「そのとおりよ」キャサリンは心の内を見せないよう、抑揚のない声で答えた。牧場に長居をしたことはない。十七歳のあの夏以来。

「そろそろ家に落ち着くことを考えるべきじゃないか」ルールは言った。

「そんな必要はないわ」

彼の濃い茶色の目が帽子のつばの下からキャサリンを見てきらりとした。だが、彼は何も言わない。そのまま向きを変え、人ごみを縫って歩き出したので、キャサリンも黙って彼のあとに続いた。ときとして、ルールとは心が通じないのではないかと思う。けれど、言葉などいらないと思うときもある。ルールという人物は理解できない。それでも彼のことはよく知っている。プライドが高く、非情で、機嫌が悪いときは手がつけられない。少女時代からずっとルール・ジャクソンは危険な男だと思ってきた。彼の支配下で育ったと言っていい。

ルールは空港を出て舗道を渡り、自家用機が止めてあるところへ向かった。脚の長い彼は苦もなくその距離を縮めていく。だが、キャサリンは彼のペースに慣れていないし、革ひもにつながれた犬のように小走りについていく気もしない。それゆえ彼を見失わないようにしながら、自分のペースで歩いていった。ようやくルールは白と青に塗られた双発型セスナ機のそばで足を止め、荷台の扉を開けてバッグを入れた。あとはもどかしそうに辺りを見回し、キャサリンを待っている。

「早く」キャサリンがまだ大分後ろにいるのを知り、彼は呼びかけた。

勝手にいらいらしていればいいわ。キャサリンは知らん顔をしていた。ルールは手を腰に当て、ブーツをはいた足を開いて立っている。その姿勢はいかにも横柄で彼らしい。キャサリンがそばまで行くと彼は一言も言わずにドアを開け、彼女のウエストに腕を回して軽々と抱き上げた。あっという間に機内に下ろされたキャサリンは副操縦士席に移り、ルールは操縦士席に収まってドアを閉めた。それから帽子を脱いで後ろの席に置き、すらりとした指で髪をかき上げてヘッドホンに手を伸ばした。彼を見つめるキャサリンの顔にはなんの感情も表れていない。しかし、脳裏には彼の濃い茶色の髪の感触が止めようもなくよみがえってくる。その髪が指先にからみつく様子も……。

ルールはちらりとキャサリンに視線を投げ、彼女が見つめていることに気づいた。キャサリンは後ろめたそうに目をそらすでもなく、そのまま彼を見返している。無表情な顔からは何も読み取られないとわかっているからだ。

「いい眺めだろう？」ヘッドホンを手からぶら下げ、ルールは低い声であざ笑うように言った。

「モニカはなぜあなたを迎えによこしたの？」キャサリンは彼の言葉を無視し、自分の質問をぶつけた。

「モニカがよこしたんじゃない。忘れたのか？　牧場を経営しているのはぼくだ。モニカじゃない」ルールはキャサリンに視線を注ぎ、彼女がかみつくのを待った。牧場経営者はわたしよ、あなたじゃないわ、とわめくだろう。けれど、キャサリンにも自分の感情を隠すくらいの知恵はあった。彼女は相変わらず無表情のまま、彼を正視したまま動かなかった。

「確かにそうね。だから忙しいでしょう？　わたしを迎えに来る時間はないだろうと思ったのよ」

「牧場に着く前にきみと話がしたかった。だから迎えに来たんだ。こんないいチャンスはない」

「それなら話をしてよ」

「まず離陸しよう」

キャサリンが小型機で飛ぶのは初めてではない。牧場主にとって飛行機は必要欠くべからざるものなので、生まれてからずっと飛行機に乗っている。彼女は座席の背に体を預け、シカゴからの長いフライトで硬くなった体を伸ばした。離着陸する大型ジェットが甲高い音をたてているが、ルールは気にもならないらしい。平然として管制塔と連絡をとり、あいている滑走路に小型機を進めた。離陸にはいくらも時間がかからなかった。二分後には上空を西に向かって飛んでいた。南側に見えるヒューストンは、春の熱気に霞《かす》んでいる。眼下の大地は青々とした若草におおわれ、キャサリンはその景色に見入った。ここを訪れたときは、いつも帰りたくなくなる。その気持を抑えて立ち去るたびに、何かとても重要なものを失ったような気がする。それほどこの土地も牧場も愛してきた。しかし、己に鞭《むち》打ってここを離れたからこそ、今まで生きてこられたのだ。

「さあ、話して」記憶を閉じ込めようとして、キャサリンはぽつりと言った。

「今回はずっといてもらいたいんだ」ルールの言葉は、みぞおちを突くような衝撃をキャサリンに与えた。

ずっといる？　そんなこと不可能よ。よりにもよって、あなたにそれがわからないとは驚きだわ。キャサリンは横目を使ってすばやく彼を盗み見た。彼は顔をしかめ、地平線をにらんでいる。そのきりりとした横顔に目が吸い寄せられたが、彼女は強いて再び前方に視線を向けた。

「何か言うことはないのか？」ルールがたずねた。

「ずっといるわけにはいかないわ」

「それだけ？　なぜか、ともきかないんだな」

「わたしが喜ぶような理由があるの？」

「いや」ルールは肩をすくめた。「だけど、避けて通れる事情ではない」

「それじゃ、話して」

「リッキーがまた帰ってきている。酒びたりだ。やめられないんだよ。非常識なことをして、人の噂《うわさ》になっている」

「彼女は大人よ。わたしの言うことなんか聞かないわ」キャサリンは冷ややかに言った。だが、リッキーがドナヒューの名前を汚していると思うと、腹が立ってならない。

「きみなら、言うことを聞かせられると思うよ。モニカにはそれができない。彼女には母性というものがないんだ。ご存じのとおり。それに比べて、きみはこの前の誕生日以来、牧場のオーナーになった。だから、リッキーはきみに頼らざるを得ない」ルールは振り向き、鋭い目でキャサリンをシートに釘《くぎ》づけにした。「きみがリッキーをよく思っていないのはわかっている。だが、なんといっても彼女はきみの義理の姉さんだ。それに、今はまたドナヒューの名前を名乗っている」

「また？」キャサリンは不愉快そうに言った。「二回も離婚してるのに、どうしていちいち名前を変えるの？」ルールの言うとおり、リッキーは好きになれない。親愛の情を抱いたことはかつてなかった。二歳年上の義姉は、タスマニアの野獣にも似た激しい気性を備えている。キャサリンはからかうような目で彼を一瞥《いちべつ》した。「さっきはあなたが牧場を経営してるって言ったんじゃない？」

「言ったよ」彼が不気味なほど静かな声で答えたので、キャサリンはぞっとした。「だけど、牧場を所有しているわけじゃない。牧場はきみの家だ、キャット。いい加減にその事実を受け入れるほうがいいんじゃないか？」

「お説教はやめて、ルール。今のわたしの家はシカゴに――」

「きみの夫はもう生きていないんだぞ」彼は容赦なくキャサリンの話をさえぎった。「あそこには何もない。きみだってわかっているはずだ。何があるっていうんだ？　からっぽのアパートメントと退屈な仕事か？」

「あら、仕事は面白いわ。でも、働く必要はないのよ」

「そんなことはない。仕事は必要だ。誰もいないアパートメントで何もせずに暮らしていたら、きっと頭がおかしくなる。働かなくていいと言うからには、亭主が多少の金を遺《のこ》してくれたんだな。だが、五年もたてばその金はなくなってしまう。きみのアパートメントを維持するために、牧場の金を使わせるわけにはいかない」

「あれはわたしの牧場よ！」キャサリンは無愛想に言った。

「お父さんの牧場でもあった。お父さんは牧場がとても大切だったんだ。だから、きみに勝手なことはさせられない」

キャサリンは頭をのけぞらせた。かっとしてはいけない。今のは汚い手であり、彼はそれを承知している。

ルールはちらりと彼女に視線を投げ、話を続けた。「リッキーの状態は悪くなっていく。彼女の面倒をみながら仕事をするのはとても無理だ。だから、きみの手を借りたい。立場上、きみが解決してくれるのがいちばんいいんだ」

「だめよ。ここにはいられないわ」しかし、今度はあいまいな気持が声に表れている。

リッキーは好きになれないが、嫌いでもない。頭痛の種ではあっても、若い頃は普通のティーンエージャーのように二人でよくふざけ合った。それに、ルールも言っていたとおり、リッキーはドナヒューを名乗っている。キャサリンの父がモニカと結婚したとき、それを彼女の名前と決めたのだ。法的には違ったけれど。

「休暇願いを出してみるわ」我知らず言ってしまい、キャサリンは遅ればせながら言い足した。「でも、このまま牧場にいるわけじゃないわよ。大都市の生活に慣れてしまったから、いつまでもここにはいられない。都会には、牧場では得られない楽しみがあるのよ」

ここまでの話に嘘《うそ》はない。大都会の絶え間ない活動を大いに楽しんでいる。けれど本当は、牧場で平和な生活を送れるのなら、ためらいもなく都会の楽しみをあきらめるだろう。

「きみは牧場に愛着を持っていたじゃないか」

「昔はね」

ルールが何も言わなかったので、キャサリンは間もなくシートに頭を預けて目を閉じた。ルールの操縦の腕には絶対的信頼をおいている。彼を信頼するなんて癪《しゃく》にさわるが、そうするしかない。彼を信用して命を預けよう。ただし、それだけだ。

目を閉じていても、ルールが隣にいるのをはっきり感じる。彼の体から発散する熱で、やけどしそうなほどに。そのうえ酔うような男のにおいが鼻をくすぐり、彼の規則正しい息づかいが聞こえる。彼が動くたびに全身の神経がぴりぴりするのも否めない。これではだめだ。救いがない。わたしはどうしてもあの日を忘れられないのだろうか？　ルールは存在するだけでわたしを支配し、終生わたしの人生に暗い影を投げかけるのか？　結婚してからでさえ彼の面影がつきまとい、夫に嘘をつかざるを得なかった。

キャサリンはいつの間にかうとうとしていた。その半ば目覚め半ば眠った世界で、かつてのルール・ジャクソンがありありとよみがえった。彼のことは、物心ついたときから知っている。彼の父親は隣人であり、キャサリンの父と同じ牧場主だった。牧場は小さいが豊かな土地を備え、ルールは馬に乗れる年になると父親とともに牧場で働き出した。だが、彼はキャサリンより十一歳年上である。そのため実際は少年だったのに、大人の男性のように見えた。

子供であっても、キャサリンはルール・ジャクソンという名にスキャンダルがからんでいるのを知っていた。彼は〝ジャクソンのどら息子〟として知られ、年上の女の子たちが彼の話をするときはくすくす笑いが聞こえた。しかし、ルールはほんの少年であり、隣人であり、キャサリンは彼が好きだった。顔を合わせても、彼はいつもキャサリンにあまり注意を払わない。だが、話しかけるとなるとやさしくて、恥ずかしがらないようにしてくれる。動物の子供を扱うのがうまく、人間の子供と付き合うのも上手だった。動物を相手にするほうが合っていると言う人もおり、理由はなんであれ馬と犬の扱いについては並外れた才覚があった。

キャサリンの生活が大きく変わったのは八歳のときである。それはまたルールにとっても一つの節目だった。母が他界してキャサリンがショックを受け落ち込んでいた年、ルールは軍に徴兵されたのだ。サイゴンで飛行機を降りたとき、彼は十九歳だった。そして三年後に帰国したときは、すっかり変わっていた。

ウォード・ドナヒューは、そのときすでにニュー・オーリンズ出身の黒髪の美人と再婚していた。最初から、キャサリンはモニカがあまり好きになれなかった。その感情を抑え、ベストを尽くしてモニカと仲よくし、難しい休戦状態に持ち込んだのは、もっぱら父のためだった。二人とも、相手の気持を逆なでしないように気をつけた。モニカがいわゆる意地悪な継母《ままはは》だったわけではない。ただ、母親らしい女性ではなかったというだけだ。実の娘であるリッキーに対してさえ。モニカは華やかな明かりやダンスを好み、重労働がつきものの牧場の生活には最初からなじめなかった。けれど、ウォードのために努力だけはした。その点はキャサリンも疑っていない。モニカは父を愛していた。それゆえ、キャサリンとモニカは大の仲よしではなくても、互いに譲り合っていい関係を保ってきたのだ。

ルールの半生はそれ以上に波瀾《はらん》万丈だった。ベトナムから生きて帰ってきたものの、肉体が戻ってきただけとしか思えないときがあった。笑みをたたえていた濃い茶色の目はもう笑わない。じっと見つめて考え込んでいるだけだ。体に受けた傷はすでに癒《い》えているが、心の傷は彼を変えてしまった。彼は心の傷について何も語らなかった。そもそもほとんど話をしなかった。自分の殻に閉じこもり、無情で無表情な目で周囲の人を見ていた。そのため、すぐにのけ者にされた。

彼は浴びるほど酒を飲んだ。一人腰を据えて絶え間なくアルコールに溺《おぼ》れていた。そういうときの彼の顔は、排他的で冷たい。当然ながら、彼は以前よりさらに女性を惹《ひ》きつけた。彼の周囲には見えないマントさながらにオーラが漂い、それに抗《あらが》えない女性もいた。魔法を使って彼を慰め、癒《いや》し、悪夢から連れ出したい。彼女たちはそういう女性になることを夢見た。

　ルールは次から次へとスキャンダルに巻き込まれた。父親にも勘当され、雇ってくれる人もなかった。牧場主や商人は結束して彼を寄せつけまいとした。それなのに彼はなんとかして金を都合し、ウィスキーを飲む。ときには何日も行方をくらまし、どこかでのたれ死にしたのではないかと皆は推測する。しかし、〝いやなやつは必ずまた現れる〟のことわざどおり、彼はいつもまた姿を現した。いくらかやせ、憔悴《しょうすい》してはいるものの、目の前にいることには変わりなかった。

　彼はあまりにも多くの女性と浮き名を流し、あまりにも多くの男性を怒鳴りつけた。となれば、彼への敵愾心《てきがいしん》は必然的に暴力行為にエスカレートする。ある日、ウォード・ドナヒューは町外れで排水溝に倒れ込んでいるルールを目にした。彼は、一団の男たちになぐりつけられたのである。彼らはそれがルールにふさわしい罰だという結論に達したのだ。ルールはひどくやせており、骨の形が皮膚を通してはっきりわかるほどだった。何も言わず、厳しい顔をして横たわっていた。だが、立ち上がることさえできないのに、彼の黒っぽい目は反抗的な光を浮かべて救済者を見上げた。ウォードは黙って子供のように彼を抱き上げ、ピックアップ・トラックに乗せて牧場へ連れ帰った。手当てを受けて一週間後、ルールは痛みをこらえて馬に乗り、ウォードとともに牧場を回るようになった。柵《さく》の見回りをして壊れたところを直し、群れから外れた牛を駆り集めるなど日常業務を手伝った。最初の数日は痛みが激しく、動くたびに全身汗びっしょりになったが、決然として仕事を続けた。

酒を断ち、まともな食事をとるようになり、力がついて体重も増えた。それは食事のせいでもあり、日々の激しい労働のせいでもあった。何があったかを口にすることはなかった。ほかの従業員たちは必要がなければ仕事中ルールと会話しないし、彼は最高に機嫌のいいときでも人と話をしない。彼はただ働き、食べ、眠り、ウォード・ドナヒューが頼んだことは命に代えてもやり遂げた。

二人の間に愛着と信頼があったのは間違いない。前牧場長が転職してオクラホマに移ったあと、ルールがその後釜《あとがま》に座っても誰も驚かなかった。ウォードは聞く耳を持つ人誰にでも言ったが、確かにルールには馬や牛を扱う天賦の才があった。ウォードは彼を信用していたし、ルールが牧場長になった頃には従業員たちも彼と仕事をするのに慣れて、なんら抵抗もなくこの新牧場長を受け入れた。

ウォードが重度の発作に見舞われて帰らぬ人となったのは、それから間もない頃だった。キャサリンとリッキーが学校にいる時間にルールが教室へやってきたときの驚きをキャサリンは今もよく覚えている。彼はキャサリンを教室の外へ連れ出して父の死を告げ、彼女が悲嘆の涙にかきくれると、やせてごつごつした手で豊かなマホガニー色の髪をなでつけてくれた。わずかながらルールを恐れていたキャサリンだが、このときは彼にしがみついた。彼は強くて頼りになる。それゆえ本能的に彼に慰めを求めたのである。父が信頼をおいていたルールに、どうして不信感を抱けよう？

信頼していてもどこかに疑惑があったため、ルールが牧場主のように振る舞い出したときには倍も裏切られた気がした。父に取って代われる人はいない、ルールなど取って代わろうとするだけでも図々《ずうずう》しい、と思った。しかし、彼は以前にも増して牧場主の家で食事するようになり、最後には完全に居を移して片隅にある客用寝室に腰を落ち着けてしまった。この部屋からは馬小屋と牧場労働者が泊まる施設が見渡せる。モニカが毅然《きぜん》とした態度をとらないのにはとりわけ腹が立った。牧場に関して、彼女はなんでもルールのしたいようにさせてしまった。無意識に身近な男性に寄りかかるタイプだし、仕事となれば明らかにルールと肩を並べるだけの力はない。振り返ってみれば、モニカは牧場のこととなるとすっかり途方に暮れていた。けれど、彼女とリッキーはほかに身を寄せる家がないため、この生活になじめなくても逃れられなかったのだ。意志が強くて危険なルールのような男性の手綱を取ることはとうていできなかった。

ルールの乗っ取り劇に、キャサリンは激しい憤りを感じていた。ウォードは文字どおり彼をどぶから引き上げて立ち上がらせ、自分の足で立てるようになるまで支えてやった。

それに対し、我が物顔で牧場に移ってきて乗っ取るとはひどいではないか。

牧場はキャサリンのものになり、モニカが法的後見人に指名されるのが正当な成り行きだった。しかし、キャサリンは牧場経営になんの意見も持っていなかった。従業員たちは例外なくルールに従った。キャサリンにできることがあってもである。事実、彼女は多くを成し遂げようとつとめた。父を失ったショックで恥じらいを忘れ、無知で若く反抗的なルールと事あるごとに牧場を争った。この頃のリッキーは、進んで共犯者になってくれた。彼女は規則破りの常習犯で、規則があればなんでも破りたがった。だが、キャサリンが何をしようと、ルールは蚊が止まった程度にしか思わないようだった。さっと手で一払いすれば片づいてしまう。

ルールが馬の繁殖に手を広げると決めたとき、モニカはキャサリンの猛反対をよそに資金を用意した。話し合いもせず、二人の娘の大学進学資金として取っておいた金を使ってしまったのだ。なんであろうと、ルールはほしいものがあれば手に入れる。ドナヒュー牧場もしばらくは意のままに動かした。キャサリンは夜ベッドに横たわり、成年に達する日に思いを馳《は》せたものだ。その日を迎えるのが待ちきれなかった。ルール・ジャクソンを首にするときに言う言葉も、しっかり胸にしまってあった。

しかし、事はそう簡単には運ばなかった。ルールはキャサリンの私生活にまで口を出すようになった。十五歳のとき、キャサリンは十八歳の男の子からダンスに誘われ、行くと答えた。ところがそれを知ったルールは彼を呼び出し、キャサリンはまだデートする年ではないとこっそり告げたのだ。ルールが何をしたかわかったとき、キャサリンはかっとして前後の見境がつかなくなり、向こう見ずな行動に出た。力いっぱい彼の顔に平手打ちを食わせたのである。あまり力を入れたので、腕がしびれたほどだった。

ルールは何も言わなかった。ただ怒った目つきで見ていたが、やがて蛇のようにすばやく腕を伸ばし、キャサリンの腕をつかんでかつぎ上げた。キャサリンは立て続けに蹴《け》ったり引っかいたり叫んだりしたが、なんの効き目もなかった。彼はいともたやすくキャサリンを運んでいく。力で彼に遠く及ばないキャサリンは子供のように何もできなかった。キャサリンの部屋に着くと、ルールは彼女のジーンズを引き下ろしてベッドに腰かけ、彼女を膝の上に抱きかかえてぴしぴしと尻を叩《たた》いた。十五歳のキャサリンはちょうど少女から丸みを帯びた女性の体型になり始めたところだったので、彼の硬いてのひらで叩かれる痛みより恥ずかしさに苦痛を覚えた。彼が手を放すともぞもぞと立ち上がり、怒りに顔をゆがめて服を整えた。

「きみは大人の女性として扱ってもらいたいんだろう」ルールの声は低く、抑揚がなかった。「だけど、実際は子供でしかない。だから、ぼくは子供扱いした。自分の行動に責任を持てる年になるまで、ぼくに無理な要求をするな」

キャサリンはくるりときびすを返して階段を駆け下り、モニカのもとへ駆けつけて大声で訴えた。ルールを首にして。今すぐに。頬はまだ涙でぬれていた。

モニカは笑ってきびきびと言った。「ばかなことを言うんじゃないの、キャサリン。ルールがいてくれなかったら、わたしたち困るじゃないの。というか……わたしは困るわ」

背後でルールの低い笑い声がする。続いて彼の手がキャサリンのマホガニー色の髪をなでた。「落ち着けよ。短気だな、きみは。ぼくを厄介払いしようったって、そう簡単にはいかない」

キャサリンは頭を大きく動かして彼の手から逃れた。しかし、ルールが言ったことに間違いはない。彼を厄介払いすることはできなかった。ウォード・ドナヒューに拾われて五年がたっても、彼は相変わらず牧場にいた。出ていったのはキャサリンのほうだった。このままでは、彼にすがりついて生きる愚か者になり下がってしまう。彼がいとも簡単に操る馬より、もっと意志を持たない人間に。そうなることに恐怖感を覚え、自分自身の家から逃げ出したのだ。

「眠ってるのか？」ルールがたずねたので、キャサリンは現実に引き戻されて目を開けた。

「いいえ」

「それなら話をしてくれてもいいじゃないか」彼は詰め寄った。見なくても、キャサリンには彼の官能的な口の動きがわかる。ルールに関することは、何一つ忘れていない。ゆっくりした話し方から、わずかにハスキーな声まで。彼の声は、声帯を使わないせいで錆《さび》ついたように聞こえる。彼はすばやくキャサリンに視線を投げた。「ご主人の話を聞かせてくれよ」

キャサリンは驚いて目を丸くした。「デヴィッドには何度か会ったじゃないの。あの人の何を知りたいの？」

「知りたいことはたくさんある」ルールは当然のようにつぶやいた。「たとえば、結婚したときにバージンじゃなかったのはどうしてだ、って彼はきかなかった？」

まあ、失礼な！　何を言うの！　キャサリンは口まで出かかった言葉をのみ込んだ。ルールが返事に困るような言葉があるだろうか？　あなたには関係ないわ、と言ったら？　ほかの男性はともかく、ぼくは大いに関係がある、と答えるに決まっている。初体験の相手は彼なのだから。

キャサリンはルールを見ないようにした。だが、大きくて誘惑に弱い目は、意思に反して彼のほうを見てしまう。「そんなことはきかなかったわ」ようやくキャサリンは静かな声で言った。ルールの横顔が空の青さにくっきりと映え、あの夏が苦しくも生き生きとよみがえって胸が痛む。灼熱《しゃくねつ》の太陽と黄金色に燃える空を背に、おおいかぶさってきたルール。彫刻のような輪郭を描く彼の体。そのときの気持を思い出し、知らぬ間に体がこわばる。キャサリンは急いで彼から目をそらした。胸の痛みは、生々しく目に表れる。それをルールに見られてはいけない。

「ぼくだったらきくけどな」彼はあおった。

「デヴィッドは紳士ですもの」キャサリンの言い方には明らかに非難がこもっている。

「ぼくは紳士じゃないっていう意味か?」

「答えはわたしに負けず劣らずよくわかってるはずよ。そう。あなたはどう見ても紳士じゃないわ」

「きみには紳士的にやさしくしたつもりだよ」ルールの目がゆっくり、味わうようにキャサリンの胸のふくらみや、ヒップと腿の曲線を見回している。再び彼女の体に熱い緊張が走った。気をつけなくては。わたしはまだこの人に無関心でいられない。以前からずっとそうだった。それを思うと苦いものが胸に広がる。

「そういう話はしたくないわ!」言葉が飛び出したとたんに、言わなければよかったと思った。このうろたえた声は、長い年月を経ているのにあの出来事にいまだ無頓着《むとんじやく》になれないことを表している。正常な思考力がある人にははっきりそれがわかるはずだ。ましてルールは思考力も直感力も人一倍すぐれている。彼の返事はそれを示していた。

「いつまでも逃げているわけにはいかないよ。きみはもう子供じゃない。一人前の女性なんだ、キャット」

そんなことわかってるわ! あなたがわたしを女にしたのよ。十七のときに。あれからルールの面影がつきまとい、夫との間にまで入り込んできた。デヴィッドの愛の行為に応《こた》えてはいても、すべて不実の行いのように感じていた。彼にこの身を捧《ささ》げながら、ほかの人を思っていたのだ。けれど、デヴィッドにはそれを隠した。真実を察知されるくらいなら、死んだほうがいい。ルールにも事実を言えなかった。彼にとってはほんの一時の戯れにすぎない行為が、どんなにわたしの人生を左右したかしれないとは。

「わたしは逃げたんじゃないわよ」キャサリンは言い返した。「大学へ行ったの。逃げたのとは全然違うわ」

「それで、休暇でもできる限り帰ってこないようにした」ルールは無情にも嫌味を込めて言った。「ぼくがきみの顔を見れば手を出すとでも思ったのか？　きみが若いのはわかっていた。とにかく、あんなことをするつもりはなかったし、二度と危ない状況を作ってはいけないと思っていた。きみが大人になって、それがどういうことなのかもっとよくわかるまではね」

「セックスが何かということ？　そのくらい知ってたわ」本当のところ、あのときは現実の体験にまったくついていけなかった。でも、ルールにそれを悟られたくない。とはいえ、ごまかそうとしてもむだだった。

「それが何かは知っていたけど、どういうものかは知らなかった」彼の言葉はむごくもまさにそのとおりで、反論の余地がない。キャサリンが黙ってしまうと、一呼吸おいて彼が言った。「きみはまだ心の準備ができていなかったんだ。そうだろう？」

眠っているふりをしたくて、キャサリンはそわそわと息を吸い込んだ。ルールは純血種の種馬に似ている。はみをくわえたら、もう何をしても止められない。「そうよ」彼女は渋りがちに答えた。「特にあなたなんかと」

への字に曲げたルールの口元に、非情な笑みが浮かんだ。「ぼくは無理強いしなかった。ぼくのしたいようにしたら、お上品なきみは怖がっただろうよ」

みぞおちを突かれたような衝撃を受け、キャサリンは彼に食ってかかった。むだだとわかってはいるが、自分と同じくらい彼を傷つけたい。「あなたなんかお呼びじゃなかったわ！　ちっとも——」

「お呼びだったとも」ルールが話を横取りした。「きみはかっとしてぼくに突っかかってきた。だけど、あれはきみの意思だ。衝突したいから向かってきたんだよ。その証拠に、ぼくから逃げようとはしなかった。ぼくをたきつけ、なんとかして傷つけようとした。そのうち癇癪《かんしゃく》が欲情に変わって、蔓《つる》みたいにぼくに巻きついてきた」

その場面を思い出し、キャサリンはたじろいだ。「やめて！　そんな話したくないわ」

不意にルールはむっとした。利口な人はちゃんと心得ていて、彼をこの状態に追い込まないようにする。「それは悪かったな」彼は凄《すご》みのある声で言い、制御装置を自動操縦に切り替えてキャサリンに手を伸ばした。

キャサリンは本能的に彼の手をかわそうとしたが、そううまくはいかない。ルールはあっさり彼女の手を払いのけ、二の腕をしっかりつかんで座席から引っ張り出した。キャサリンは彼の膝に横たわってしまい動きがとれない。忘れもしない、熱く引き締まった彼の口が唇に触れた。彼の味はとても身近で違和感がなく、離れていたとは思えない。きゃしゃな手でこぶしを固めて彼の肩をなぐったが、効果はなかった。抵抗してみても何も変わらない。何一つ。官能的な刺激に心臓が早鐘を打ち、息切れがして全身が震える。ルールがほしい。こんなに彼がほしいなんて、まったく腹が立つ。わたしの中には得体の知れない化学物質があって、彼に反応してしまうのだ。ルールは少しもわたしのためにならないとわかっていても、花が太陽を求めるように、身もだえしてルールを求める。

彼の舌が静かに口の中にすべり込むと、手はなぐるのをやめて彼の肩をつかんだ。てのひらに硬い筋肉の感触が伝わってうれしい。彼の味と感触とにおいは大きな喜びを織りなし、その喜びがしだいに胸を満たす。わずかにざらざらした彼の頬が頬をなで、舌と舌がからみ合って暑い夏の日を生き生きとよみがえらせる。あのとき、二人の間には体を隔てる衣服とてなかった。

ルールの怒りはいつしか消え、代わって目に情欲が燃えている。彼はわずかに口を離して問い詰めた。「この味を忘れていた？」

キャサリンは手を上にすべらせ、彼の頭を後ろから押さえて自分の口に引き寄せた。ほんの少しでも、彼と離れていられない。だが、ルールはそれに逆らったので、キャサリンの指に彼のつややかな髪が巻きついた。「ルール」彼女の低い声はかすれている。「忘れてたのか？」ルールは繰り返し、キャサリンが彼の唇を求めて口を近づけると後ろへのけぞった。

返事をする必要はない。どうせ彼にはわかっている。わからないはずがないではないか。ちょっとさわられただけで、キャサリンはとろけてしまうのだから。「忘れたことは一度もないわ」口からすべり出したささやきは、どこにも届かず消えていった。ルールの唇に口をふさがれ、またしても甘くさわやかな彼の味に酔いしれたからだ。

彼の長い指が胸のふくらみを包み、それからもどかしげに下方へすべった。その動きを感じ取ってもなんら意外に思わない。薄いシルクでできた袖《そで》なしの夏服は、彼の手のぬくもりをさえぎることなく肌に伝える。その手は熱い軌跡を描き、体をすべり下りていく。やがて膝で止まったと思うとゆっくり腿をなで上げ、同時にスカートをたくし上げた。キャサリンの長い脚が現れる。だがルールは突然手を止め、意志の力を振り絞って彼女の脚から手を離した。「ここは濡《ぬ》れ場を演じる場所じゃない」彼はかすれ声でささやき、唇をキャサリンの耳に移した。「よく事故が起こらなかったな。奇跡だよ。あとは家へ帰るまで待とう」

キャサリンは目を上げた。今までまつ毛に隠れていた目はショックに霞み、眠そうにさえ見えた。

ルールはもう一度荒々しくキスをし、彼女を抱き上げて座席に座らせた。ルールの呼吸はまだ乱れている。それでも飛行機の現在位置を確認し、額の汗をぬぐってキャサリンを振り返った。「これでぼくたちの立場がはっきりした」彼の声にはいやに満足げな響きがあった。

キャサリンは背筋を伸ばし、眼下に広がる牧場に目を馳せてひそかに自分を叱《しか》りつけた。ばかね！　ひどい大ばかだわ！　ルールの持っている武器がどんなに強力か、教えてあげたようなものじゃないの。彼がためらいもなくその武器を使うのは、疑う余地もない。彼はわたしを求めていた。それなのに、わたしよりもはるかに落ち着き払っている。そんな不公平なことがあっていいのだろうか？　でも、彼は単純にわたしをほしがっているにすぎない。わたしと違ってそれに付随する感情がないのだから、心が乱れないのは当然だろう。一方、わたしは彼の声を聞くだけで激しい感情の嵐《あらし》に巻き込まれてしまう。その感情を整理することも、理解することもできない。ルールはわたしの人生の危機や大きな出来事に深くかかわっており、わたしの一部になりきっている。彼を首にできないのも、わたしの生活から追い出せないのもそのせいだ。彼は硬く引き締まった体と異性を知り尽くした手を使い、自分の女たちを意のままに操っている。

わたしは彼の女の一人にはならないわ！　キャサリンは手を握り締め、固く己の心に誓った。ルールは道徳心を欠き、恥を知らない。あれほど父の恩恵を受けたのに、彼の亡骸《なきがら》が墓に納まるや牧場主の地位を奪ってしまった。いや、それだけでは足りないらしい。牧場とウォードの娘まで我が物にしなくては気がすまないのだ。ここに長居をしてはいけない。休みが終わったら、すぐにシカゴへ戻ろう。リッキーの問題は、しょせんわたしには関係ない。ルールが牧場に不満なら、別の仕事をさがせばいい。

飛行機は今大きな二階建て木造家屋の上を旋回し、着陸の合図を送っている。間もなくルールは機をぐっと左に傾け、小規模な滑走路に向かった。こんなに早く着くものだろうか？　だが時計を見ると、思ったよりはるかに長い時間が過ぎていた。どれだけルールの腕に包まれていたのだろう？　物思いにふけっていたのはどのくらいの間だったのか？　ルールと一緒にいるときは、彼以外のものがすべておぼろに霞んでしまう。

ルールが悠然と静かに小型機を着陸させると、埃《ほこり》をかぶった赤いピックアップ・トラックがバウンドしながらやってきた。二人を迎えに来たのだ。機体は実に軽く着地し、ほとんど振動が伝わってこなかった。操縦桿《かん》を握っているときも、荒馬を乗りこなすときも、気まぐれな女性をなだめるときも、ルールの手は大いなる能力を発揮する。キャサリンはいつしか彼の力強い小麦色の手を見つめていた。かつてはわたしの体をまさぐった手。あの日の記憶は薄れていない。でも、思い出さないようにしよう。

2

家の正面には端から端まで伸びるポーチがあり、階段が三段ついている。その階段を上がってポーチに立ったキャサリンは、モニカが出てこないので驚いた。リッキーの姿もない。でも、リッキーが出てくるとはもとより思っていなかった。それに対し、モニカはいつも迎えに出たし、デヴィッドが一緒に来た頃《ころ》は大げさな愛情表現をしてみせたものだ。網戸を開けて中に入ると、ひんやりした空気と薄明かりが体を包んだ。ルールは荷物を持ってすぐ後ろに立っている。

「モニカは?」キャサリンはたずねた。

「知るものか」ルールは不機嫌に答え、階段に向かって歩いていく。キャサリンもあとに続いた。しだいにいらいらしてくる。彼はキャサリンが以前使っていた寝室に入り、ベッドの脇《わき》に荷物を置いた。キャサリンはここに至ってようやく彼に追いつき、厳しい口調で詰め寄った。

「それ、どういう意味?」

ルールは肩をすくめた。「モニカの行き先は、最近とても広範囲にわたっているんだ。とにかく牧場に関心があるとは言えない。だが、彼女が何に楽しみを求めようと、それをとがめるわけにはいかないよ」彼はそう言って、寝室を出ていった。

「あなたはこれからどこへ行くの？」キャサリンはあとを追い、鋭く問いかけた。

ルールは振り返り、さもいらだちをこらえていると言いたげな顔をした。「ぼくには仕事があるんだよ。きみは何をするつもりだったんだ？」彼の視線が寝室のドアに移って、またキャサリンに戻った。キャサリンはぐっと歯を食いしばった。

「わたしはモニカに会えると思ってたわ」

「彼女は暗くなる前に帰ってくるよ。ステーション・ワゴンがないところを見ると、あれに乗っていったんだろう。夜運転するのはいやだと言っているから、きっと日暮れまでに帰ってくる。事故にさえ遭わなければ」

「ずいぶん思いやりのある言い方ね」キャサリンは皮肉を浴びせた。

「思いやらなくてはいけないのか？　ぼくは牧場主だ。彼女のお目付役じゃない」

「違うわ。あなたは牧場長よ」

一瞬彼の目に怒りが燃えたが、ルールはすぐにそれを消し止めた。「そのとおり。牧場長であるからには、仕事をしなくてはならない。ここでふくれっ面をしているか、着替えをしてぼくと一緒に来るか、どっちにする？　この前きみが来たときに比べると、牧場はずいぶん変わった。興味がおありじゃないですか、ボス？」彼は最後の言葉にわずかながら力を入れ、ばかにしたような目でキャサリンを見た。実のボスはルールであり、彼もそれを知っている。彼はもう長い間牧場主の立場にあり、従業員の多くはウォードの死後雇われた。したがって、彼らはドナヒュー家の人間に対して忠誠心を抱いていない。忠義を尽くす相手はルール・ジャクソンだけなのだ。

寸時、キャサリンの心は揺れ動いた。ルールのそばにはいたくないが、牧場には興味がある。牧場を離れて暮らした年月は、まさに流刑の日々だった。来る日も来る日も、果てしなく広がる空間とさわやかな大地のにおいをどれほど恋しく思ったかしれない。この土地を目にし、幼い日々を彩ったものに再び接したい。「着替えをするわ」キャサリンは静かに言った。

「馬小屋で待ってるよ」ルールは言い、キャサリンの体に沿って上から下へ目を走らせた。「着替えをする間、誰かについていてもらいたいなら別だけど。そうしようか？」

「とんでもない！」きつい言葉が反射的に口をついた。ルールもそう言われると思っていたらしい。肩をすくめ、階段を下りていった。キャサリンは部屋に戻ってドアを閉め、腕を背中へ回してファスナーを下ろしドレスを脱いだ。ルールにファスナーを下ろしてもらえばよかったかしら。一瞬そんなことを考え、身震いして無理やり気持を切り替えた。危ないことは考えないに限る。急がなくてはいけない。ルールが待ってくれる時間には限界がある。

荷物を開ける必要はない。ジーンズとシャツは大方牧場に置きっぱなしにしてある。シカゴではシックなデザイナー・ジーンズを、牧場でははき古して色あせたジーンズをはく。着ているものを変えると、ときとして人間性が変わったような気がする。デヴィッド・アッシュのあか抜けた妻であり、流行の先端を行く女性が、再び髪に風を受けて育ったキャサリン・ドナヒューに戻るのだ。ブーツに足を突っ込み、長年かぶってきた薄茶色の帽子を頭にのせると、わたしはここの人間なのだという実感がわく。その思いを押しのけはしたが、まだ何かいいことが起こりそうな気がしてうきうきと階段を駆け下り、キッチンに寄ってコックのローナ・イングラムに声をかけた。ローナとは結構仲がいい。けれど、彼女はルールを雇い主と思っており、そのせいで二人は本当に親密にはなれずにいた。

ルールは表面上辛抱強く待っていたが、彼の大きな栗毛《くりげ》の馬は飼い主の背中を小突いたり、背後でそわそわと足踏みしたりしていた。ルールはもう一頭、脚の長い灰色の去勢馬の手綱を握っている。見たことがない馬だ。生まれてからずっと馬の間で育ってきたので、馬は少しも怖くない。当然のように鼻面をなで、馬ににおいを覚えさせると同時に話しかけた。「こんにちは。あなたに会うの、初めてね。いつからここにいるの?」

「二年前からだ」ルールが答え、手綱を差し出した。「いい馬だよ。悪い癖がないし、気性も荒くない。このレッドマンとは違う」彼は情けない声で言い足した。栗毛にまた小突かれ、今度は前に五、六歩のめってしまったからだろう。続いてルールはひらりと鞍《くら》に身をおいた。キャサリンに手を貸そうともしない。だが、手を差し出されたとしてもキャサリンは断った。馬に乗るのに助けはいらない。彼女は葦毛《あしげ》の馬に乗り、速歩《はやあし》で進ませルールを追った。彼はすでに前方を進んでいる。

馬小屋の前を通って驚いた。囲いをしたパドックも納屋もきれいになっており、この前来たときにはなかったものもある。馬は二人の存在を気にもせずに草を食べ、ときおり低く奇妙な声でいななく。元気のいい脚の長い仔馬《こうま》が、目にさわやかな若草の上を飛び跳ねている。ルールは手袋をした手で一戸の建物を指さした。「あれは新しく造った仔馬用の小屋だ。見るかい?」

キャサリンはうなずいた。二人は馬をその方角に向けた。

「今にも出産しそうな馬は今のところ一頭しかいない」ルールは言った。「みんなその馬の面倒をみている。この二、三週間は大忙しだった。やっと一息ついたところだ」

仔馬小屋は風通しがよく、一頭ごとに広いスペースが確保され目を疑うほどきれいにしてあった。ルールが言ったとおり、中には雌馬が一頭いるにすぎない。広い仕切りの中央に立っている馬は疲れきった様子をしている。キャサリンがかわいそうになってほほ笑みかける一方、ルールが手を差し出して舌を鳴らすと、雌馬は重い足取りで近寄ってきて仕切りから顔を出した。なでてくれ、と言いたいのだ。彼はそれに応《こた》えて特有なやさしい声で話しかけた。その声は、どんなにいらいらしている動物でもなだめてしまう。若い頃、キャサリンはルールの声を真似《まね》て動物をなだめようとしたが、望む結果は得られなかった。「うちは今、馬の飼育にかけてはアメリカ合衆国最高の牧場の一つだ」ルールはなんら自慢げなところもなく、淡々と事実を伝えた。「買い手はあらゆる州からやってくる。ハワイからもだ」

再び馬に乗るとルールはあまり話をしなくなった。どれほど変わったか、キャサリンが自分の目で見るようにという配慮だろう。キャサリンも無言だった。しかし、目に映る限り経営はうまくいっている。柵《さく》も、柵の中のパドックも管理が行き届いており、家畜は元気で酷使されている様子はない。建物はしっかりしていて清潔で、ペンキも最近塗ったようだ。従業員用の宿舎は増築され、現代風の建物に生まれ変わっている。驚いたことに、母屋の裏手に小さな住宅がいくつか立っていた。すぐそばにではないが、決して遠くはない。キャサリンはその住宅を指さした。「あそこ、誰か住んでるの？」

ルールは断固とした口調で答えた。「従業員の中には結婚した者が何人かいる。彼らが遠くに住んだら、夜用事があったときすぐに来てもらえない。ぼくとしては何か対策を講じる必要があったんだ」彼はちらりと横目で視線を送ってきたが、キャサリンは家を建てたことに反対するつもりはなかった。極めてもっともな処置だと思う。たとえ反対だとしても、それを口にはしなかっただろう。ルールと言い合いをしたくないからだ。とはいえ、ルールが言い合いをするような姿勢をとったわけではない。彼は単に自分の立場から必要なことをはっきり述べただけだった。彼を見なくてもその体にあふれる力を感じ、五百キロもの馬をやすやすと扱う引き締まった長い脚が目に浮かぶ。人をたじろがせる、燃えるような目も。

「遠出して牛を見るか？」ルールは返事も聞かず馬を進めた。キャサリンがついてこようと来なかろうと気にもしない。キャサリンは葦毛の頭を栗毛の肩に並べてついていった。顔の白いヘレフォード種の牛が草を食《は》んでいるところまではいくらもかからない。しかし、残念ながら今から十分予想できた。明日の朝になったら、ここまで遠出したのをきっと悔やむ。馬を駆るのに体が慣れていないからだ。

群れは小さい。驚くほどに。ルールにそう言うと、彼は南部なまりを響かせて答えた。

「うちはもう牛を商売にしてはいない。育てている牛は大方ここで使う。今や我々は馬の畜産業者なんだ」

キャサリンは一瞬呆然《ぼうぜん》として彼を見つめた。「どういう意味？　うちは牛牧場よ！　誰に断って牛をやめたの？」

「ぼくは誰かに断る必要なんかない」彼は鋭い口調で言った。「牛では採算が取れなくなったので、商売替えをしたんだ。きみがここにいたら、相談していたよ。だが、きみは来ようともしなかった」

「それは違うわ！」キャサリンは大声を出した。「わたしがなぜめったに来なかったか知ってるくせに！　なんのせい……」途中で彼女は口をつぐんだ。感情に負けてしまいそう。だが、ルールに弱さを認める寸前でなんとか自分を取り戻した。

ルールは話の続きを待っている。けれど、キャサリンが何も言わないのでレッドマンの向きを東に変えた。戻るつもりなのだろう。太陽はすでに沈みかけている。それでも二人はのんびりと馬を進めた。話はしない。どんな話があるというのだ？　どこにいるのか気にもしていなかったが、ルールが緩やかな小山の頂上で馬を止めたので、初めて周囲に目を向けた。眼下には川が流れており、木立が広い範囲にわたって影を落としている。あの暑い七月のある日、何もまとわず泳いだところだ。ルールに抱かれた土手の草むらも見える。頬から血の気が引いていく。ルールが鋭い目つきで見ているとわかっても、青ざめるのは止められない。

「何よ！」キャサリンは震えがちな声で言った。それ以上は言わなかったが、彼にはどういう意味かわかったに相違ない。

ルールは帽子を脱ぎ、髪をかき上げた。「何をそう怖がってるんだ？　断っておくけど、きみに飛びかかるつもりはないよ。あそこまで下りて馬に水を飲ませる。それだけだ。さあ、行こう」

頬がかっと熱くなり、キャサリンは自分にいらいらした。ルールを相手にすると、なんと簡単にばかなことをしてしまうのだろう。もっと気持を引き締めなくては。彼のあとから坂を下り川のほとりまで行く間、顔には少しも動揺を表さなかった。しかし、体は隅々に至るまであの日のことを覚えている。

裸で泳いでいるところを彼に見つかり、すぐ上がってこいと高飛車に言われたのはこの場所だった。自分で上がってこないなら引っ張り上げるぞ、とまで彼は言った。なんて偉そうな口をきくのだろう！　頭にきて川から上がり、足を踏み鳴らして近づくといきなり彼につかみかかった。全裸の女の子が男性に襲いかかったらどうなるか……あのときは考えもしなかった。ああなったのはわたしのせいであり、ルールが悪いのではない。八年後の今、大人になって振り返ればよくわかる。彼はわたしを寄せつけまいとし、怒りを静めようとした。だが、彼の手がぬれた女性の素肌をすべるうち、彼の中の男が目を覚ましたのだ。彼は怖いほど男を感じさせ、点滅するネオンサインのようにあらゆる女性を惹《ひ》きつける。ルールが荒々しく唇を押し当て、わたしの金切り声を止めたとき、わたしの中の怒りは一瞬にして情欲に変わった。彼の唇に応えてしまう自分をどう抑えればいいのか、わたしが彼の中にかき立てるものがなんなのか、まったくわからなかった。けれど、ルールは何よりもあからさまに行き着くところを示してみせた。

ルールが馬を降りて水を飲ませようとしたので、キャサリンも彼に続いた。彼はキャサリンの動きがわずかながらぎごちないのに気づいたと見える。「マッサージをしないと、あとで体が痛くなるよ。帰ったらぼくがしてあげる」

彼が脚をマッサージしてくれる？　考えただけで体がこわばる。キャサリンは思いのほか唐突に断った。「ありがとう。でも、自分でするからいいわ」

ルールは肩をすくめた。「好きなようにしてくれ。きみの体だ」

彼があっさり引き下がったので、なおいらいらする。再び鞍に身をおいて家に向かいながら、キャサリンは彼をにらみつけた。体が痛くなると言われたので、一メートル進むごとに痛くなるような気がする。もっとゆっくり走らせてよ、と言いたいところだが、それはプライドが許さない。馬小屋に着く頃には歯を食いしばっていた。

ルールはひらりと鞍から降り、瞬く間にキャサリンのそばまで来てしまった。キャサリンはまだあぶみから足を外してもいない。彼は何も言わずに手を伸ばし、キャサリンのウエストを支えて慎重に馬から降ろした。馬に乗るのが彼女にとってどれほど大変だったかわかったからに違いない。キャサリンは小声で礼を言い、彼から離れた。

「家へ行って、ローナにあと三十分で食事すると言ってくれ」ルールは命令口調で言った。「急げよ。あまり時間がない。ぐずぐずしてると、食事前に馬のにおいを落とせないぞ」

においのことを思うと体の緊張がほぐれたが、キャサリンは家に入るときになって初めて憤りを感じた。食事時間はルールの都合に合わせるのだろうか？　よくもそんな図々《ずうずう》しいことができるものだ。しばし足が止まったが、そこで事実を思い出した。ルールは牧場の仕事を一手に引き受けている。彼に温かい料理を食べさせるのは当然だ。でも、ルールは従業員たちと食事をすることだってできるのに。誰かが彼を母屋に呼び入れたわけではないのだが、彼も呼ばれるのを待つ人ではなかった。仕方がない。ため息をついて忠実にルールの言葉をローナに伝えると、彼女はにっこりしてうなずいた。

モニカもリッキーも顔を見せない。キャサリンは階段を駆け上がって手早くシャワーを浴びた。牧場の食事は格式ばってはいないが、ジーンズよりドレスのほうがいい。そこでノースリーブのコットンのドレスに着替え、丁寧にメークをした。しっかり見極めるのは怖いけれど、体の奥に隠れていた女性本能に突き動かされたのだ。マホガニー・レッドの髪は、ブラッシングするとなめらかにカールして肩に流れる。そのときドアを叩《たた》く音がし、すぐに義理の姉が入ってきた。

リッキーは結婚して苦労したに違いない。彼女を見るなりそう思った。黒い髪はつややかで小柄な体は細く引き締まっているが、どこかぴりぴりしていて目や口の端には顔をしかめたときにできるしわが刻まれている。ふっくらした口、薄茶色の切れ長の目、小麦色の肌を備え、若い頃のモニカのようにエキゾチックで美しい。しかし、ふくれっ面をしているために、せっかくの美しさが台無しになっている。

「おかえりなさい」彼女はきれいな手を上げて猫なで声で言った。その手の中のグラスには、琥珀《こはく》色の飲み物が五センチほど入っている。「留守にしていて悪かったわ。今日が大事な日だってことを忘れてたの。でも、ルールがちゃんと面倒をみてくれたでしょう？」彼女はかなりの量の酒をあおり、口元をゆがめてにやりとした。「もともとルールは自分の女の面倒をよくみてたわね？　どんな相手でも」

リッキーは、あの日川のほとりで起こったことを知っているのではないだろうか？　突然そんな気がして居心地悪くなった。知っているともいないとも言いがたい。普段でもリッキーは意地の悪い口をきく。不満や不安がそういう形をとって表れるのだ。当座は彼女のあてこすりを無視しようと決め、キャサリンは普通に挨拶《あいさつ》をした。

「久しぶりに帰ってきたら、なんだかとてもうれしいわ。いろいろなものが変わったわね。どこにいるのかわからないくらい」

「そうでしょうねえ」リッキーは〝ねえ〟を低く長く引き伸ばした。「今はルールがこの主《あるじ》だからよ。知らなかった？　彼はなんでも自分の好きなようにしてしまうの。誰も彼も、彼の言いなりよ。彼はもうくずじゃないわ。分別のある立派な人物で――この小さな社会の一員だし、牧場経営に腕を振るってるわ。そこまでいかなくても、そんな感じ」彼女はキャサリンに向かってウインクした。「わたしはまだ彼に顎で使われてはいないわよ。彼が何を考えてるか、わかってるわ」

何を言いたいの？　そうたずねたいところだが、むきになったり問い詰めたりするのはやめておこう。ほろ酔い状態のリッキーに、良識的な話ができるはずはない。キャサリンはリッキーの腕を取り、静かに、しかしきびきびと階段に向かって歩き出した。「もうローナがテーブルにお料理を並べている頃よ。おなかがすいたわ！」

部屋を出たとき、ルールが近づいてきて口を一文字に引いた。リッキーがグラスを手にしていることに気づいたのだ。彼は何も言わずに手を伸ばし、リッキーが持っているグラスを取り上げた。一瞬リッキーは表情を硬くし、おびえた目でルールを見上げたが、みるみる落ち着きを取り戻して彼の胸に手を当てた。その手はシャツのボタンからボタンへ下りていく。「すっかり牧場主気取りね。なるほどどんな女も思いのままにできるわけだわ。今キャサリンにその話をしてたところよ……つまり、あなたの女の話を」彼女は喉を鳴らすような声で言い、毒を含んだ笑みを浮かべて階段を下りた。ほっそりしたきれいな体が軽く揺れているところを見ると、いい気分なのに違いない。

ルールはそっとののしりの言葉をつぶやいた。キャサリンはその場にたたずんで考えた。リッキーは何を言いたかったのだろう？　彼女の言葉を聞いたルールはなぜ怒ったのか？リッキーが言ったことにはなんの意味もないかもしれない。彼女は騒ぎを起こしたくて、わざと人を動転させるようなことを言う。でも、ただ気をもんでいても回答は得られない。キャサリンはルールを振り返り、単刀直入にたずねた。「リッキーが言ったことはどういう意味？」

返事はなかった。ルールはただ疑わしげにグラスに入っている酒のにおいをかぎ、一気にそれを飲み干して顔をしかめた。「ひどい味だ」酒が喉につかえたのか、声が詰まっている。「どうしてこんなものを飲んでいたんだろう?」

キャサリンはもう少しで吹き出すところだった。父に連れられてこの家へ来た日から、ルールはまったく酒を飲まなくなった。ビールさえも。今の驚いた様子には何かほのぼのとしたものを感じる。いつもは隠している部分を、見せてくれたような気がするからだ。

彼は目を上げてキャサリンが笑っているのを見て、がっしりした指を彼女の髪の下に差し入れてうなじをつかんだ。「ぼくを笑ってるのか?」詰め寄る彼の声は不気味に低い。「人を笑うと危ないってことを知らないようだな」

ルールがどんなに危険な男かは十分知っている。しかし、今は怖くない。妙にうきうきして血が騒ぎ、頭をのけぞらせて彼を見た。「あなたなんか怖くないわ、いくら大物でも」こう言ったのは、ばかにしたくもあり、けしかけたくもあったからだ。本気でけしかけるつもりはなかったが、当然のように言葉がわき上がってきたため、考えるより先に口に出てしまった。もう遅いが、何か言ってこの失敗を隠さなくてはいけない。「教えて。リッキーは何を言いたかった——」

「リッキーなんてどうでもいい」ルールはキャサリンのうなじにかけた手に力を入れ、彼女の唇に唇を重ねた。なんてやさしいキス! キャサリンは驚きながら力を抜き、抵抗もなく口を開いた。ルールの唇は甘く迫ってくる。彼は喉の奥でかすれた声をたて、しっかりキャサリンを腕の中に抱き寄せて手を背中から腰へ移した。ルールの力強い腰と腿にぴったり腰を押しつけられたキャサリンは、体を弓なりにそらすしかなかった。体の奥で喜びの炎が燃え上がり、キャサリンは彼のシャツの袖《そで》をつかんだ。ルールの男としての魅力が生々しく伝わり、自分の中に潜む女の性《さが》がその本能的な呼び声に応えようとする。ほかの男性に対してこんな気持を味わったことはない。今後もきっとないだろう。今はそれがよくわかる。わたしはそういう女性なのだ。デヴィッドは、ルールに抗《あらが》うチャンスさえ作ってくれなかった。ルールは依然として苦もなく魔術を仕掛けてしまう。

デヴィッドへの思いは、今格好の命綱になる。これにつかまっていなかったら、ルールの思いどおり官能の渦に巻き込まれてしまう。彼から離れよう。あえぎながらも唇だけはなんとか離した。けれど、彼の腕から逃れることはできない。ルールが放さないからではなく、彼を押しやる力がないからだ。押しやるどころか、結局は彼にもたれ、首を傾けて彼の肩に頭を預けた。温かい男性的なにおいが胸に流れ込み、熱い思いをかき立てる。

「よし」ルールはハスキーな声でつぶやき、キャサリンの感じやすい耳たぶに歯を立てた。「きみはもう子供じゃない、キャット」

それはどういう意味？　キャサリンは急に不安に駆られた。もうわたしを遠ざける必要はないということ？　プラトニックな関係を続ける努力はしないから、気をつけろと言いたいの？　そもそも、わたしは何をごまかそうとしているのかしら？　わたしたちの関係は、何年も前からプラトニックではない。たとえ、あの日川のほとりで愛を交わしたのが最初で最後だったとしても。

どこからか力を絞り出し、キャサリンは彼から離れてつんと頭をのけぞらせた。「ええ、わたしは子供じゃないわ。迫られても、いやならノーと言えるようになったのよ」

「それなら、ぼくに迫られるのは望むところなんだな。きみは明らかにノーと言わなかった」ルールはばかにしたように低い声で言い、じわじわとキャサリンを階段の上方に追い込んだ。カウボーイに集められる牛も、きっとこんな気持なのだろう。カウボーイは穏やかに、けれど確実に牛を思いどおりの方向に追い込む。キャサリンはわずかながら理性を失い、深呼吸してすばやく落ち着きを取り戻した。そうでなかったら、気まずい思いをしていたかもしれない。というのは、不意にモニカが階段の下に姿を現したからだ。

「キャサリン、ルール、何をぐずぐずしてるの?」

こういうところはいかにもモニカらしい。ほぼ三年ぶりで義理の娘に会ったというのに、挨拶もしない。ひどく無愛想だが、それもいいではないか。少なくとも正直なのだから。キャサリンは階段を下りた。ルールはすぐ後ろにいて、彼女の小さな背中にさりげなく手をかけている。

テーブルは気楽な感じに整えてあった。暑く長い一日を牧場で過ごした男性は、食事をしたいのであって社交の場がほしいのではない。キャサリンがドレスを着ようと決めたのは異例のことだが、リッキーもジーンズを脱ぎ、薄手の白いドレスを着ている。このドレスなら、パーティーに着ていってもおかしくない。リッキーにデートの予定がないことは直感的にわかる。とすれば、おめかししたのはルールに見せるためだろう。

ウォード・ドナヒューがいつも座っていた席にルールが着いたとき、キャサリンの目は無意識に彼を追っていた。今まで気がつかなかったが、彼は焦茶のコーデュロイのスラックスと、糊《のり》のきいた白いシャツに着替えており、袖をまくり上げているので日焼けしたたくましい前腕があらわになっている。ルールの顔を、繰り返し夢に現れた面影をまじまじと見つめると、息が止まりそうになって苦しい。彼の髪はふさふさして子供の髪のようなつやがあり、ほんの少しカールしている。独特な色合いの髪と目は黒でもなく茶でもなく、濃い茶色と形容するしかない。額は広く、眉はまっすぐで濃く、細く高い鼻は力と自信をうかがわせる。唇は彫刻のようにくっきりして官能的だが、あるときは一文字になって凄《すご》みを見せ、あるときはゆがんで激しい怒りを表す。広い肩は白い生地の下でこわばり、ボタンを外したシャツの襟の間からカールした胸毛が見える。胸毛はそこから始まり、逆三角形を描いて腹部へ続く。そうしたことはすべてよく知っている。手に触れる胸毛の感触もはっきりと……。

ルールの目に面白そうな表情が浮かんでいることにキャサリンは気づいた。その理由はわたしがあからさまに、もっとはっきり言えば食い入るように、彼を見つめていたからだ。

モニカやリッキーもそれに気づいたのではないだろうか？　顔がかっと熱くなり、二人のほうを見るに見られない。仕方なくそわそわとフォークをもてあそんだ。

「飛行機はどうだった？」モニカの質問はひどくつまらなかったが、キャサリンはほっとして話の糸口に飛びついた。

「込んでいたわ。でも、珍しく時間どおりに着いたの。きくのを忘れていたけど、待った？」キャサリンはルールに向かって問いかけた。故意に彼と話をし、彼を見ていたことを知られても平気だというところを見せたかった。

ルールは肩をすくめ、何か言おうとしたが、リッキーの耳ざわりな苦々しい笑い声がそれをさえぎった。「待ったって彼は気にもしないわよ」彼女の声は厳しい。「昨日の午後ここを出て、ヒューストンに泊まったんだから。間違いなくあなたに会えるように。ドナヒュー牧場のかわいい女王様のためなら、どんなことでもするのよね、ルール？」

ルールの浅黒い顔には、排他的で非情な表情が浮かんでいる。こういう顔を見るといつも、牧場へ来た頃つらい日々を送っていた彼を思い出す。急に彼を守ってあげたくなり、キャサリンはこぶしを固めてその衝動を抑えた。ルール・ジャクソン以上に守る必要のない人がいるとしたら、それこそ本当に頑強な男だろう。ルールがリッキーにちらりと白い歯を見せ、一見さりげなく言ったところを見てもわかる。「そのとおり。ぼくは彼女のためにここにいるんだ。いつでも、どんなことでも、彼女の望みはかなえる」

モニカがさめた口調で言った。「二人とも言い合いはやめてちょうだい。一度くらいおとなしく食事できないの？　リッキー、少しは年を考えなさい。もう二十七なのよ。七つじゃないんだから」

しばし沈黙が続いたのち、モニカは話を続けた。彼女の悪意のない発言に、キャサリンはひどい衝撃を受けた。

「ルールから聞いたんだけど、これからずっとここにいるんですってね、キャサリン」

キャサリンはむっとしてルールを見た。彼は冷静に見返してきた。それは違うわ、と言おうとしたが、言葉にはならなかった。リッキーがフォークを落とし、大きな音がしたからだ。皆いっせいにリッキーのほうを向くと、彼女は青ざめて震えていた。「卑怯者《ひきょう》」とげとげしく言うと、彼女は敵意に満ちた目でルールをにらんだ。「お母さんが牧場を管理していた間、あなたはずっとお母さんのそばにいたわ。それで、おだててはなんでもあなたの好きなようにしてしまったのよ。ところが、キャサリンが二十五になって法律上牧場経営ができるとなったら、お母さんを放《ほう》り出すつもりなのね。なんの価値もない品物みたいに！　あなたはお母さんを利用したんだわ！　お母さんもわたしもいらなかったのに――」

ルールは椅子の背に体を預けて座っており、その目は無表情で何を考えているのかわからない。口もきかず、ただリッキーを見つめて次の動きを待っている。まるでピューマが腹言《はらば》いになり、何も知らない羊が通るのを待っているみたい。キャサリンは突然そんな印象を受けた。リッキーも危険を察知したらしい。途中で話をやめたのはそのせいだろう。

モニカは娘をにらみつけ、冷ややかに言った。「よくそんなことが言えるわね。自分が何を言ってるかわかってないんじゃない？　自分の恋愛歴を考えたら、人に非難めいたことを言ったりお説教したりはできないはずよ」

リッキーはすごい勢いで言い返した。「どうしてルールの肩を持つの？　彼が何をしたかわかってる？　何年も前にお母さんと結婚するのが当然だったのに、ルールはお母さんを捨てて彼女が二十五になるのを待ってたのよ。彼女が牧場を継ぐとわかってたから。お母さんはわからなかったの？」リッキーはくるりとルールのほうに向き直った。

もうたくさん！　キャサリンは怒りに震えた。ここで礼儀作法を守ってなどいられない。胸にたぎる憤りを言葉にしようとつとめながら、彼女はナイフとフォークを荒々しくテーブルに置いた。

ルールはそんな面倒なことをしなかった。単純に皿を押し返して立ち上がった。彼の声はぞっとするほど冷たい。「モニカと結婚する気なんか全然ない。昔も今もだ」ひどい言葉を投げつけるや、彼はきびすを返して出ていった。ブーツをはいた足が刻む一歩は長い。

誰かが事態をさらに悪化させる前に、彼は部屋を出てしまった。

ちらりとモニカを見ると彼女の顔は青白く、頬紅をつけたところだけが赤い。彼女の口からは容赦のない言葉が飛び出した。「おめでとう、リッキー！　また食事を台無しにしたわね」

怒りがふくらみ、キャサリンは問い詰めた。「さっきあなたが言ったことは、どういう意味なの？」

リッキーは格好よくテーブルに肘をつき、指を組んで顎をのせた。モニカと同様青ざめた顔をしているが、落ち着きを取り戻しつつある。「それがわからないほどあなたは鈍くないはずよ」ばかにしたように言ってのけ、彼女はすっかり満足した様子で赤い唇をわずかにほころばせた。「とぼけないでちょうだい。ルールは長い間お母さんを利用してきたわ。あなたも知ってるじゃないの。でも、最近……最近彼にはわかったのよ。あなたが規定の年齢に達して、その気になればいつでも牧場を完全に管理できるって。いい具合に未亡人にもなったし。彼から見たら、お母さんはもう利用価値がないのよ。今は、財布のひもを握っているわけじゃないんですもの。使い古しを捨てて新品を使おうっていう、よくある話ね」

キャサリンは厳しい目でリッキーを見据えた。「そんなひねくれた見方をするものじゃないわ」

「そんなことを言うとしたら、あなたはばかよ」

「そのとおりだわ。あなたの言うことを額面どおりに受け取るとしたらね」キャサリンは負けずに言い返した。「どうしてルールに逆らうの？　わたしにはわからないわ。もしかしたら男性不信に陥って——」

「そうよ！」リッキーは甲高い声を出した。「そういう言い方をするのは、わたしが離婚したからね！」

キャサリンは腹が立ち、自分の髪を引っ張りたいくらいだった。リッキーが同情を得ようとして言っているのはわかっている。だが、必ずしも正直なことを言うとは限らない。それもまたよくわかっている。なんらかの理由で、リッキーはルールのイメージダウンをはかりたいのだ。そう思うといらいらする。誰かが偽りの汚点を作り出さなくても、ルールにはすでに黒星がたくさんついている。土地の人はベトナムから帰ったときのルールを絶対に忘れないし、キャサリンの知る限り彼は父親と和解していない。ミスター・ジャクソンは数年前に他界したが、ルールは一度もその話をしなかった。少なくともキャサリンの耳に届くところでは。ミスター・ジャクソンが世を去ったとき、ルールと父親の間にはまだわだかまりがあったからだろう。

ルールをかばいたくなる動機をこれ以上深くさぐりたくない。とりあえずリッキーを落ち着かせよう。リッキーのことなど本当はどうでもいいのだが、キャサリンは言った。

「確かにルールはずっとここにいろと言ったわ。何しろここはわたしの家ですもの。そうでしょう？　デヴィッドがいなくなった以上、シカゴにいる必要はないのよ」捨て台詞《ぜりふ》を残し、キャサリンは立ち上がって部屋を出た。ただし、ルールよりはかなりしとやかに。

まっすぐ部屋へ行きたい。旅と乗馬の疲れが出てきた。言い合いをしていたときは忘れていたが、硬くなった筋肉がなんとかしてくれと訴えている。わずかながら顔をしかめて階段に向かい、一段目に足をかけたところで思い直した。まずルールと話をしよう。どうしても話をしなくては、という気がする。何年も彼を避けてきたのに、なぜ話をしたいのかわからない。しかし、気持や感情の分析はやめることにした。わたしは彼にかみつくけれど、それはそれ。でも、ほかの人がそんなことをするとなると話は別だ。そこで玄関から外に出て、家の裏手に回った。この先には仔馬が入っている小屋がある。ルールは大事な馬を点検しているに違いない。彼が小屋以外のどこに行くだろうか？

馬小屋に入ると、なじみのあるにおいに包まれた。干し草、馬、塗布剤、革のにおいだ。暗く長い通路の先に明かりがついていて、出産をひかえた馬の柵の前に男性が二人立っている。キャサリンが明かりの中に入ったとき、ルールが振り返った。「キャット、この人はフロイド・ストダード。仔馬係だ。フロイド、こちらはキャサリン・アッシュ」

フロイドは小さいががっしりしており、皮膚が硬そうで茶色の髪は薄くなりかけている。紹介を受けて軽く会釈し、南部なまりで挨拶した。その声は小さく、彼の外見にそぐわない。

キャサリンはもっと丁寧に型どおりの挨拶をしたが、話をする機会はなかった。

「何かあったら言ってくれ」ルールはそう言い残すなりキャサリンの腕を取った。気がつくとフロイドから離れ、光の輪から出て暗がりに足を踏み入れていた。暗いと人一倍ものが見えないほうなので、どうも足元がおぼつかない。事実何かにつまずいてしまった。

頭の上で低い笑い声がしたと思うと、硬く温かい体に抱き寄せられた。「相変わらず暗いところに弱いんだな。心配するな。ぶつからないように見ていてやるよ。さあ、ぼくにつかまって」

ルールにつかまって歩く必要はない。どちらにしても、これだけしっかり腕をつかまれていれば十分だ。話をしないと居心地が悪いので、キャサリンは口を開いた。「仔馬はもうすぐ生まれるの？」

「多分、今夜。みんなが寝静まった頃にね。雌馬というのはたいていはにかみ屋なんだ。周りに人がいなくなるまで待っている。だから、フロイドはよほど静かに動かなくてはいけない。ちょっとでも音をたてたらわかってしまう」彼は面白そうに言った。「人間の女性と同じで、雌馬も意固地なんだ」

まあ、失礼な！　一瞬むっとしたが、キャサリンは怒りを抑えた。彼がからかっているのはわかっている。わたしを怒らせ、格好の口実ができたところでもう一度キスをするつもりなのだ。口実が必要ならば、の話だが。今まで、口実がないために彼が何かをやめたことがあっただろうか？　一転してキャサリンは穏やかに言った。「あなただって、出産するとなれば多分意固地になるわよ」

「意固地になるどころじゃないだろう。びっくりしてひっくり返る」

二人は大声で笑い出し、笑いながら馬小屋を出て家に向かった。月が昇ってかすかな光を投げかけているので、辺りのものが見える。けれど、ルールはキャサリンのウエストにかけた手を下ろそうとはしない。キャサリンもまたそれに逆らおうとしなかった。しばしどちらも何も言わなかったが、やがてルールが低い声で問いかけた。「体、痛い?」

「かなりね。何か塗り薬ある?」

「きみの部屋へ持っていくよ。あれから、どのくらいモニカやリッキーとやり合ったんだ?」

「少しだけ。わたしも食事の途中で出てきたの」

再び二人とも黙り込み、家に近づくとルールはウエストにかけた手に力を入れた。彼の指が、キャサリンの柔らかい肌に食い込んでくる。

「キャット」

キャサリンは足を止め、彼を見上げた。帽子のひさしが影を落とし、彼の顔はまったく見えない。だが、張り詰めたまなざしで見つめているのがわかる。

「モニカはぼくの愛人じゃない」ルールは息を吐きながらそっと言った。「一度もそんな関係にはならなかった。機会がなかったわけじゃないけどね。きみのお父さんにはとてもよくしてもらった。その未亡人とベッドに入る気はしない」

　ウォードの娘に対しては、そういう制限は設けないらしいわね。ルールの大胆であからさまな言い方に言葉を失い、キャサリンはただ彼を見つめていた。ほのかな銀色の明かりが、彼を見上げるキャサリンの顔を照らしている。ようやく彼女はひそひそ声で言った。

「なぜそんな言い訳がましいことを言うの？」

「決まってるじゃないか。きみが誤解してるからだ」

　またしても驚き、キャサリンはいぶかった。ルールがモニカの愛人だったと、わたしは無意識に思っていたのだろうか？　深く考えもせずに？　確かに、さっきリッキーが攻撃したのはそのことだ。しかし、絶対にそんなことはない、と頭の中で何かが叫んでいた。一方、ルールに自信を与えてなるものかと本能がささやく。その二つの板ばさみになり、すっきりした返事ができない。「何を取ってもそう思えるんですもの。リッキーが信じ込むのも無理ないわ。ほしいものがあったら、あなたはモニカに言いさえすればいいのよ。彼女は間違いなくお金を出してくれるわ」

「ぼくがモニカに出してもらった金は、全部牧場に必要な金だ。ほかには何ももらってない」ルールは言い返した。「ウォードはぼくを信用して経営を任せてくれた。彼が死んだからといってそれが変わるわけじゃない」

「わかってるわよ。あなたは牧場主と同じくらいに、いいえ、それ以上にこの牧場のために働いたわ」もう一つの本能に従い、キャサリンは彼の胸に手を当てて指を広げた。シャツの生地を通して、引き締まった温かい体の感触が伝わってくる。「わたし、あなたを尊敬していたのよ、ルール。それは認めるわ。父が死んだときは、あなたが強引に踏み込んできて父が持っていたものを全部取り上げてしまいそうに見えたの。あなたは牧場が自分のもののような顔をしていたし、父の家に移ってきて、わたしたちの生活にかかわることをみんな管理していたわ。だから、父の奥さんまで取り上げたと思っても、おかしくはないでしょう?」大変。どうしてこんなことを言ってしまったのだろう? それが事実だとは思っていないのに、衝動的にとんでもない言葉を投げつけてしまった。

ルールは体を硬くし、語気荒く言った。「そういうことを言うやつは、膝にのせて尻をひっぱたいてやりたいよ」

「あなたが何度も言ったように、わたしはもう大人なのよ。そんなおしおきはおすすめしないわ。子供扱いはやめてちょうだい」遠い日の出来事を思い出し、キャサリンはぐっと背筋を伸ばした。

「それじゃ、女として扱えっていうんだな?」ルールは腹立たしそうに言った。

「そうじゃないわ。正当な扱いをしてもらいたいだけよ。つまり……」キャサリンはいったん言葉を切り、それから思いきって先を続けた。「あなたを雇用する者として」

「きみがその立場にいたのは何年も前からだ」彼も遠慮はしない。「だけど、ぼくはそんなことに関係なくきみの尻を叩いたし、きみを抱きもした」

ここでルールと言い合いをしても始まらない。それがわかったので、キャサリンはぐいと身を引き家に向かって歩き出した。だが、そう簡単にはいかない。二、三歩歩いたところで、長い指が腕をつかんで引き止めた。

「ぼくが抱くとか愛し合うとか言うたびに逃げ出すつもりか？」

彼の言葉が殴打のように神経を直撃し、キャサリンは腕をつかまれたまま体を震わせた。体を求められるのではないかという不安と、求められたいと願う気持とが混ざり合い、心が乱れる。なんとか平静を保たなくては。

「あの日、川のそばで会ったときには逃げ出さなかったね」ルールは情け容赦なく続けた。「初めてだっていうのに、きみはその気になっていた。しかも、大いに楽しんだじゃないか。調教不足の雌馬を思い出すよ。神経質になって後ろ足で雄馬を蹴《け》ったりするけど、要はちょっとなだめればいいんだ」

「雌馬と一緒にしないでよ！」怒りに満ちた言葉が口をついた。もう混乱してなどいない。頭ははっきりし、憤りを感じている。

「きみを見るといつも雌馬を連想した。脚が長い、大きな茶色の目をした若い雌馬さ。すぐ感情的になって、なかなか手なずけられない。きみはあまり変わってないようだ。今も脚が長いし、目は茶色で大きい。それに、すぐ感情的になる。ぼくは昔から栗毛の馬が好きだった」彼の声はとても低く、うなり声とも聞こえる。「だから、髪の赤い女性を恋人にするつもりだったんだ」

すらりとした体が怒りに震え、キャサリンは一瞬返事ができなかった。ようやく口がきけるようになっても、声がかすれ震えている。「そう？　でも、それはわたしじゃないわ。ほかの栗毛の雌馬でもさがしたら……そのほうがあなたに合ってるんじゃない？」

ルールは笑っている。ばかにしているのだ。そのしるしに、彼の胸の奥から低い笑い声が聞こえる。キャサリンは彼をなぐろうとこぶしを振り上げた。だが、ルールの動きは稲妻のようにすばやい。反射的に彼女の小さなこぶしを大きな硬いてのひらで包み込んだ。キャサリンは身を引こうとしたが、彼はびくともしない。体が触れ合いそうなところまでキャサリンを引き寄せ、顔を近づけた。キャサリンの唇にルールの温かい息がかかり、彼の口がかすかに触れる。「きみがその女性だ。ぼくの赤毛の恋人だよ。誰も知らないけど、ぼくは長い間きみを待っていた」

「やめて――」とっさにキャサリンは言いかけたが、その抵抗はあえなく消えた。ルールがさらに近寄り、二人の唇がしっかり触れ合ったからだ。キャサリンは彼のキスを受け、震えながらその場に立ち尽くした。朝空港で彼にキスされてからというもの、彼にキスされるがままになっている。こんな状況に陥るとは、夢にも思わなかった。そういえば、彼の言動も意外ではないか。会ったときからずっと恋人みたいだった。それを思うと胸の内を衝撃が走る。彼の行動の裏にあるものはなんだろう？　初めてそうした疑問がわいた。

キャサリンが反応しないので、ルールはいらいらしてきたらしい。荒々しく彼女を抱き寄せ、唇をむさぼった。彼のキスはしだいに熱を帯びる。それを受け止めているキャサリンは体が痛くなり、喉の奥でくぐもった声をたてた。するとルールはすぐに腕を緩め、顔を上げた。「忘れてたよ」彼の声はかすれている。「家に入って、きみの手当てをしよう。早くするほうがいい。ぐずぐずしてるとまた忘れるから」

自分でなんとかすると言おうとしたが、キャサリンはその言葉を引っ込めた。この状態を引き延ばしたくない。そこで従順を装い、ルールが我が物顔にウエストに腕を回しても我慢して家に入った。モニカもリッキーも、辺りにいる気配がない。ああ、よかった、と思いながら、ルールと一緒に階段を上がった。体にはまだ彼の腕が巻きついている。モニカかリッキーがいたら、どんなことを言われたか想像がつく。なぜか、それに太刀打ちする力がないのを感じる。

ルールのそばにいるとどうも不安で落ち着かない。前からいつもそうだった。大人になったのだから、顔を合わせてもさめた態度でよそよそしく振る舞えると思っていたのに、彼に対してはそうなれない。ルールなんて大嫌い。まったく腹が立つ。でも、その陰では彼の体が忘れられず、デヴィッドと結婚してもなお恋しい思いがつきまとった。そして……夫にではなく、ルールに対して不貞を働いているような気になったのだ。なんてばかな話だろう！　心からデヴィッドを愛し、彼の死後は苦しんだのに……それでも絶えずわかっていた。デヴィッドは貴重なものを与えてくれるかもしれないけれど、ルールは手の届かないものを与えてくれたと。

意外にも、ルールはキャサリンの寝室の前で腕をほどき、一人廊下を歩き出した。このまま自分の寝室に戻るつもりなのだ。これ幸いとばかり、キャサリンは部屋に入ってドアを閉めた。熱い湯を張ったバスタブにつかり、筋肉の疲れをほぐしたい。だが、バスタブがついた浴室は一つしかなく、ルールの寝室とモニカの寝室の間にある。今はどちらとも顔を合わせたくない。ため息をつき、キャサリンはドレスのボタンを外し始めた。残念だけれど、バスタブにつかるのはあきらめよう。三つボタンを外したときに歯切れのいいノックがあり、一秒とたたないうちにルールが入ってきた。ルールが戻ってきたなんて！

驚いて振り向いたとたん、痛みに顔が引きつった。

「痛む？　かわいそうに」ルールは小声で言った。「塗り薬を持ってきたよ」

彼は澄んだ液体が入った瓶を手にしている。キャサリンはそれを受け取ろうと手を伸ばし、彼の視線に気がついた。彼はボタンを外した襟元を見下ろしている。たちまち胸のふくらみが硬く張り、熱くなるのを感じた。ルールに対しては、いつも抑制のきかない反応に悩まされる。なんとか自分を取り戻さなくては。キャサリンが乱れがちに息を吸い込む一方、ルールはゆっくり目を上げて彼女の顔を見た。彼の瞳孔《どうこう》は開き、肌は張り詰めている。野生動物のように、キャサリンの反応を感じ取ったのだ。本能の呼び声に従うのではないかとキャサリンは一瞬思ったが、ルールは何やらいまいましげにつぶやき、彼女の手に薬瓶を押しつけた。

「今でなくてもいい。この次にしよう」彼は言い、入ってきたときと同様、唐突に出ていった。

脚ががくがくして座り込んでしまいそう。キャサリンはおぼつかない脚でベッドにたどり着き、ほっとして白いシェニール織りのベッドカバーに腰を沈めた。これが間一髪の危機脱出でなくてなんだろう!

すっとする薬を脚と臀部《でんぶ》に丁寧にすり込み、キャサリンはネグリジェを着てもぞもぞベッドにもぐり込んだ。しかし、疲れているのに眠れない。今日聞いた言葉が一言一言、執拗《しつよう》に疲れた頭の中を漂う。

ルール。あらゆるものが彼に返っていく。今は男性というものをよく知っており、その熱い感情がわかると思っている。特にルールに関しては。それに、キスしたとき、彼は燃えているのを隠そうともしなかった。けれど、ルールは単純な男ではなく、ただの情欲から行動しているのではないと思われる。彼は氷山に似て、ほんの一部を見せているにすぎない。彼の大部分は、人の目に見えないところに隠れている。なぜああいう行動に出たのか、その動機を知りたくても推量するしかない。牧場だろうか? 結局リッキーの推察が正しいのかもしれない。ルールはオーナーと結婚し、牧場を法的に自分のものにしようとしているのではないだろうか？

キャサリンは急に思い直した。結婚！　どうしてルールが結婚を考えていると思ったのだろう？　結婚しなくても、彼はわたしを思いどおりに動かせる。だんだんそれがわかってきた。と同時に、ひどい屈辱感を覚える。法的に牧場を所有したいのでなければ、彼は……？　ルールは暗い過去を持つ男性だ。彼にとって牧場がどれほど重要か、誰に推測できよう？　物質的にも感情的にも、彼には牧場が救いなのだ。それは想像に余りある。

何が起ころうと、ルールとかかわり合いたくない。そして彼の動機がなんであろうと、かかわったら害を免れ得ない。恐ろしいことに、わたしはそれほど彼に弱いのだ……。

3

早く起きるつもりだったのに、意志はさほど強くなかったらしい。けだるいのをこらえて寝返りを打ち、顔にかかる髪を払って時計を見た。十時を過ぎていた。あくびをして体を伸ばしたところ、痛くてそれ以上伸びができない。そっとベッドから下りて考えた。心配したほどひどくはないが、やはり相当体が痛む。ルールは何時間も前から外に出ているだろう。今なら熱い湯につかりに行っても危険はない。キャサリンは着るものをかかえ、浴室に向かった。

それから一時間。動くと体はまだ痛むものの、気分はかなりいい。もう一度薬をすり込み、体の痛みは気にしないことにしようと心に決めた。昨夜のことを考えれば決して楽しいスタートではなかったが、十分眠ったおかげですっきりし、目は輝いて頬にはわずかに赤みが差している。髪は左右ともぴったり後ろにとかしつけ、対になっているべっ甲の櫛《くし》で留めつけた。ティーンエージャーのように見える。鏡の中の自分を見た瞬間、過去をのぞき込んだ気がして心が乱れた。そこに映っているのが、あの暑い夏の日の若い女の子のように見えたからだろう。嬉々《きき》として馬に乗り、川辺へ行こうとしていた女の子のように。わたしはこんなふうに笑ったのかしら？　ひそかな期待にかすかな笑みが浮かび、自分に問いかけた。でも、何を期待したの？

答えを求め、キャサリンは鏡の中の顔をじっと見つめた。魅力的な顔にはなんの表情も浮かんでいない。つかみどころのない笑みと、茶色の目に宿る謎《なぞ》めいたものだけが目をとらえる。髪や目の色は非凡で、こういう髪や目をした人はめったに見かけない。父から受け継いだ髪は赤でも茶でもないマホガニー色のつやをたたえ、目はルールほど黒くなくてくすんだ濃い茶色をしている。幸い、肌にはしみやそばかすが全然ない。軽く日焼けすることはあっても、一度も小麦色以上にはならなかった。ほかに何があるだろう？　男性の注意を引くものが、ほかにあるだろうか？　鼻は鼻筋が通って形がいいが、古典的な美しい鼻ではない。口は傷つきやすく、また感じやすく見え、顔の骨格はきゃしゃで整っている。背はかなり高く、体はすらりとして脚が長い。ヒップは小さく、ウエストは細く、胸はきれいな丸みを帯びている。なまめかしい曲線には乏しいものの、すっきりした長身の体は育ちのよさを感じさせ、立ち居振る舞いにはどこか優雅なところがある。ルールはそれを雌の仔馬《こうま》にたとえた。彼は昔から髪の赤い女性を求めていたという。

鏡の中の女性は絶世の美人ではない。けれど、まあ満足できる程度ではある。

ルール・ジャクソンの気持を惹《ひ》きつけておけるくらい？

やめてよ！　キャサリンは自分を叱《しか》りつけ、鏡から顔をそむけた。ルールの気持を惹きたくなんかない。そうしたところでうまくあしらうことができないのだから。自分でもわかっていた。多少とも分別があるのなら、シカゴに帰って退屈な仕事を続けるべきだ。自分の育った家がいくら恋しくても、そんなことは忘れて。でも、ここはわたしの家であり、多分わたしには分別なんかない。この古い家のことは隅から隅まで知っている。何一つ忘れはしなかったし、ずっとここにいたい。

キャサリンは階下に下りてキッチンに入った。調理用レンジの前にいたローナが振り返り、親しみを込めてにっこりした。「よく眠れました？」

「すごくよく寝たわ」キャサリンはため息をついた。「こんな時間まで寝たのは何年ぶりかよ」

「ずいぶん疲れているようだ、ってルールが言ってましたよ」だが、ローナに心配そうな様子はない。「それに、この前いらしたときよりおやせになりましたね。お食事なさいます？」

「もう少しでお昼の食事でしょう？　それまで待つわ。みんなはどこ？」

「モニカはまだお休みです。リッキーは珍しく男の人たちと外へ出ています」

本当？　そう言いたげにキャサリンが眉を上げると、ローナは肩をすくめた。彼女は骨太の大柄な女性で、年は四十代終わりか五十代初め。茶色の髪にはまだ白いものが見られない。ほほ笑ましくも平凡な顔は、自分の生活に満足だと告げている。

ローナはゆっくり先を続けたが、その目にはあきらめに似た表情が浮かんでいた。「リッキーは今荒れてるんですよ」

「どんなふうに？」キャサリンはたずねた。確かに、リッキーは前以上にぴりぴりしていて、自分を抑えられないように見える。

ローナはまた肩をすくめた。「おそらく、ある日目が覚めたとき、自分は必要なものを持っていないと気がついたんでしょう。それでパニックに陥ったんですよ。リッキーがこれまで何をしたんです？　人生をむだにしてきただけじゃありませんか。夫も子供もなく、自分のものと言えるものは何もないんですよ。とりえといえば容貌《ようぼう》だけですけどね、その容貌も望みの男をつかまえてはくれませんでした」

「リッキーは二度結婚したのよ」キャサリンは言った。

「でも、ルールとは結婚していません」

ショックを受け、キャサリンは黙り込んだ。ローナはなぜそんな結論に至ったのだろう？　ルール？　彼とリッキー？　リッキーはいつも極端に態度を変えた。ルールに激しく逆らったかと思うと、今度は奴隷のように彼に従う。ルールのほうは感情を抑え、実に我慢強く彼女を扱うのが常だった。リッキーが急に敵意をむき出しにするようになったのは、そこに原因があるのだろうか？　だからわたしをここから追い出したいのでは？　またしても不安が胸に広がる。リッキーは、わたしが十七歳のときルールに抱かれたのを知っているのかもしれない。そんなはずはないが、それでも……。

あり得ない。リッキーがルールを愛しているとは思えない。愛とはどういうものか、わたしはわかっているつもりだ。リッキーには、その愛のしるしが何も見られない。相手にやさしくするでもなく、気づかいを見せるでもないのだから。ルールに対し、彼女は憎しみと紙一重の恐れと敵意を見せるだけ。その気持もまたわたしにはよくわかる。そうした感情を抱いたゆえに、何年ここを離れていたことか。

不安に心が乱れ、冷静に物事を考えられなかった。しばらく一人にならなくては。キャサリンは言った。「〈ウォレス・ドラッグストア〉は相変わらず日曜日も開いてる？」

ローナはうなずいた。「町まで車でいらっしゃいます？」

「誰も使わないのならね」

「わたしの知る限り誰も使っていません。出かけるにしても、車以外の方法もありますから大丈夫です」ローナはすぐ現実的なことを考える。「ついでに二、三、買ってきていただきたいものがあるんですけど」

「いいわよ」キャサリンは答えた。「念のために全部書いておいて。覚えているつもりでも、書いてないとやはり何か一つ忘れるの。しかも、いちばん大事なものを忘れるのよ」

ローナはくすくす笑いながら引き出しを開けてメモ帳を取り出し、いちばん上の一枚を破いてキャサリンに渡した。「もう書いてあります。わたしもいちばん大事なものを忘れるんですよ。だから、思いついたときに書いておくんです。ちょっと待ってください。ルールの机からお金を出してきます」

「いいわ。持ってるから」キャサリンは買い物のリストに視線を落とした。大方はアルコール、包帯といった救急用品で、高価なものはない。それに、牧場で使うものはキャサリンが買うのが当然だ。

「それじゃあ、お願いします。レシートをもらっておいてください。税金に関係しますから」

キャサリンはうなずいた。「ステーション・ワゴンのキーはどこ?」

「たいていは車についてます。ときどきリッキーがどこかへ乗っていってしまうので、ルールが抜いておくこともありますけど。その場合は、ルールのポケットに入ってます。でも、リッキーは彼らと一緒に出かけましたから、ルールがキーを持っているってことはないでしょう」

キャサリンはその話に顔をしかめ、バッグを取りに二階へ上がった。車のキーを隠さなくてはならないほど、リッキーの状態は悪いのだろうか? ほかの人が車を使いたいときはどうなるのだろう? といっても、ローナとモニカが車を使うときは前もってキーを渡してもらうなりなんなりするだろうし、医療上の緊急事態が発生した場合はルールを呼べばいい。車より飛行機のほうが速いのだから。

　これに関してはついていた。車のそばへ行くと、キーの束がイグニッション・プラグからぶら下がっている。早々にドアを開け、ハンドルの前にすべり込んだ。ちょっとした外出に胸が躍る。

　ステーション・ワゴンは新型ではなく、どちらかというとぽんこつの様相を呈しているが、エンジンはすぐにかかって安定した音をたて始めた。ほかのものもそうだが、車も整備されていて調子がいい。これもルールに経営の才覚があることを示している。その点については非難のしようもない。

　ハイウェイに続く道を走ると土埃《つちぼこり》が上がった。その道から牧場を眺め、誇りを感じた。大牧場でもなく、豊かなわけでもないが、運営はうまくいっている。ルールが馬を持ち込み、新しい生命を吹き込んだのだ。それ以前から順調ではあったけれど、今は管理が行き届いている。ここまでになったのは、皆が身を挺《てい》して働いたからにほかならない。

　町は小さいが、快適な生活に必要なものはすべてそろっている。ここは自分の顔と同じくらいなじみが深く、何年たってもちっとも変わらない。いちばん近い大都会、サン・アントニオまでは百三十キロ近くある。しかし、テキサスの広さに慣れている人には、大した距離ではない。ユヴァルデ郡ののんびりした生活は、どんな人をも温かく迎え入れる。

記憶にある最後のスキャンダルは、ルールが巻き込まれた最後の出来事だろう。縁石にステーション・ワゴンを寄せて止めながら、キャサリンはぼんやり考えた。周りには埃まみれの小型トラックや種々雑多の車が止まっている。店の中からジュークボックスの音楽が聞こえ、いくつかの思い出がはっきりよみがえって笑みがこぼれた。ティーンエージャーの頃《ころ》、何度日曜日の午後をここで過ごしたことか。建物の裏にドラッグストアがあり、正面は景気のいいハンバーガー・ショップが占めている。赤いシートのついたスツールがカウンターに沿って並び、反対側の壁際にはボックス席がずらりと連なっていて、その間には小さなテーブルが二つ、三つ置いてある。スツールとボックス席は満員だが、テーブルには誰も座っていない。ここが埋まるのはいつも最後だった。ちらりと周囲を見回したところ、客は大方ティーンエージャーで、その点もかつてと変わらない。けれど、大人もかなりおり、はめを外しそうな若者たちに歯止めをかけている。

キャサリンはドラッグストアに戻り、ローナのリストにある品物を棚から取り始めた。まずこれを片づけてしまいたい。そうしたら、大きなカップに入ったミルクシェイクを飲もう。腕の中の荷物は増え続け、持ちきれなくなった。こうなったら店のかごを使うしかない。どこにあるのだろうと辺りを見回していると、同年代の若い女性と目が合った。彼女は興味ありげにしげしげと見つめている。

「キャサリン？　キャサリン・ドナヒューじゃない？」女性は遠慮がちにたずねた。

その声には聞き覚えがある。声を聞くや、キャサリンにはわかった。「ワンダ・ギフォード!」

「今はワンダ・ウォレスよ。リック・ウォレスと結婚したの」

リックのことはキャサリンの記憶に残っている。このドラッグストアのオーナーの息子で、キャサリンやワンダより一つくらい年上だった。「わたしは今キャサリン・アッシュよ」

「知ってるわ。ご主人が亡くなったことも。大変だったでしょうね、キャサリン」

腕からこぼれ落ちそうになっている品物をいくつかワンダが持ってくれたので、キャサリンは小声で丁寧にお礼を言ってすばやく話題を変えた。いまだにデヴィッドの死を冷静に語ることができない。「あなた、お子さんは?」

「二人。もう結構だわ。二人とも男の子なの。これがまた悪くてね」ワンダは苦笑した。「今度は女の子がほしくないかってリックはきいてきたけど、わたしは今度があるかどうかが大きな問題だって言ったのよ。だって、また男の子だったらどうなるの?」そう言いながらも、ワンダは笑っている。キャサリンは多少羨《うらや》ましい気がした。子供を持つかどうかについてデヴィッドと話し合ったが、それはもっと先に延ばして二、三年は二人だけで暮らそうと決めたのだ。ところが、その後デヴィッドの病気が明らかになり、彼は子供を持つことに反対した。子供を持てばキャサリンが一人で育てることになるので、そんな負担をかけたくないという。彼の子供がどうしてわたしの負担になると思うのだろう?

キャサリンにはそうした彼の考え方が理解できなかった。しかし、子供を持つかどうかは二人で決めるものと前から思っていたので、彼の考えに反対はしなかった。デヴィッドにプレッシャーをかけたくない。自分の命が終わりに近づいていると知っている彼は、ただでさえプレッシャーに苦しんでいるのだから。

ワンダは先に立って近くのテーブルに向かい、ぴかぴかしたテーブルにどんと荷物を下ろした。「座ってて。ソフトドリンクを持ってくるわ。歓迎のしるしにごちそうさせて。ルールから聞いたんだけど、今度はずっといるんですってね」

キャサリンはゆっくり椅子に腰を下ろした。「その話、いつ聞いたの？」なんだか追い詰められたような気がする。人の目にもそう見えるだろうか？

「二週間前よ。あなたが戦没将兵追悼記念日《メモリアル・デー》の週末に帰ってくるって言ってたわ」ワンダはカウンターの奥へ行き、氷がいっぱい入ったグラスを二つ取って貯蔵器からファウンテン・コーラを注《つ》いだ。

そうか。ルールは二週間前にわたしが帰ってくると人に言ったのか……キャサリンは考えをめぐらせた。それはわたしがモニカに電話したときに当たる。わたしは一時的に帰ってくるだけだと言ったのだが、ルールはここで暮らすと言いふらした。わたしが明日、予定の飛行機に乗ったら、彼は驚くのではないだろうか？

「はい、どうぞ」ワンダが表面の白くなったグラスをキャサリンの前に押しやった。

キャサリンは体を乗り出して冷たい飲み物に口をつけた。さすがにファウンテン・コーラだけあってさわやかな刺激がある。瓶入りや缶入りではこうはいかない。「この二年くらいで、ルールは変わったわね」キャサリンはつぶやいた。なぜこんなことを言ったのかわからない。でも、なんらかの理由で、ほかの人がルールをどう思っているか聞きたかったのだ。彼は別に特異な人間ではないのかもしれない。おそらく、わたしが彼に悪い印象を持っているだけなのだろう。

「変わったところもあるし、変わらないところもあるわ」ワンダは言った。「前ほど粗野で無謀ではないけど、危険なところは相変わらずだと思うの。今は感情を抑えているにしても。でも、人が彼を見る目は変わったわ。ルールは牧場をよく知っているし、立派な牧場長よ。あのとおり、土地の牧場主協会の会長でもあるわ。もちろん、これからだって彼を〝ミンクみたいな男〟としか見なさない人もいるでしょうけど」

ルールが牧場主協会の会長ですって？　キャサリンはなんとか驚きを隠した。西部では牧場主協会が権力者の側近グループであるところもあり、この町のように小規模の牧場を持つ人たちが助け合う仕事推進のためのグループであるところもある。それでも、ルールが会長に選ばれたと聞けば、仰天せずにいられない。彼は牧場主でさえないのだ。それは、彼がゴシップの種から尊敬の的に変わったことを何よりもよく表している。

一時間近くワンダと世間話をしたが、考えてみるとリッキーの名前が一度も出ない。リッキーが土地の人たちを完全にうとんじてきた証《あかし》だろう。ワンダが彼女と親しかったら、具合はどうかとたずねたはずだ。たとえ相手が一日か二日前にリッキーのいる家に帰ったばかりの友達でも。

そろそろ帰る時間だと気づき、キャサリンはテーブルの上に広げてあった品物を取り上げ始めた。ワンダは手を貸してくれ、一緒にレジに足を運んだ。レジの仕事は彼女の舅《しゅうと》がしている。「今も毎週土曜の夜にはダンス・パーティーがあるのよ」ワンダの人なつっこい目が笑みをたたえている。「この次の土曜日、来ない？　一人で来るのがいやだったら、ルールに連れてきてもらえばいいわ。でも、エスコートなしで来てもらいたがる男性が大勢いるわよ。特にルールと一緒じゃないほうがみんな喜ぶわ」

キャサリンはかつてのパーティーを思い出して笑った。土曜日の夜のダンス・パーティーは、土地の社交生活になくてはならないものだった。この十五年間、ほとんどの人は土曜日のパーティーがきっかけで結婚している。妊娠した人だって、少なくとも数人はいた。

「ありがとう。考えておくわ。でも、ルールはエスコートさせられたら喜ばないと思うけど」

「頼んでみたら！」ワンダは笑って言った。

「いやよ」キャサリンは小声で言ってドラッグストアを出た。涼しい店から出ると、雲一つないテキサスの昼の熱気が顔を包む。とにかく、今度のダンス・パーティーに行くつもりはない。この地にはまだ二十四時間もいないが、次の土曜日までにはシカゴのアパートメントに戻って心安らかに過ごしているだろう。ルール・ジャクソンという、危険で心を惑わせる人物から離れて。

車のドアを開け、キャサリンは荷物をシートの上に下ろしてそのまま待った。車の中を少し涼しくしてから乗り込みたい。

「キャサリン！　やっぱりきみだったんだね。帰ってきたって聞いていたんだよ」

誰？　振り返ったキャサリンの顔が笑み崩れた。長身、やせ型、白髪で日焼けした男性が、歩道をぐんぐん近づいてくる。「ミスター・ヴァーノン！　まあ、うれしいわ」

ポール・ヴァーノンはそばへ来てキャサリンを抱き締めた。背の高い彼に抱き寄せられると、足が浮いてしまう。彼は父の親友で、キャサリンはしきたりどおり彼の息子カイルと付き合っていた。しかし、ポール・ヴァーノンの期待に反し、二人の付き合いはロマンスに発展することなく終わった。それでもポール・ヴァーノンはキャサリンに甘く、彼女も親愛の情を抱いていた。ある意味で、息子のカイルより父親のポールのほうが好きだったと言っていい。

彼はキャサリンを下に下ろし、振り返ってそこにいる男を手招きした。土地の人ではない。新参者だ。何年か故郷を離れていても、キャサリンにはすぐわかる。男は礼儀正しく帽子を取って会釈した。服の着こなしも土地の人たちと多少違う。彼のジーンズはかなり新しく、帽子は放牧地でかぶっているものではない。

ヴァーノンに彼を紹介され、推測どおりだったとわかった。「キャサリン、こちらはアイラ・モリスだ。アイラ、この人はキャサリン・ドナヒュー……失礼、ご主人の名前を忘れてしまった。キャサリンの実家はドナヒュー牧場だよ」

「ドナヒュー牧場？」モリスがたずねた。「あそこはルール・ジャクソンの牧場じゃないのかい？」

「そうだ。馬がほしいのなら、彼に会うといい。彼のところはこの州一番のクォーター・ホース牧場だ」

モリスはじりじりしているようだった。ポール・ヴァーノンはまだしばらくしゃべっていたい様子だが、彼は気が急《せ》くのを隠しきれないらしい。キャサリンには彼の心境がわかった。彼女自身、内心怒りが頭をもたげ、それを隠すのに苦労していたからだ。よほど自制心を働かせないと、ヴァーノンにわかってしまう。ようやくヴァーノンは別れを告げ、近々訪ねてくるよう促した。ここでぐずぐずしていると、彼はまたしゃべり出すだろう。キャサリンは行くと約束し、急いで車に乗り込んだ。

キャサリンはエンジンをかけ、怒りに任せて乱暴にギアを入れた。過去何年間もこれほどかっとしたことはない。この前かっとしたのは例の川辺にいたときだが、今回は同じ結末に至りはしないだろう。わたしはもううぶなティーンエージャーではない。あの頃と違い、男のあしらい方も心得ているし、自分の欲情を抑えることもできる。わたしは大人の女性だし、彼のほうがわたしの土地に侵入してきたのだ。ルール・ジャクソンの大牧場？あきれた！　今世間の人はそう思っているのだろうか？　もしかしたら、ルール自身も牧場は自分のものだと思っているのかもしれない。彼は完全に牧場を掌握していて、わたしが彼を追い出すことなどできるはずがないと思っているのではあるまいか。そうだとしたら、覚悟するがいい。わたしこそドナヒュー牧場のドナヒューであり、ジャクソンはうちの人間ではないということをすぐにわからせてあげる。

牧場に着いたとき、怒りの第一波は過ぎ去っていた。だが、決意は薄れなかった。まず、ローナに買い物を届けよう。彼女はキッチンの窓から車が着くのを見ていたに違いない。ドアを開けると、案の定ローナは流しの前でじゃがいもの皮をむきながら、窓の外を見ていた。これなら庭で起こっていることが全部わかる。キャサリンは紙袋をテーブルの上に置いて言った。「はい、買ってきたわ。ルールに会った？」

「昼の食事に戻ってきました」ローナの声は穏やかだった。「でも、今はどこにいるかわかりません。馬小屋へ行けば、誰か知ってる人がいるでしょう」

「ありがとう」キャサリンは引き返し、軽快に足を運んで馬小屋に向かった。足を踏み出すたびに、わずかに埃が上がる。

照りつける太陽の下からひんやりした薄暗い馬小屋に入ると、すっとして気持がいい。相変わらず、なじみのある馬とアンモニアのにおいがする。暗さに慣れようと目を細めて前方を見ると、三つ四つ先の馬房の前に二人の人物の姿が見えた。間もなく一人はルールだとわかったが、もう一人の男性には会ったことがなかった。

話しかける前に、ルールが手を差し出した。「女性オーナーのお出ましだ」彼はまだ手を差し出している。彼の言葉に驚いたキャサリンが足を踏み出すと、その手がウエストに巻きついて彼の温かく力強い体に抱き寄せられた。「キャット、彼はルイス・ストーヴァル。牧場長だ。この前帰ってきたとき、彼はまだうちへ来ていなかったね。ルイス、こちらはキャサリン・ドナヒューだ」

ルイス・ストーヴァルはただうなずいて帽子に手をかけただけだった。何も言わないのは、恥ずかしいからではなさそうだ。顔はルールと同様、非情で目ざとい人物であることを示し、細めた目は何かが起こるのを待っているように見える。キャサリンは不安を感じた。ルイス・ストーヴァルは、ルールと同じく秘密を隠し持っているのではないだろうか？　危険な人生をしたたかに生き抜いてきた男。そうした人生を送り、傷を負っている男。それにしても……彼が牧場長？　では、ルールはなんなのだろう？　お山の大将？

世間話をする気分ではないので、キャサリンは軽くうなずいた。相手がうなずいただけなのだから、こちらも同じ挨拶《あいさつ》を返せばいい。それで十分だ。ルイスはキャサリンが何をしようと意に介さず、もっぱらルールの指示を聞きもらすまいとしている。頭をわずかに下げているのは、耳にした一言一句を深く考えているからか？　ルールはそっけないほど簡潔な指示を出し、余分なことを言わない。誰と話をするにしても、それが彼の特徴だ。わたしと話をするときは別だけど。突然キャサリンはそれに気がついた。ルールが話し好きに変身するわけではないが、ほかの人を相手にしているときよりよく話をする。そうなったのは、父の死を告げた日からだった。最初は意思の疎通をはかるため、無理に話をしていたように思う。けれど、すぐに例のかすれた低い声でからかうようになり、わたしを怒らせた。悲しみに沈んでいたわたしが怒る元気を取り戻したのは、彼のおかげなのだ。

ルイスは再びキャサリンにうなずき、去っていった。遠ざかる長身の後ろ姿は気品がある。ルールはキャサリンの小さな背中に手をかけたまま、出口のほうを向かせた。「昼に家へ帰ったんだよ。午後はきみと一緒に出ようと思ってね。だけど、きみはもう出かけてしまっていた。どこへ行ったんだ？」

いつもながら、彼はローナに何もたずねなかったらしい。「ウォレスのドラッグストアよ」キャサリンは反射的に答えていた。彼の手のぬくもりが伝わり、さっきの決意が鈍って何を怒っているのか忘れてしまいそうだ。そこで深く息を吸い込み、ルールから離れて向かい合った。「ルイスは牧場長だって言ったわね？」

「そのとおり」ルールは帽子を少し後ろへずらし、心の内を見せない焦茶色の目でじっとキャサリンを見つめた。彼は何かを待っている。緊張感が伝わってくるのはそのせいだ。

キャサリンはやさしく言った。「そう。彼が牧場長なら、もうあなたにいてもらう必要はないわね。そうでしょう？　あなたが自分から仕事を譲ったんですもの」

ルールの手が伸び、キャサリンの腕をつかんで自分のほうへ引き寄せた。彼特有のぬくもりとにおいが、またしてもキャサリンを包み込む。「ぼくは誰かの手を借りないとやっていけなかった。そんなに牧場が大事なら、ここにいて仕事をしたらどうだ？　ウォードは牧場長をおいて自分の仕事を手伝わせた。あの頃はまだ馬の飼育をしていなかったのに。それを思えば、ぼくに文句は言えないだろう。今朝だってきみはベッドに入っていたけど、ぼくは二時に起きて雌馬の面倒をみていたんだよ。だから、きみのだだっ子ぶりを黙って見ている気分じゃない。これではっきりしたか？」

「わかったわ。手伝いが必要だったのね」キャサリンは不服そうに折れて出た。ルールの論理を認めたくはないが、彼の言うことは正しい。しかし、それは町で聞いた話となんの関係もない。「あなたがそう言うのはもっともだわ。でも、一つ教えてもらいたいんだけど。なぜ、みんなドナヒュー牧場はルール・ジャクソンの牧場だと思ってるの？」最後は急に声が高くなった。腹が立って頬が熱い。

ルールはぐっと歯を食いしばった。「多分、きみがあまり帰ってこないから、みんなはここがドナヒュー家の土地だってことを忘れているんだろう」彼はぴしりと言った。「ぼくはこの牧場が誰のものか、忘れたことはない。だが、ときどきそれを覚えているのはぼく一人のような気がする。ここは全部きみのものだ、愛すべき女性オーナー様。ぼくは十分承知しているよ。きみはそういうことをぼくの口から聞きたかったのか？　くだらない。ぼくは仕事があるんだ。邪魔しないでくれ」

「あなたを引き止めてなんかいないわよ」

ルールは口の中で悪態をつき、荒々しい足取りで歩み去った。広い肩を見れば、怒っているのがよくわかる。キャサリンは爆発しそうな感情を必死で抑え、手を握り締めてその場に立っていた。いつかのように、ルールに飛びついてこぶしで彼をなぐりたい。しばしののち、怒りに任せて勢いよく家に入り自分の部屋に向かうと、リッキーと鉢合わせした。

「どうして町へ行くって言ってくれなかったの？」リッキーはふくれっ面をして問い詰めた。

「あなたは家にいなかったし、ウォレスのドラッグストアに行きたいなんて言ったことがないからよ」キャサリンは顔をしかめて答えた。リッキーの手が震えている。感情を抑えることができないのだ。それがわかると、衝動的に言葉が飛び出した。「リッキー、なぜそんなに自分を粗末にするの？」

一瞬リッキーはかっとしたようだが、すぐに肩を落とし、答えようがないと言いたげに小さく肩をすくめた。「あなたに何がわかるの？　この家のお姫様で、ずっとかわいがられてきたあなたに。あなたはここの娘で居心地よく暮らしてきたはずよ。わたしはドナヒューを名乗っていても、本当にドナヒューじゃなかったわ。そうじゃない？　牧場が誰のものになるか、あなたはわかっていたんでしょう？　わたしは何をもらったと思う？　何一つもらえなかったのよ」

リッキーはいつもながら筋の通らないことを言うので手に負えない。ウォード・ドナヒューが彼女の父ではなくてキャサリンの父だったのは、どうしようもないことではないか。キャサリンは首を振り、もう一度言ってみた。「あなたが爪はじきされているような気がしたとしても、それはわたしのせいじゃないわ。わたしはここにいなかったんですもの」「ここにいる必要はなかったのよ！」リッキーは小さな顔を怒りにゆがめ、食ってかかった。「あなたはこの牧場の所有者だわ。だから、ルールを惹きつけておく武器を持ってるのよ」

ルール。話はいつもルールに返っていく。彼は自分の縄張りで絶大な力を持ち、あらゆるものが彼を中心に回っている。言うつもりはなかったが、言葉が独りでに口から飛び出した。「あなたはルールに取りつかれてるんだわ。ルールは、一度もモニカと特別な関係になったことはないって言ってたわよ」

「あら、そう?」リッキーは切れ長の目を疑わしげに光らせ、くるりと背を向けた。その光が涙だったのかどうか、キャサリンには判断する暇もない。「ルールの言うことを信じるの？ ずいぶんお人よしね。彼は自分とこの牧場の間に割り込むものを許せないのよ。あなた、そういうことを知らないんじゃない？ ふん！ わたしは何度ここが焼け落ちるように祈ったかしれないわ」リッキーは荒々しくキャサリンの脇《わき》をすり抜け、階段を駆け下りた。キャサリンを同情と憤りの泥沼の中に残して。

リッキーが言ったことを信じるなんてばかげている。彼女が情緒不安定なのは明らかだ。だが一方で、ルールが初めて牧場に来たとき、父の指示に絶対服従していたのをはっきり思い出した。当時彼の体は弱り、あちこちが痛み、目は警戒しながらも尽くそうとする気持を表していた。それは、虐待された動物が蹴《け》られる代わりにやさしくされたときの目つきに似ていた。彼もまたあの頃は情緒不安定だった。彼が牧場に理不尽なほど執着していることもあり得る。

キャサリンは首を振った。どうしてこんな心理学者の真似《まね》事みたいなことをしているのだろう？ もともと自分の考えや感情を整理するのに苦労しているのに、ルールのような人とけんかするなんてどうかしている。彼は今、何についても自信があるに違いない。この世に自分のほしいものを知っている人がいるとしたら、それはルール・ジャクソンだ。わたしは単にリッキーの妄想で自分の思考力を曇らせているにすぎない。

午後いっぱい自分がルールに言ったことを考え、不承不承、謝るべきだという結論に達した。働かないとか、牧場を第一にしないとかいう理由でルールを非難できるはずはない。

動機がなんであれ、彼は過労になるところまで働いた。さほど頑丈でない人だったら、倒れていただろう。しかも、彼は牧場のために働いたのであり、彼個人のために働いたのではない。その事実をまっすぐ見つめると、自分の非を認めざるを得なくなった。自分が深く愛している土地にルールも思い入れがあると知り、つまらないねたみから怒りに燃えて彼を攻撃しただけなのだ。わたしが間違っていた。恥ずかしい。

食事前にシャワーを浴びに戻ったルールを見て、キャサリンは胸を締めつけられる思いがした。彼の顔は疲労にこわばり、服は汗びっしょりだった。厚い土埃は汗と混じって泥となり、服にこびりついている。仕事に関しては、彼は決して怠け者ではない。彼の姿がそれを立証している。ルールが階段をのぼらないうちに、キャサリンは汚れた袖《そで》に細い指をかけて彼を止めた。

「さっきはごめんなさい。あんなことをすべきじゃなかったわ」キャサリンは率直に言い、彼の無表情な目を堂々と見つめた。「わたしが間違ってたの。謝るわ。この牧場は、あなたがいなかったらやっていけなかったのよ。わたしは……多分あなたが羨ましかったんだわ」

ルールは彼女を見下ろした。その顔はなんの感情も、理解も、興味も示していない。それから彼は汗じみのできた帽子を脱ぎ、袖で顔の汗をぬぐった。そのため顔に土がつき、茶色の汚れがぽつんと残っている。「少なくとも、きみは目が見えるというわけだ」彼はキャサリンが触れている腕を引っ込め、二段ずつ階段を上がっていった。しなやかな体は、疲れを知らないかのように軽々と動く。

苦笑したいと同時に怒りをぶつけたくて、キャサリンはため息をついた。ルールを相手にしていると、すぐこういう気持になる。彼が感じのいい受け答えをすると、わたしは本当に思ったのだろうか？　いったんルールが怒ったら、わたしがなんと言って謝ろうと効果はない。

夕食は無言のうちに進んだ。モニカは口を閉ざし、リッキーはむっつりしている。ルールはもとよりあまりしゃべるほうではない。しかし、ローナが作った温かい料理には、確かにそれなりの感謝を示した。そして、食べ終わるや先に失礼すると言い、書斎に入ってばたんとドアを閉めた。

リッキーが顔を上げ、肩をすくめた。「どう？　これがいつもの夕食よ。活気があってわくわくするでしょう？　あなたは大都会の面白い生活に慣れてるから、ここにいたらきっと気が狂うわ」

「わたしは昔から静かな暮らしが好きよ」キャサリンはあまり食べたくなさそうにピーチパイを崩し、目を上げずに答えた。「デヴィッドもわたしも、都会人間じゃなかったの」

デヴィッドと一緒にいた時間はあまり多くない。思い出すと胸が痛む。社交生活に貴重な時間を費やすより、お互いを知るために時間を使えてよかったと思う。

まだ時間は早いが、今日は疲れた。ローナは皿を下げて皿洗い機に入れていた。モニカは二階の寝室に引き取って一人でテレビを見ている。リッキーは数分むっとした顔をして座っていたが、わざと足を踏み鳴らして自分の部屋へ向かった。

一人ここでぐずぐずしていることはない。キャサリンは衝動的に書斎のドアを開けた。ルールにおやすみなさいと言おうとしたのだが、言葉は口から出かかったところで止まった。ルールが特大の椅子の上で体を伸ばし、ブーツをはいた足を机にのせて眠り込んでいる。書類が机の上に散らばっているところを見ると、仕事をする気だったのだろう。だが、眠気に勝てなかったと見える。彼を見ているうちに、またしても胸を締めつけられるようなおかしな現象に見舞われた。

なんなの、この気持は？　いやな感じ。キャサリンが部屋を出ようとしたとき、不意にルールが目を開けて彼女を見つめた。「キャット」まだ眠りから覚めていない彼の声はかすれている。「おいで」

足は部屋の奥へ向かっていくが、キャサリンはいぶかった。なぜわたしは眠そうなあの声にこうも従順なのだろう？　ルールは床に足を下ろして立ち上がり、キャサリンの手首をつかんでそばへ引き寄せた。何をするつもりなの？　答えが出る前に、彼の温かい唇が口に触れた。その唇はむさぼるように口の上をすべり、抵抗するなと語りかける。望みもしない歓喜の波があとからあとから背筋をのぼり、キャサリンは唇を開いて彼のキスを受け入れた。

「ベッドへ行こう」ルールはキャサリンの口に唇を寄せてささやいた。

一瞬キャサリンは力を抜いて彼にもたれかかった。体はルールに近づきたがっている。だが、そこではっと我に返って目を開き、遅ればせながら彼の広い肩を押しやった。

「ちょっと待って！　わたしはそんな――」

「ぼくはもうずいぶん待った」ルールはキャサリンの言葉をさえぎり、再び彼女の唇に軽くキスをした。

「まあ、頑固ね！　ついでにもっと待っていればいいわ！」

ルールは苦笑し、キャサリンの腰に手をすべらせて自分の腰にぴったり引き寄せた。こうすると、キャサリンは彼の体が燃えているのを感じ取る。「それでこそぼくのキャットだ。最後までぼくと闘うがいい。さあ、ベッドに入りなさい。ぼくはその前にすることがたくさんある」

急にさめた口をきくとはどういうわけ？　キャサリンは戸惑い、ぼんやり部屋を出て初めて気がついた。そうよ。考えてみれば、どういうわけかわかるじゃないの。ルールはしたいことを我慢するような人ではない。牧場がからむのでなければ。そうですとも。キャサリンは胸の内で面白そうに独り言を言った。彼は仕事をしなくてはならないのよ。ほかのことは後回しでいいんだわ。ええ、それで結構。わたしには好都合よ。

ローナにおやすみを言おうとキッチンへ行くと、彼女はちょうど自分の住まいに戻るところだった。住まいは家の裏手にあり、部屋二つと浴室がある。ルールがローナを雇ったとき、彼女に使わせるためにわざわざ改装させたのだ。キッチンを出て階段をのぼったときは、脚が痛くて一段のぼるごとに立ち止まりたくなった。もう一度のんびり湯につかると多少は筋肉がほぐれたが、塗り薬をつけるのは億劫《おっくう》で、朝になったら後悔するだろうと思いながらもやめてしまった。

カーテンを開けると月光が部屋の中に流れ込む。キャサリンは隅にひっそり置いてあるロッキングチェアの背にバスローブをかけ、明かりを消して使い慣れたベッドにもぐり込んだ。自分の家に帰ってきたのだ、ここがわたしの家なのだ、という実感がわく。これほど心が安らぎ、満たされるところはこの地上のどこにもない。これほどゆったりした気持になれるところも。

ところが、ゆったりしようとどうしようと眠れない。右へ左へ寝返りを打つと同時に、心は止めようもなくルールのもとへ返っていく。ずいぶん待った、ですって？　生来傲慢《ごうまん》な彼だが、どこまで傲慢なのだろう？　わたしがおとなしくベッドに入って彼を待っていると思っているとしたら……。

彼はそのつもりだったのだろうか？　キャサリンはぱっと目を開けた。そんなはずはない。廊下を隔ててモニカもリッキーも寝ているというのに。ルールはなんと言っただろう？　正確に思い出してみたい。たしか、〝ベッドに入りなさい。ぼくはまだしばらく寝られないから〟といったようなことを口にしていた。それとわたしと、どういう関係があるのだろうか？　何も。関係なんて何もない。あとで……あとで彼がわたしのところへ来るというのでなければ。

もちろん、来るわけはない。わたしはそんなことをさせないし、彼はそれを知っている。彼とて、騒ぎを起こしたくはないだろう。キャサリンは再び目を閉じた。ルールはほしいものを得るために危険を冒すのではないか、という変な期待がつきまとう。そんな期待に心を奪われてはならない。

うとうとしていると、突然何かを感じて目が覚めた。部屋の中に誰かいる。すばやく振り返ると、ベッドの脇に男性が立っていた。ちょうどシャツを脱ぎかけている。息が詰まって心臓が早鐘を打ち、体が熱い。不意に、薄いネグリジェが体を縛りつけているような気がしてきた。息を吸い込み、何か言わなくてはと必死になっているうちに、男はシャツを脱いでかたわらに放《ほう》り投げた。ほの白い月の光が筋肉で締まった胴部を照らし出しているが、顔は陰になっていて見えない。しかし、キャサリンにはわかった。この姿、このにおい、このぬくもりは、彼に違いない。あの暑い夏の日のイメージがまざまざとよみがえる。灼熱《しゃくねつ》の太陽を背に、自分におおいかぶさってくる彼のシルエットが。たちまち恐怖感と恋しさとが、妙に混ざり合って胸を満たした。やはり、彼は思いきった行動に出たのだ。

「何してるの？」キャサリンはやっと声を絞り出した。彼はすでにブーツもソックスも脱ぎ、ベルトを緩めている。

「服を脱いでるんだ」彼の声は低くてかすれ、抑揚がなくて冷たい。さらに彼は余計な説明までした。「今夜はここで寝る」

そんなことをきいたんじゃないわ。気は確かか、ってききたかったのよ。だが、完全に呼吸が止まってしまったかのように、キャサリンは彼に抗《あらが》えなかった。出ていっての一言さえも口から出てこない。

しばらくたってもキャサリンが抵抗を示さずにいると、彼は含み笑いをして言った。

「きみと一緒にいると言ったほうがいいかな。二人ともあまり眠らないだろう」

ばかなこと言わないで。キャサリンはとっさに言おうとしたが、言葉は口の中で止まってしまった。あっけにとられていた彼女の体内に熱い血潮がめぐり始め、心臓が激しく鳴っている。銀色の月光を浴びた彼の体に目を注ぎ、キャサリンは起き上がってベッドに座った。ファスナーを下ろすかすかな音が聞こえる。と思う間に彼はジーンズを脱いだ。筋肉質の彼の体は引き締まってたくましく、男の証は力に満ちて迫りくる危険を見せつける。いや、危険ではなく、悦楽を予感させるのだろうか？

体の中で何かが燃えて狂ったように動悸《どうき》を打ち出し、キャサリンは手を突き出してひそひそ声で言った。「そばへ来ないで！　近づいたら叫ぶわよ」そう言いながらも手は彼を手招きし、言い方にも説得力がない。自分で聞いてもよくわかる。どうすればいいの？　ルールがほしい。こんなに彼がほしいなんて！　何度も彼が言ったとおり、わたしはもう大人になった。男としての彼の魅力を恐れはしない。逆に彼にしがみつき、燃える彼の体で自分自身を温めたい。

ルールはキャサリンが何を感じているかわかっていた。彼はキャサリンの隣に腰を下ろし、たこのできた硬い手で彼女の頬を包み込んだ。キャサリンの体を見回す彼の目は熱く燃え、ほの白い月明かりの中でもそれがわかる。「そうなのか、キャット？」ルールの声はとても低く、ほとんど聞き取れない。「本当に叫ぶつもりか？」

口がかわいて声が出ず、キャサリンはつばをのんだ。ようやく発した声はひそひそ声にすぎなかった。「そんなことしないわ」

ルールは深く息を吸い込んだ。その息は乱れがちで、キャサリンの頬にかけた手もわずかながらおぼつかない。「それでいいのか？　不届きな男をひっぱたくとしたら、今しかないぞ」荒々しく言う彼の声は、キャサリンほしさに震えている。

ルールの口調にはいつもの落ち着きがない。それは、寝室の親密な空気の中で彼女をそばにし、どれほど心が乱れているかを告げている。キャサリンは安心して勇気を得て、彼の胸に手を置いた。てのひらにカールした黒い胸毛となめらかな温かい肌の感触が伝わってくる。胸毛の外側にある、硬く小さなつぼみの感触も。ルールは喉の奥で低い声をたてた。不快を表す声かもしれないが、感覚が高まっているキャサリンには快楽の声に聞こえる。

甘美な男性のにおいを求め、キャサリンはルールに寄り添った。「あなたは思っていることをなんでも実行してしまうの？」彼女の声は震えていた。

ルールもいっそうキャサリンに近寄り、彼女の喉元に唇を寄せた。肌を通して、脈がぴくぴくと打っている。ルールはその激しい打ち方を唇で感じ取った。脈は、彼の手が触れると速くなる。「そんなことはしない」彼の唇はキャサリンの感じやすい喉をすべった。「この種の幻想を実現しようとしたら、自分を破滅に追い込むだけだ」

ルールにこの身をゆだねたいという熱い思いがほとばしり、キャサリンは彼の肩に腕を巻きつけた。彼がほしい。自分でもわからないが、その気持を静められない。わたしは間違いを犯している。それはよくわかっているが、今ひたっている本能の喜びはあまりに大きい。正気に返ったとき、多大な代償を払ってもなお余りある。ルールに導かれるままに、キャサリンはベッドに体を横たえて彼の腕の中に身をおいた。何もまとわぬ彼の体が、薄いネグリジェを通して肌を焦がす。頭をのけぞらせて誘いかけると、ルールは声をたてずに笑って顔を近づけた。彼女の望みがわかったのだ。彼はキャサリンの唇に唇を重ね、口を開かせて舌を差し入れた。

今なら満足して死ねるわ。その瞬間キャサリンは思った。ルールのキスは無上の喜びに酔わせてくれる。だが、すぐに満足感は消え去った。キスだけでは物足りない。もっと、もっと、と彼の腕の中で体をよじると、今度もルールは察した。キャサリンがさらに深いかかわりを持つ気になった瞬間を、正確につかんだのに違いない。ルールがネグリジェの襟に手をかけたので、キャサリンは期待に胸をふくらませてじっとしていた。ルールのすらりとした指が、器用にボタンを外して襟を開けようとしている。それを感じると息もできない。胸のふくらみが脈を打ち出し、我知らず上体をそらした。うずく胸に手を触れてほしい。ルールは即座に手をすべらせて豊かな感じやすいふくらみを包み、愛撫《あいぶ》し、その願いをかなえた。彼の硬いてのひらは、柔らかい胸の感触を楽しんでいる。

最初に低い声をたてたのはルールだった。きみがほしい、という言葉にならない訴えだった。彼は急いでネグリジェをキャサリンの肩から引き下ろした。おおうもののない胸は、今月明かりに照らされている。彼の口はキャサリンの唇を離れ、下のほうへすべっていく。やがて彼の舌が胸の頂に忍び寄り、張り詰めた乳首をしっとりした口の中へ引き入れた。野火にも似た炎が、キャサリンの体をなめ尽くす。彼女は苦しげな声をあげ、体を弓なりにそらした。肌はルールの力強い体に触れ、手は彼の肩をきつくつかんでいる。

ルールはキャサリンの足首に手を伸ばし、ネグリジェの裾《すそ》から指先をすべり込ませた。彼の手が上に向かうにつれ、ネグリジェの裾は上がっていく。キャサリンはなんの抵抗も示さない。彼女の体は燃え、うずき、ルールを待っている。ヒップが邪魔になりそうなので、キャサリンは腰を上げた。ルールはネグリジェをウエストまでたくし上げた。だが、もうはやる気持を抑えられない。かすれて震えがちな声をたて、彼はキャサリンに体をのせかけて膝で脚を開かせた。彼女は動きを止め、ただじっと待っている。

「ぼくを見て」ルールはハスキーな声で言った。

そうする以外、何ができよう？　キャサリンは言われたとおりルールを見つめた。二人の視線がからみ合う。彼の顔は本能の欲求を映してこわばり、キャサリンの体にも同じ欲求を呼び覚ます。そうした欲情と、彼女は何年闘ったかしれない。結局勝てなかったけれど。キャサリンの体はしっとりと、素直に彼の肉体を受け入れる準備ができていた。それゆえ、ルールは戸惑いもためらいもなく、彼女を自分のものにした。彼はキャサリンの下に手を差し入れ、腰を引き上げて深く自分の肉体を埋《うず》めた。しびれるような歓喜が彼女の体を貫いた。かすかな叫びさえ口からもれた。これほど狂おしい熱い思いは味わったことがない。うっとりと目を閉じかけると、ルールがしつこく体を揺さぶった。

「ぼくを見ろ！」ささやくような声だが、語気は荒い。

逆らうだけの気力がなく、キャサリンは彼を見た。わたしとルールは一つだ。彼が体を動かし始めたとき、それを実感した。今まで、何も知らなかったわけではない。それなのに、こんなことが起こるとは想像もできなかった。喜びは堰《せき》を切ったように押し寄せ、抑えようとしても抑えられない。一瞬のうちに自制の力を失って最高の高みへ押し上げられた。全身の力が抜けていく。

ルールはキャサリンを胸にしっかり抱き寄せていたが、彼女がぐったりすると静かに枕《まくら》の上に横たえた。「欲張りだな」彼の声は低くやさしい。「気持はよくわかる。空白が長すぎた。ぼくも抑えられない」

狂おしいほどの歓喜にまだ呆然《ぼうぜん》としたまま、キャサリンは彼の情熱と欲情に身を任せた。激しく迫る彼の力強い肉体以外、何一つ意味がなかった。細い蔓《つる》は、弱いながらも執拗《しつよう》に樫《かし》の大木にからみつく。キャサリンも同じようにルールにしがみつき、彼が喜びを極めて声をあげるまで、シルクにも似た肌で彼を包み込んでいた。

かなりの時が過ぎてから、ルールは両肘に体重をかけて体を起こし、キャサリンの口にまぶたにキスをした。彼の唇は、キャサリンのまぶたに沿って軽いキスを繰り返す。やがて、キャサリンは目を開けた。茶色の目と目が見つめ合った。色は似ているが彼女の目は穏やかで弱々しく、ルールの目は鋭くて堂々と勝利を表している。

「これでいくらか満たされた」彼は低い震えがちな声で言った。「だけど、完全に満たされたというにはほど遠い」

それを証明するつもりか、ルールは再び彼女を抱いた。今度は情熱を抑えながら、やさしく、時間をかけて。やさしい愛の行為は、荒々しい情欲より強い。キャサリンはさっき以上にすべてを捧《ささ》げた。抗うことはいっさいできず、逆らってみることさえままならない。そこには古巣に戻った安らぎや、今までなかった充足感がある。長年否定しようと思いながらも求め続けた満足感も。明日になったら悔やむだろう。しかし、今夜はルールの腕の中で思いきり喜びにひたりたい。

4

官能の嵐《あらし》が過ぎても、ルールは離れようとしなかった。寝返りを打ち、離れて眠りに落ちるかと思ったのに、自分の下にキャサリンをとらえたままじっとしている。やがて長い指を彼女の顔の両側から髪の中に差し入れ、キスの雨を降らせ始めた。話はしない。彼の唇はキャサリンの顔のここかしこにゆっくり、軽く触れ、顔の輪郭を感じ取っていく。舌は彼女の肌をくすぐり、断りもなくその味を楽しむ。キャサリンはまったく抵抗を示さなかった。ルールの口が肉体の喜びに誘いかけても、拒もうとさえしなかった。ただ、異性を酔わせる彼の魔力に身を沈め、経験のない震えがしだいに強くなるのを感じながら、いっそうきつくルールを抱き寄せた。二人はお互いのとりこだった。キャサリンはルールの引き締まった体の重みに押さえ込まれ、ルールはキャサリンのすべすべした腕と脚にしっかりからまれている。

ルールが長くたくましい腕を伸ばして枕元《まくらもと》のスタンドをつけると、キャサリンはくぐもった声でまぶしいとつぶやいた。銀色を帯びた月光は、別世界の快い大気で二人を包む。

けれど、スタンドの柔らかな光は新たな影を生み、今まで隠れていたものを照らし出す。それと同時に、ほの白い月の光が映し出していた表情を隠す。隠せないのは、ルールの浅黒い顔に浮かぶ意気揚々とした表情だけ。愚かなことをしてしまった。キャサリンの胸の中で後悔の念がふくらんだ。世の中には、理解できないことがたくさんある。ルールは内向的で複雑な男性で、最大の謎《なぞ》と言っていい。なのに、二人が官能的に惹《ひ》かれ合ってしまったら、状況はいっそう複雑になるだけだ。

ルールは両手でキャサリンの顔を包み込み、形のいい顎に親指をかけてそっと自分のほうを向かせた。「どうした？」彼の声はかすれ、低い響きとなって消えた。すぐそばにいるので、彼の温かい息がキャサリンの唇をなでる。ルールの味にもう一度酔いたくて、彼女は反射的に唇を開いた。それだけで、たちまち震えが体を駆け抜ける。すると、ぴったり肌に触れているルールの体も、それに応《こた》えて細かく震えた。

ルールが何をききたいのか、なぜききたいのか、定かにはわからない。筋の通った返事をしようと、キャサリンはつばをのんで考えを整理した。彼には、分別あるさめた返事をしたい。しかし、分別などどこをさがしてもなく、露骨な感情と疑惑ばかりが心を占める。衝動的に口を開いたときも、不安で喉が詰まりそうだった。「これは、牧場長という地位を保つための工作なの？」

ルールの目は陰になっているが、一本の線となって光っているのがわかる。怒りに目を細めているのだろう。返事はない。彼はキャサリンの顎を親指で軽く押し上げ、ぐっと体をのせかけて熱っぽく唇を重ねた。キャサリンの肌の下で、もう欲情が目を覚まして燃えている。彼女は夢中で歯と舌と唇でキスを返した。何がいけないの？　どうせ彼に応えてしまうものを、今さら抑えようとしても間に合わない。キャサリンはぼんやり自分に言い訳した。愛の行為に及んだら、ルールは持って生まれた魅力で女性の胸を躍らせる。女性は彼に応えずにいられない。生きていく以上、呼吸しなくてはならないのと同じように。

ようやくルールはわずかに顔を上げ、ひそひそ声で答えた。「これと牧場とは関係ない」二人の唇の間には、ほんの少しの隙間《すきま》しかない。そのため、彼が何か言うと唇がキャサリンの唇に触れる。「これはぼくたち二人だけにかかわることだ。ほかのことはいっさい問題にならない」急に彼は太い声で厳しく言った。「いいかい、キャット。きみがデヴィッド・アッシュと結婚したとき、ぼくは彼を八つ裂きにしたいくらい頭にきた。だが、ぼくたちの仲はそんなことで終わりはしない。それがわかっていたから、きみを見送ってぼくは待った。デヴィッドは死んだ。そのあともぼくは待った。やっと今きみは自分の家に帰ってきた。今度こそきみを手放しはしない。もうほかの男と逃げるようなことはさせないからな」

怒りをぶつけるルールに対し、キャサリンも負けずに言い返した。指を彼の髪の中に差し入れ、彼と同じように相手の頭を押さえながら。「まるでわたしたちが特別な間柄だったみたいな言い方ね。あれはばかで短気なティーンエージャーと、自己管理ができない男の戯れだったのよ。ほかには何もないわ。何も！」

「今は？」ルールはばかにしたように言った。「今のはなんと言い訳するつもりだ？」

「言い訳が必要？」

「多分。きみのためにね。きみはまだぼくたちがいいカップルだと認めたくないんだろう。好むと好まざるとにかかわらず。いやなことから目をそむけていれば、何かが変わると思ってるのか？」

キャサリンは深く考えもせずに首を振った。ルールはわたしにできないことまで要求している。彼を愛していると言うわけにはいかない。確かに肉体的には彼に惹かれる。わたしにできるのは、その事実を認めるところまで。それ以上を認めるのは、ルールの力に屈することを意味する。でも、今は疑問と不安がありすぎて、彼におとなしく従う気になれない。

ルールの目が彼女を見下ろしてきらりとし、顔がゆっくり笑み崩れた。警告を発するような、危険な笑いだ。「朝まで待ってみようじゃないか。その気持が変わらないかどうか楽しみだ」彼は語尾を引き伸ばして言い、甘く熱く体を動かし始めた。

二時間が過ぎた頃《ころ》、ごくわずかに白み始めた地平線だけが夜明けの近いことを告げていた。今までと違って部屋の中は暗い。雲が出て月を隠してしまったからだ。小雨がリズミカルに窓を叩《たた》き、金属的な音をたてている。ルールのぬくもりで暖まったシーツの中で、キャサリンはもぞもぞと体を動かした。ルールは頭をもたげ、雨の音を聞いている。ため息をつき、彼は再び枕に頭を埋《うず》めた。

「もう朝だ」彼はつぶやいた。その暗い声がキャサリンの上を流れていく。彼女の頭の下にある腕に力を入れ、ルールは体を起こした。彼の上体は、部屋の闇《やみ》よりいっそう黒い影となって見える。彼はキャサリンに体をのせかけ、彼女を自分の下に引き寄せた。彼の腰はキャサリンの腰にぴったり触れ、きみがほしいと訴えかける。やがて彼の力強い脚がキャサリンの脚を分け、ねんごろな睦《むつ》み合いへ誘った。

ルールの力は尽きることを知らないらしい。キャサリンは新たに張り詰めた彼の体に息をのんだ。「また?」彼女はルールの温かい喉元に口を寄せてささやいた。二人ともほとんど眠っていなかった。彼は常にやさしく抱いたが、キャサリンの体は愛のいとなみの跡を残してうずいている。それなのに意外にも気持がゆったりし、体は満たされていた。こんなことがあるのだろうか? 長い夜の間、精神的に距離をおくことさえできなかった。二人は結び合い、一体となって動き、触れ合い、愛撫《あいぶ》し合い、相手の反応を試し合った。今、キャサリンは自分の体と同じくらいルールの体を知っている。再び彼と一つになると、キャサリンは思わず声をあげた。ルールは低い笑い声をたてた。その息に、キャサリンのこめかみの髪が扇状に広がる。

「そうだ」彼のかすれた声は低く、ほとんど聞き取れない。「まただ」

その後、キャサリンは深い眠りに落ちた。ルールがベッドから下りたのも知らなかった。彼は素肌をさらしたキャサリンの肩をシーツでくるみ、顔にかかっている赤い髪を後ろへとかしつけた。彼女は動きもしなかった。ルールはジーンズをはき、ほかの衣類を携えて部屋を出た。自分の寝室に戻り、シャワーを浴びて雨用の仕事着に着替えるために。

キャサリンはそのまま眠り続けた。一時間また一時間と時は過ぎた。ローナは、どうしたのだろうと思いながらも、起こさなかった。昼近くなってモニカが下りてきたが、何も言わずにステーション・ワゴンに乗り、タイヤから水しぶきを上げて出ていった。リッキーはしばらくむっつりしていたものの、従業員の一人がピックアップ・トラックに乗り込むやぱっと顔を輝かせた。そして、ぬかった裏庭をものすごい勢いで駆け抜け、運転台によじ登って彼の隣に収まった。行き先がどこであろうと、彼女にとっては問題ではなかった。

雨は小やみなく降り続く。ありがたい雨だが、仕事をするのはつらい。ルールは昼を過ぎてから昼食に戻った。頬がこけていて、一目で疲れているのがわかる。キャサリンはまだ寝ている、とローナがさりげなく言うと、彼の非情な口がかすかにほころんだ。そこに満足感が表れているのを、ローナは見て取った。ルールは何か考えているような目でちらりと天井を見上げたが、その考えを無視することにしたらしい。昼食をとり、また日常の仕事に戻っていった。

　この日の雨は鎮静剤にも似た効果を及ぼし、キャサリンは長い時間ぐっすり眠った。目が覚めてみると、すっかり疲れが取れていた。そこで、ゆっくり伸びをして気がついた。体があちこち痛む。まだ完全に目が覚めず、寸時力を抜いて横たわった。ゆうべルールがマッサージしてくれたのを思い出す。彼はわたしの体に手をかけてうつ伏せに寝かせ、脚をまたいで膝をつき、腿やヒップをもんでくれた。そのとき、彼はふざけてささやいた。最初からこうさせればよかったんだ。そうすれば、今みたいに痛い思いはしなかったのに。

　覚えていることはほかにもある。キャサリンはそっと満ち足りた笑みを浮かべた。一糸まとわぬ体に、シーツの愛撫が快い。感覚が高まり、肌もいつになく感じやすくなっている。静かに起き上がったときは、まだ唇に笑みが残っていた。しかし、枕元の時計に視線を落とすと……二時半？　たちまち笑みは消え去った。シカゴ行きの飛行機は四時に飛び立つ！

　キャサリンはあわててベッドから下りた。体が痛くても気にしてはいられない。立ち上がるとネグリジェが足にからまった。ゆうべルールが投げ捨てたのだ。いらいらとネグリジェを蹴《け》飛《と》ばし、タオル地のローブをはおってベルトを締め、彼女は階段を駆け下りてキッチンに飛び込んだ。あまりの勢いに、中にいたローナはスプーンを落とした。「ローナ！　ルールはどこ？」

ローナは深呼吸してボウルの中のスプーンを拾い上げた。そこにはケーキの種が入っている。「何も言いませんでした。どこにいるかわかりません」

「でも、わたしが乗る飛行機はあと一時間半で出るのよ」

「もう何をしても間に合いませんよ」ローナは悠然としている。「いちばんいいのは、航空会社に電話してあとの便に乗れるかどうかきくことです」

なるほど。そのとおりだ。ほかに方法はない。キャサリンはため息をついて肩の力を抜いた。「どうしてそれを思いつかなかったのかしら。大あわてすることはなかったんだわ」

情けない話だが仕方がない。さっそく書斎へ行ってローナの言うとおりにしよう。

書斎はかつて父の居城だった。だが、今はすっかりルールのものになり、彼の男性的なにおいがしみついているようにさえ思われる。机の上の書類は彼の筆跡で書かれ、手紙も彼あてのものばかり。革張りの椅子に腰を下ろすと、ルールの膝に座ったような気がした。どうも落ち着かない。けれど、そんな幻覚を押しやり、電話に手を伸ばした。

結果は予想したとおり。あとの便は満席だという。ただし、深夜の便には空席がたくさんある。それに乗るしかないので、座席を予約した。眠れないのを覚悟しなくてはならない。でも、遅くまで寝ていたのだから、いくらか楽だろう。そこまで考えて寝坊の原因を思い出し、思わず口をぐっと結んだ。

一方的にルールを責めるわけにはいかない。彼に熱く応えたのは、あまりにも明らかだ。

自分自身にも彼にも、それを否定することはできない。本来、気まぐれな一夜の恋に興味を持つたちではなかった。だからこそ、初めてルールに抱かれたときには動揺したのだ。長い間彼を避けていた理由もそこにある。デヴィッドを知り、愛し、彼の妻になり、死期が迫る彼とともに生きたおかげで、大人にもなり精神的に強くもなった。今ならルールとの間に距離を保てると思っていたが、昨夜の一件は彼に逆らえないということをはっきり証明している。ここにいたら、彼がその気になったときはいつでも彼のベッドに入ってしまう。あるいは、彼がわたしのベッドに。それは、改めて考えるまでもない。分別を失いたくないなら、ルール・ジャクソンから離れているに限る。それにはシカゴに帰るしかない。ずっとこの家にいるというい加減な約束は無視しよう。

空腹でおなかが鳴っているが、そんなことはどうでもよかった。それより、早く牧場を出なくては。二階へ上がってシャワーを浴び、しっかりメークをしてべっ甲のヘア・アクセサリーで髪を後ろに留めつけた。スラックスは清楚《せいそ》な焦茶色で布地はリネン。ブラウスは白いコットン。靴ははきやすいコルク底。持ち物はすばやくスーツケースとトートバッグに詰めた。それから荷物を階下へ持って下り、キッチンに入ってローナに言った。「深夜便が取れたの。ルールを見つけてヒューストンまで飛んでくれって頼むわ」

「ルールが見つからなかったら」ローナは静かに答えた。「多分ルイスが送ってくれますよ。あの人もパイロットの免許を持ってますから」

これは今日聞いた中でいちばんうれしいニュースだった。キャサリンはぶかぶかのレインコートをはおり、同じ黄色の帽子をかぶった。どちらもキッチンの隣にある小さな用具部屋にかかっていたのだ。激しい降りではないものの、雨は小やみなく降り続く。馬小屋へ向かうと、地面が一つの大きな水たまりのように見えた。馬小屋にいた従業員から聞いたのは、あまりいいニュースとは言えなかった。西の牧草地にいた牛の一団が、囲いを破ったという。ルールとルイス・ストーヴァルはほかの者と一緒に牛を集め、囲いを直しに行っている。どうやら時間がかかるらしい。キャサリンはため息をついた。今すぐ出たい。もっとはっきり言えば、ルールと再び顔を合わせないうちに。彼は帰したくないと言っている。もし顔を突き合わせて言い合いをしたら、彼に勝てる自信がない。ヒューストンへは送っていけない、とルールにきっぱり断られる可能性もある。ルイス・ストーヴァルが送ってくれるかもしれないが、それはルールがだめだと言わなければの話だ。だから、ルールがいないときにルイスに頼みたい。でも、その機会はなさそうに見える。

長時間車に乗るのは好きではないが、今となってはそれが唯一の方法だろう。キャサリンは従業員に視線を注いではっきり言った。「どうしてもヒューストンに行きたいの。車で送ってくれない？」

彼は驚いた顔をし、帽子を後ろへずらして考え込んだ。「いいですよ」やっと返事が口をついた。「だけど、今は出られません。ミセス・ドナヒューがワゴンに乗っていってしまったし、ルールのピックアップのキーは、彼が持っています。ルールは車にキーをつけておかないんです」

彼が言っているのは、ダークブルーのピックアップ・トラックのことだろう。あの車が置いてあるのはわかっていたが、使うつもりはなかった。モニカがステーション・ワゴンに乗っていったとはついていない。気持が沈んでいく。「あれじゃないトラックは?」古くて乗り心地は悪いが、輸送機関であることに変わりはない。

従業員は首を振った。「フォスターがあれに乗って出かけています。ルールが町へ囲い用の柵《さく》を買いに行かせたんです。フォスターが帰って荷物を降ろすまで待たないといけません」

キャサリンはうなずき、仕事中の彼を残して馬小屋を出た。どうしてこううまくいかないのだろう? 家に戻る途中、むしゃくしゃして叫びたい気持だった。モニカが帰ってきてからでは、おそらく遅すぎる。車では間に合わないだろう。ピックアップについても同じだ。それだけでなく、その頃にはルールが戻ってきてしまう。

ルールについての予測は見事に的中した。数時間後、まだ空をおおう雲と降り続く小雨に急《せ》かされて夜のとばりが下りる頃、ルールが勝手口から入ってきた。彼が帰ってきたときは、誰かと一緒にいるほうが安全だ。キャサリンはそう思ってローナと一緒にキッチンでテーブルの前に座っていた。ルールの帽子からは水が滴っている。彼はレインコートを脱いでコート掛けにかけ、帽子を軽くこすって水を落とした。それから泥だらけのブーツを脱ごうと体をかがめたが、疲れているために動きが鈍い。遅くまで寝ていたわけではないのだから、疲れているのは当然だ。キャサリンの胸は妙にうずいた。この二日、ルールはほとんど眠っていない。それが心身の疲労になって表れている。

「三十分で戻る」ルールはブーツを脱いで靴下だけになり、ローナの前を通りながら言った。キャサリンにはちらりととがめるような視線を投げたが、疲れた顔をしているだけにいっそうその目つきは非難めいて見える。「一緒に来てくれ」彼は命令口調でそっけなく言った。

不愉快なことになりそうだ。覚悟しよう。キャサリンは立ち上がり、彼に従った。廊下にはキャサリンの荷物が置いてある。ルールは通りがけに体をかがめて荷物を取り上げ、階段をのぼっていく。キャサリンは後ろから小声で言った。「余計な労力を使わないほうがいいわ。この荷物、すぐに持って下りるんだから」

ルールは返事をせず、キャサリンの部屋のドアを開けて荷物を中へ放《ほう》り込んだ。壊れ物があるかもしれないのに、全然注意を払わない。続いて長い指でキャサリンの細い手首をつかみ、ぐんぐん引っ張って自分の部屋に向かった。ルールがいくら疲れていても、キャサリンは彼の力にかなわない。それゆえ、手を引き抜こうとはしなかった。ルールは寝室のドアを開け、彼女を中へ促した。かすかな残光もすでになく、部屋は大方闇に沈んでいる。彼は明かりをつけずにドアを閉ざしてキャサリンを抱き寄せ、怒りに任せて荒々しくキスをした。疲れきっている人に、こんな力があるとは信じられない。

キャサリンは彼のウエストに腕を回してキスを返した。勇気がないために彼から離れようとしていることを思うと、泣きそうになる。味覚も触覚も嗅覚《きゅうかく》も、彼の唇の味、引き締まった体の感触、肌と髪と衣類のにおいしか受けつけない。それなのにそばにいられないなんて……そのとき、ルールは手を離して明かりをつけ、キャサリンから離れて話しかけた。

「ヒューストンへは送っていかない」ルールは怖い顔をしている。

「もちろんよ。そんなに疲れているのに、送ってもらうわけにはいかないわ」キャサリンは表向き冷静に答えた。「多分ルイスが――」

「いや、ルイスはだめだ。ドナヒュー牧場で働きたいやつは、きみを送ってはいけない」彼はきっぱりと言った。「みんなにはっきりそう言っておいた。なんのつもりだ、キャット？　着いた日、ぼくが迎えに行ったときに、きみはずっといると言ったじゃないか！」彼はシャツのボタンを外して脱ぎ捨てた。今までシャツに隠れていたたくましい肩があらわになっている。

キャサリンはベッドに腰を下ろしてしっかり指を組み合わせ、感情を抑えて言った。

「長くいるかもしれない、って言っただけよ。わたしを脅すのはやめてちょうだい。ここで働いている人たちもね。わたしは今夜発《た》てなければ明日発つだけよ。わかってるじゃないの」

ルールはうなずいた。「かもな。今夜モニカが帰ってくれれば。だが、彼女は夜運転したがらない。怖いんだ。今まで帰ってこないところを見ると、帰るのは明日だろう。だから、明日ぼくが壊さないうちにステーション・ワゴンに乗っていくしかない」

堪忍袋の緒が切れ、キャサリンははじかれたように立ち上がった。怒りに目は細く、声は甲高い。「やめて！　囚人みたいに閉じ込められるなんてごめんだわ！」

「ぼくもそんなことはしたくない！」ルールも大声で彼女に食ってかかった。「今度はもう逃がさないと言ったはずだ。ぼくは本気で言ったんだぞ。わからず屋！　ゆうべのことを考えてみろ。それでもわからないのか？」

「わかったわ。あなたがしばらく女性を抱いてないってことが」

「ふざけるな！」

部屋の中はしんとし、キャサリンはある事実を考えて落ち着かなくなった。ルールが女に不自由することなどない。彼はいつでも女性をほしいままにできる。それはとりわけ不愉快な、認めたくない事実だ。キャサリンが黙り込んでしまうと、ルールはベルトを緩めてジーンズを脱ぎ、一気にソックスも脱ぎ捨てて歩き出した。まるでキャサリンが部屋にいるのを忘れたかのように。だが、これは普通のことだとキャサリンは思い直した。二人は最も親密な関係にあるのだから。キャサリンはひそかに熱い思いを込め、力に満ちた長身の体をじっと見つめた。あの体に抱きつきたい。だめ。こんなことを考えているとわかったら大変だ。目に表れた表情を読まれないよう、彼女は急いで目をそらした。

ルールは洗ってある衣類を取り上げてキャサリンの腕に押しつけた。キャサリンは反射的にそれを受け取った。気がつくと胸に彼の衣類をかかえている。少し間をおいて、ルールは聞き取れないくらい低い声で言った。「やってみたらどうだ、キャット。とにかくここで暮らしてごらん。明日社長に電話して、仕事を辞めると言うんだ」

「そんなことできないわ」キャサリンは静かに言った。

ルールはかっとしたらしい。また大声を出した。「できない？　なぜ？　理由はなんだ？」

「あなたよ」

ルールは目を閉じた。胸の中で怒鳴っているに違いない。笑いたくはないが、独りでに口元がほころんでくる。だが、キャサリンはそれを抑えた。ワンダは彼のことをなんと言っただろう？　危険なところは相変わらずだけど、今は感情を抑えている？　ルールがどれほど激しやすいか、わたしほどよく知っている人はいない。そう言いきっていいだろう。そのときようやくルールが目を開け、キャサリンをにらみつけた。黒い虹彩《こうさい》が憤りに光っている。「リッキーに何か吹き込まれたんだな。きみはそれを信じている」

「違うわ」キャサリンは思わず口走った。彼はわかっていない。でも、特別な関係を結んだあなたを信用するのが怖い、などとどうして言えよう？　ルールは体だけではなく、ほかのものも求めている。わたしはそのどちらにも応じられない。彼が怖い。気を許したら、どれほど彼に傷つけられるか……そうなるのが怖い。ルールがわたしを破滅させる可能性は十分にある。彼ほどわたしに近づいた人はなく、今後もいないからだ。

「それならなんだ？」ルールは相変わらず怒鳴っている。「言ってごらん。ぼくがどうすればここにいる気になるんだ？　さっき理由はぼくだと言ったね。それなら、ぼくにどうしてほしいのかはっきり言ってくれ」

何もまとわず怒って立っているルールは、男らしくて磁石のように心を惹きつける。腕にかかえている衣類を投げ出し、彼に飛びついて腕を巻きつけたい。男の胸に魅力を添える黒い巻き毛に、顔を埋めたい。ああ、どんなにここにいたいか！　ここはわたしの家であり、わたしはここにいたいと思っている。けれど、自分のペースでルールを動かすことはできない。彼が合わせてくれない限りは。ふといい考えがひらめき、キャサリンは深く考えずに答えた。「セックス抜きにして」

まるで息をするなとでも言われたかのように、ルールは唖然《あぜん》としている。やがてキャサリンをにらみつけ、悪態をついた。「本気でそんなことができると思ってるのか？」

「そうでなくては困るのよ」キャサリンははっきり言い返した。「少なくとも、決心がつくまでは……」

「何を決心するんだ？」ルールは先を促した。「ここに一生いられるかどうか」キャサリンはすばやく考えをめぐらせた。ルールには分別ある行動をとってもらいたい。そう説得する方法があるはずだ。「わたしは火遊びなんかしたくないの。そんな浮ついた人間じゃないわ。最初からずっと」

「ぼくたちはただの友達にはなれない」彼はずばりと言った。「ぼくは現にきみがほしいと思っているし、禁欲は苦手なほうなのでね。きみが結婚したときも耐えがたかったけど、今は我慢するなんて不可能だ。いつになったら現実を見つめるつもりだ？」

キャサリンは耳を貸さず、自分の要求を通すことに決めた。ルールは動揺している。こんな事態はめったに起こらないのだから、断じて見逃してはならない。「女絶ちの誓いをしろって言ってるんじゃないのよ。心が決まるまで、わたしを放っておいてくれればいいの」言いながらも、ルールがほかの女性のもとへ走ると思っただけでかっとする。いいではないか。そうしたいならすればいい。

歯を食いしばっていると見え、ルールの顎に力が入っている。「で、ここにいると決めたら？」

キャサリンは目を丸くした。その決意が何を意味するか、初めて気がついたのだ。ここにいるというのは、ルール・ジャクソンの女になることを意味する。〝決めるまでは〟という盾で、永遠に彼を遠ざけるわけにはいかない。彼は近いうちに明確な返事を迫るだろう。今となればよくわかる。返事の引き延ばし作戦は、いつの間にか罠《わな》に転じていた。ここにいても出ていってもかまわないが、いるとしたら彼のものになってしまう。ルールは古代の神の像のように、力に満ちた体をさらして立っている。見ていると、体の奥がきりきりと痛む。本当に彼から離れられるだろうか？

キャサリンはつんと顎を上げ、勇気を振り絞って冷静に答えた。「ここにいるなら、あなたのご希望に副《そ》うようにするわ」

ルールにほっとした様子はない。「明日電話して仕事を辞めてもらいたい」

「でも、帰ると決めたら――」

「働く必要なんかない。牧場の収入できみの生活費くらい出るよ」

「牧場のお金を搾り取るような真似《まね》はしたくないわ」

「何を言ってるんだ、キャット。きみの面倒はみるって言っただろう！」ルールは大声を出した。「しばらくその問題は忘れてくれ。仕事を辞める気はあるのか、ないのか？」

聞き入れてもらえないことを承知で、キャサリンは頼み込むように言った。「無茶言わないで――」

ルールは手を振り下ろしてやめろというジェスチャーをし、キャサリンの話をさえぎった。「今の……仕事を……辞めろ」歯を食いしばりながら言うので、言葉が切れ切れに聞こえる。「それが条件だ。ぼくが手を出さなければきみはここにいる。それでいい。きみが仕事を辞めるなら、ぼくはきみの要求どおりにするよ。互いに譲り合うわけだ」

ルールの筋肉が震えている。キャサリンがノーと答えたら、彼の我慢は限界に達するに違いない。ルールは譲歩したが、これ以上はしないだろう。キャサリンが仕事を辞めなければ、彼はあらゆる手を尽くして牧場にとどめようとするに決まっている。自ら進んでとらわれの身になるか、いやいやそうなるかの違いしかなさそうだ。仕事は捨てることにしよう。ほかの面で得るところがあるのだから、いいではないか。「わかった。仕事は辞めるわ」言うそばから、何か大事なものを失ったような気がしてならない。シカゴと自分を結ぶ最後の絆《きずな》、デヴィッドとの生活をつなぎ留める最後の絆を、断ちきってしまったように感じる。それは、デヴィッドとの思い出に背を向けたのに等しい。

ルールはため息をつき、無造作に髪をかき上げた。「ローナが食事の支度をして待っている」彼はキャサリンの手から自分の服を取り上げた。「急いでシャワーを浴びて下へ行くよ」

ルールがドアを開けたので、キャサリンは駆け寄って彼の手からノブをもぎ取り、ばたんとドアを閉めた。彼は何事だと言いたげな目で見ている。キャサリンは声をひそめて厳しく言った。「あなた裸よ！」

ルールはうんざりしたような薄笑いを浮かべている。「わかってるよ。ぼくはいつもこういう格好でシャワーを浴びるんだ」

「まあ！　誰かに見られるかもしれないじゃないの」

「誰かと言ったって、モニカは家にいないし、ローナは下だ。リッキーはまだ馬小屋から戻っていない。見るとしたらきみだけだ。きみに隠すものは何もない。そうだろう？」うんざりした笑みはからかうような笑みに変わり、彼は再びドアを開けてふらりと廊下へ出た。キャサリンはあとに続いたが、むしゃくしゃしてならなかった。パンチを食らわせたらどんなにすっとするか。でも、そんなことをするほどばかではない。

夕食後、ルールはさっさと床につき、キャサリンははからずもリッキーと二人きりになった。どう考えても、彼女は一緒にいて楽しい相手ではない。リッキーは初めはテレビをつけて次々とチャンネルを変え、やがてテレビを消してソファにどんと腰を下ろした。キャサリンは雑誌を読んでいたが、どうも落ち着かなかった。それでも最後まで読もうとつとめているところへ、びっくりするようなリッキーの言葉が飛んできた。「寝かしつけてあげなくていいの？」

キャサリンははっとして顔を上げ、急いで目をそらした。顔が赤くなっていくのがわかる。「誰を？」どうにかきき返したものの、声に落ち着きがない。

リッキーはにっこりして脚を伸ばし、足首を交差させてキャサリンの口ぶりを真似た。

「誰を？　まあ、ずいぶん鈍いのね。信じられないわ。彼がゆうべどこで寝たか、わたしが知らないと思ってるの？　だけど、ルールの努力を認めてあげるべきよ。彼はほしいものがあればしつこく追いかけるわ。今はこの牧場がほしいから、あなたを利用してるの。でも、ベッドに入っているときの彼ってすごいから、あなたにはその先が見えないんじゃない？」

「おあいにくさま。いろいろ見えるわ。あなたのやきもちも含めて」キャサリンはぴしりと言い返した。怒りがふつふつとわいてくる。もし、リッキーがわたしを怒らせてしゃべらせようという魂胆なら、しゃべろうではないか。ルールに抱かれたことを否定するつもりはない。

リッキーは声をたてて笑った。「結構ね。ずっと夢を見ているといいわ。ルールのおかげで男の味を知ったのは十七歳のとき。それ以来、あなたはまともにものを考えられなくなったのよ。わたしが何も知らないと思ってた？　わたし、馬に乗ってて、ルールがあなたに服を着せかけてるところを見ちゃったの。あなたはあれからびくびくして逃げ回ってたわね。でも、今は大人になったから、怖がってはいないでしょう？　あのことは、いつも思い出していたわよね？　ねえ、キャサリン、彼は女の問題で噂《うわさ》の種になって、牧場の種馬よりすごいって言われてるのよ。あなた、大勢の女の一人でもかまわないの？」

不快感に目を細め、キャサリンは言った。「ルールのことを悪く言うのは、妬《や》いてるから？　それとも、彼が注目してくれないから？」

意外にも今度はリッキーのほうが頬を赤らめ、目をそらした。わずかに間をおいて彼女は口を開いたが、その言い方は歯切れが悪い。「わたしの言うことを信じないのね。いいわよ。勝手に嘘《うそ》だと思ってらっしゃい。お母さんが利用されてきたように、あなたも彼に利用されればいいんだわ。ただ、覚えておきなさい。彼には何よりも、誰よりも牧場が大事なんだってことをね。牧場を自分のものにするためなら、どんなことだってするわ。彼にきいてみたら?」リッキーはずばりと言って冷たい笑みを浮かべた。「あなたが彼からそういう話を聞き出せるかどうか見ものだわ。ベトナムへ行って彼がどう変わったか、なぜ死に物狂いで牧場にしがみつくのか、きいてみなさいよ。悪夢の話も、夜ときどき牧場を歩き回るわけも」

キャサリンは度肝を抜かれた。ルールがまだ戦争の記憶にさいなまれている?　そんなことは想像外だ。

リッキーは落ち着きを取り戻し、また笑った。「あなたは彼のことなんか全然わかってないのよ!　何年もここにいなかったんだから。いない間に何があったか、何も知らないじゃないの。大いにばかなことをすればいいわ。わたしにはどうでもいいことよ」彼女は立ち上がって出ていき、階段を駆け上がる足音が聞こえてきた。

リッキーが言ったことは、簡単に聞き流せる話ではない。キャサリンは動揺する心をかかえて座っていた。一部の話、つまりルールの動機については、考えたことがないわけではない。彼の頭で何が起こっているか考えていると、気が狂いそうになる。わたしを自分のものにしたがるのは、牧場がほしいからなのだろうか？　たとえ正直に話してくれと頼んだところで、彼の話を信じられるかどうかわからない。結局、自分の勘に頼って決心するしかないのだ。少なくとも時間だけはある。今までは彼のせいですぐ肉体的な欲求にのみ込まれてしまったが、これからはそんなことに悩まされない時間が続く。今後は、リッキーに扇動されて向こう見ずな行為に走らないよう、気をつけてさえいればいい。

キャサリンは夜明け前に目を覚まし、そのまま横たわっていた。もう眠れなかった。前日の雲はまだ点々と残り、間もなくばら色の細い光がその紫色の雲を通して地上に降り注ぎ始めた。ローナが朝食の支度をする耳慣れた心温まる音がし、家は活気を取り戻しつつある。すぐにルールの足音がし、心臓が止まりそうになった。足音はドアの前を通り過ぎ、階段を下りていった。キャサリンはシーツをはねのけ、急いでジーンズとエメラルド・グリーンのニットシャツを着て裸足《はだし》のまま階下へ下りた。ルールが出かける前にどうしても会いたい。その理由についてはあまり考えたくないが、とにかく会って……昨日みたいに疲れた顔をしていないのを確かめたいのだ。

キッチンに入っていくと、彼は足を投げ出してテーブルに着き、湯気の立つコーヒーを飲んでいた。彼もローナも目を上げたが、二人とも驚いた顔をしている。「早く食事したくなったの」キャサリンは穏やかに言い、テーブルの前に座ってコーヒーを注《つ》いだ。

最初は驚いていたローナはもう落ち着いて、また料理に取りかかっている。「卵ですか、ワッフルですか？」彼女はたずねた。

「卵一つ。スクランブルにして」キャサリンは答え、オーブンに入っている大きな手作りスコーンの焼け具合を調べた。申し分ない黄金色に焼けている。そこで取り出してナプキンを敷いたかごにうまく移し、ルールの前に置いた。スコーンからはおいしそうな香りが立ちのぼっている。ローナがスクランブル・エッグを作っている間に、キャサリンはベーコンとソーセージを盛った皿をテーブルに移し、ルールの隣の椅子にするりと収まった。いい具合に、ローナは向こうを向いている。その機を利用してルールに体を寄せ、すばやく彼の耳の下にキスをした。なぜそんなことをしたのか、説明はできない。けれど、しただけの価値はあった。ルールが激しく体を震わせたので、思わずにっこりしてしまった。彼が特定の一点に感じやすいということが、わけもなくうれしい。ルールはいつになく傷つきやすい弱い人間に見えた。それに……自分で言ったとおり、彼は何も隠していないようだ。

ルールはちらりとキャサリンに視線を投げた。その目は怒りに満ち、仕返しするぞ、と告げている。しかし、キャサリンの笑顔を見ているうちに、彼の表情は徐々に和らいでいった。

ローナは二人の前に料理を置き、テーブルの向かい側に座った。数分が過ぎたが、誰も何も言わない。ただ黙々と塩、こしょうを振り、料理を好みの味にしている。やがてローナが馬の売り立てについてたずねると、ルールはいつもどおり手短に答えた。その会話からキャサリンはかなりの情報を得た。ルールは馬の売り立てを三週間後に予定しており、それは大きなイベントになるらしい。何年もの間に、ルールは馬の畜産家として確固たる名声を築き、売り立てには最初予測した以上の人が集まってくる。ローナは鼻高々で顔を輝かせているが、ルールは誇らしげな顔をしない。

「何かわたしが手伝えることある?」キャサリンはたずねた。「馬にブラシをかけるとか、小屋の掃除をするとか、ほかにも何かあればするけど」

「例の電話はしたのか?」ルールが不機嫌に言った。

「まだよ。九時にならないとつながらないの」キャサリンは白々しい愛想笑いをした。ルールを振り回せるこの機会を、思う存分楽しみたい。ローナが戸惑ったような顔をしているので、キャサリンは説明した。「仕事を辞めて、ここにいようと思ってるのよ。とりあえず、しばらくは。一生いるかどうかは、まだわからないわ」最後の一言はルールのためを思って言い足した。もしかすると、彼は闘いに勝ったと思っているかもしれない。

「まあ、うれしい。一生いてくだされば何よりです」ローナは言った。

朝食後、キャサリンは気がついた。さっき、手伝うことはないかときいたのに、ルールはまだ返事をしていない。そこで彼に続いて外へ出て、忠実なブルドッグよろしくぴったり彼について歩いた。あまりくっついているので、うっかりしているとぶつかってしまう。ルールは立ち止まって振り返り、こぶしを腰に当てた。どこを取っても支配力ある男性に見える。「なんだ?」彼は大声できいた。

「何かわたしが手伝えることある?」キャサリンはルールを真似てこぶしを腰に当て、頭をのけぞらせて辛抱強く繰り返した。

一瞬ルールは怒りを爆発させそうに見えたが、いつも顔に表れている自制心を取り戻して苦笑いさえ見せた。「ああ、あるよ。電話をしたらトラックで町へ行ってくれ。家畜の栄養剤を注文してあるから、もらってきてもらいたい。それから囲い用の柵がもっとほしい。昨日フォスターが買ってきた材料では足りないんだ」彼はどれだけ柵が必要か伝え、ポケットに手を入れてピックアップ・トラックのキーを取り出した。

キャサリンがキーを受け取ると、ルールは彼女の顎に手をかけて顔を上げさせた。「ぼくが戻るまでに帰ってくるだろうね。そのつもりでいるよ」彼の声はわずかながら警告を発しているように聞こえる。

わたしを信用しないのね。キャサリンはむっとして彼をにらみつけた。「わかってるわよ。それまでに帰ってくるわ」彼女の言い方はぎごちない。「嘘はつかないから大丈夫」

ルールはうなずいて顎にかけていた手を下ろし、黙って歩み去った。長身の後ろ姿が遠ざかっていく。キャサリンは少しの間彼を見送っていたが、きびすを返して家に戻った。キスさえもしてくれない彼に、なんとなく腹が立つ。キスがほしくて出てきたのに。でも、わたしがそういう注文をつけたのだから仕方がない。彼がその注文に従ったからといって、今頃がっかりするのはばかげている。それは、いかに深く彼の魔力にひたっているかという証《あかし》にほかならない。期待外れだなどと断じて思わないようにしよう。

九時になるや、キャサリンは電話の前に座って唇をかんだ。自分がとろうとしている行動を前にして、不安を感じる。ある意味で、ルールは彼を取るかデヴィッドを取るかの選択を迫っているのだ。デヴィッドがもうこの世にいないことを考えれば、公正な選択とは言えない。デヴィッドは特別な人だった。彼のためなら、いつまでもある程度の時間や労力を費やしただろうが……彼は別の世界へ旅立ってしまった。それに対し、ルールはあのとおり活力に満ちて生きており、夫と暮らした家も、何もかも捨てろと要求している。でも、わたしは約束してしまった。その約束を破るなら、今日、ルールが帰ってこないうちに牧場を出なくてはならない。それは無理というものだ。とにかく今は。彼の腕の中で一夜を過ごしたばかりなのだから。自分の気持を——ルールの気持も——はっきりさせなくてはいけない。そうしないと、これから一生後悔するだろう。受話器を取り上げ、キャサリンは会社の番号をダイアルした。

十分後、キャサリンは失業者になった。いざそれを実行してみると、ともすればパニックに陥りそうになる。金が問題なのではない。金の心配はいらなかった。ただ、上司と話しているとき、恋に落ちた人間でなくてはこれほどの犠牲を払えない、と突然気がついたのだ。ルール・ジャクソンを愛したくない。彼を信用していいと確信するまでは、気を許したくないのが当然だ。ルールがモニカと愛人関係にあったとは思わない。リッキーがなんと言おうとも。ルールとモニカの間に親密な空気は漂っていないし、二人の言動には過去の関係をうかがわせる陰さえない。あれは明らかにリッキーが災いをもたらそうとして作った話だろう。彼女は悶着《もんちゃく》の種をまくのがうまいのだ。

不安なのはあの二人のことではなく、ルールがわたしを追いかける動機だ。純粋にわたしがほしいからだと思いたい。でも、彼が極端に牧場に執着しているという事実はどうしても否めない。彼は牧場を乗っ取り、自分のものにした。牧場を守るためには、どんな武器でも使うだろう。それは疑う余地もない。ルールは牧場を支配しているが、わたしは法的に牧場を所有している。彼の頭には、いつわたしが牧場を売却するかわからないという不安が常にあるのかもしれない。牧場が人手に渡れば、彼はもう支配できなくなる。ルールは牧場へのこだわりを否定したが、疑惑はわたしの胸から消えない。

もしルールがわたしにそれほど関心があるなら、なぜデヴィッドの死後連絡をとろうとしなかったのだろう？　わたしが帰ってきて新たに牧場に興味を示したら、急にわたしに夢中になったように見える。

トラックを運転して町へ出るまでの間、その問題がずっと頭を悩ませていた。決断はその一点にかかっている。ルールを信用できるなら、彼がわたしを女として求めていると信じられるなら、そこになんの疑惑もないのなら、彼が望む立場に甘んじて一緒にいようと思う。けれど、体の関係でわたしを操らせはしない。ルールは極めて支配的で精力的な男性だ。セックスが彼の強力な武器の一つであることは間違いない。何しろ彼にさわられただけで熱い思いがわき上がり、分別がなくなってしまうのだから。ルールを信頼しようという決断に達するには、ただ彼のそばにいて、鉄のような自制心に隠された彼の心をよく知る以外に方法はない。

5

〈フランクリン飼料店〉は町で唯一の飼料店だ。キャサリンはなんのためらいもなく車をバックさせ、荷積み場に入った。オーナーの娘、アルヴァ・フランクリンとは同じ学校に通った間柄であり、彼女が姉のレジーナを泥水の水たまりに突き落とした日を思い出すと我知らず笑ってしまう。本当にアルヴァはいたずらっ子だった。裏口の階段をのぼってかび臭い建物の中に入ったときは、まだ昔の出来事を考えて笑みを浮かべていた。

応対に出てきた男性には見覚えがなかった。だが、八年も店に来なかったのだから、それは当然だろう。彼は、その間にどこかから移ってきたのに違いない。

ところが、買いたいものを告げると彼は疑わしげな目つきをした。「ドナヒュー牧場の注文？」彼の言い方には警戒心が表れている。「あんたの顔は見たことがないな。名前はなんていったっけ？」

キャサリンは笑いをかみ殺した。「キャサリン・ドナヒュー……じゃないわ。アッシュよ」言い直しはしたものの、夫の姓を忘れかけていたと思うと後ろめたい。まるでデヴィッドの存在を忘れてどこかへ押しやってしまったようではないか。そんなことはしたくない。それなのに、ルールがルイス・ストーヴァルに旧姓で紹介したときも、文句を言いはしなかった。簡単にキャサリン・ドナヒューに戻ってしまい、牧場長の支配に自分をゆだねてしまったのだ。でも、今は違う。

キャサリンが真剣な面持ちで説明し終わっても、店員はまだ信用できない様子だった。

「わたしはドナヒュー牧場のオーナーなの」

「じゃ、ミスター・ジャクソンは――」

「うちの牧場長よ」キャサリンは彼の話を横取りし、すらすらと続けた。「あなたがわたしを知らなくてもしようがないわ。それに、慎重に相手を確かめて品物を渡すのも大事なことよ。わたしの身元を確認したいなら、ミスター・フランクリンにきいてちょうだい。彼はわたしを知ってるから」

店員はやはり身元確認をしたいらしく、店主をさがしに行った。彼が用心深いからといって怒るつもりはない。気長に待とう。どこかの牧場が支払う大量の飼料を、誰でもサイン一つで受け取れるようでは困る。店員は数分で戻ってきた。すぐ後ろにオーモンド・フランクリンがいる。フランクリンは眼鏡の向こうで瞳をこらし、キャサリンの髪に目を留めて言った。「ああ、キャサリン。しばらくだね。町へ帰ってきたことは聞いていたよ」

彼は従業員にうなずいた。「いいよ。品物を積み込みなさい、トッド」

「お会いできてよかったわ、ミスター・フランクリン」キャサリンは愛想よく言った。「土曜日に帰ってきたの。休みが終わったら向こうへ帰るつもりだったけど、もっとここにいることになりそうよ」

フランクリンがあまりににこやかな顔をしたので、キャサリンはいぶかった。わたしがここにいると、何がうれしいのだろう？「そうか。それはよかった。きみが牧場を継ぐんだな。結構だ。あのルール・ジャクソンは気に食わない。やつはお払い箱か？　そうなんだろう？　よし、よし。あれは悶着《もんちゃく》を起こすだけでなんの役にも立たない。ジャクソンみたいな厄介者を背負い込むなんて、きみのパパはひどい間違いをしたもんだといつも思ってたんだよ。やつはベトナムへ行く前から凶暴だった。帰ってからは完全な狂人さ」

まあ、ひどい。キャサリンはあきれてしまい、フランクリンを見つめてあんぐり口を開けた。何もかも彼の勝手な想像だ。こういくつも根拠のないことを言われると、何から否定すればいいのかわからない。それにしても、フランクリンはなぜルールをこんなに憎むのだろう？　そのとき記憶がよみがえり、美しいレジーナ・フランクリンのむっとした顔をありありと思い出した。同時に、彼女が追うべきでない男たちを追いかけるので有名だったという事実も。その男たちの一人が、ルール・ジャクソンだったのだ。彼はその性格からもわかるとおり、レジーナとの関係を隠そうとしなかった。

ここは善意に解釈してあげるべきだろう。責任があるのはレジーナもルールも同じだが、キャサリンはオーモンド・フランクリンのルールに対する悪感情を考慮して穏やかに言った。「わたし一人で牧場経営はできないわ、ミスター・フランクリン。ルールはすごくよくやってくれたの。牧場は、父が生きていた頃《ころ》よりもっとよくなったのよ。彼を首にする気はないわ」

「首にする気はない？」フランクリンは信じられないと言いたげにきき返し、眼鏡のブリッジの上にしわを寄せた。「分別がないだけでも、やつを首にしていいはずだ。この辺りの常識ある人間には迷惑だからな。海外から帰ってきたとき、やつが何をしたと思う？　それを忘れてない人がたくさんいるんだぞ。わかってるか？　きみは家の中でもやつを監視してなくちゃいけない。さもないと義理の姉さんが――」

「ミスター・フランクリン、状況を考えれば、なぜルールが嫌いなのかわかるわ」キャサリンは彼の話の途中で口をはさんだ。執拗《しつよう》にルールを攻撃する彼が、突然猛烈に憎らしくなったのだ。ルールとリッキーを結びつけたところにも腹が立つ。これ以上聞いてはいられない。ずばり核心に迫って仕返しをしよう。「でも、ルールとお宅のお嬢さんは若かったんだし、どうしていいかわからなかったのよ。それに、もうずっと前の話じゃないの。とにかく、あのスキャンダルはルールだけの責任じゃないわ」

かっとしたと見え、フランクリンの顔はくすんだ赤みを帯びている。彼は吐き捨てるように言った。「やつの責任じゃない？　よくそんなことが言えるな。ジャクソンはうちの娘を無理やり口説き落として、挙げ句の果てに逃げちまった。ひどいじゃないか。娘はこの町じゃ顔を上げて歩けない。だから出ていったんだ。それなのに、あいつは何も悪いことをしてないみたいな顔をして、堂々と歩き回ってる！」

キャサリンはためらった。オーモンド・フランクリンは、自分の罪をルールにかぶせているのではないだろうか？　レジーナが逃げ出したのは、融通のきかない父親のせいかもしれない。彼はその可能性をまっすぐ見つめられないのだ。フランクリンを傷つけたくはないが、黙っていられないことがある。キャサリンは冷ややかに言った。「ルール・ジャクソンは女性に無理強いしたことなんかないわ。その必要がなかったからよ。わたしは子供だったけど、女の子が彼を追いかけていたのをよく覚えてるわ。彼がまだひげも生えない頃から。軍を出てからはもっとすごかったわ。どう思おうと勝手だけど、今みたいなことを大声で言わないほうがいいわよ。中傷だといって訴えられたくないのなら」

二人の甲高い声は、店にいる人々の注目を集めた。しかし、フランクリンはやめようとしない。白い髪が逆立ちそうな勢いで怒鳴り散らした。「本当にそう思うなら、どこかほかの店で飼料を買ってもらいたいね、ミス・ドナヒュー！　お父さんは一度もわたしにそんなことを言わなかったぞ！」

「わたしの名前はミセス・アッシュよ。それから、父はこういうわたしを見たら、鼻高々だと思うわ。誰もルールを信用しなかったときから、彼を信頼していたんですもの。それでよかったのよ。ルール・ジャクソンがいなかったら、牧場は何年も前にだめになっていたわ」キャサリンは今やかっかし、足を踏み鳴らしてトッドのほうに向かった。彼は目を丸くし、伝票にサインをもらおうと待っている。キャサリンは伝票のいちばん下に名前を走り書きして、ピックアップ・トラックの運転席にもぐり込んだ。腹が立って足に力が入る。そのせいか、アクセルを踏むと車は荷積み場から飛び出した。

怒りに体が震えている。キャサリンは一ブロック走ったところで車を止め、気持を静めた。柵《さく》用材料……柵を忘れちゃだめよ。そう自分に言い聞かせ、深く息を吸い込んだ。手がぶるぶる震え、心臓が激しく鳴り、全身が汗ばんでいる。言い合いではなく、乱闘に巻き込まれたあとみたいだ。バックミラーに映った髪がちらりと目に入ると、驚いたことに引きつった笑いがわいてきた。髪の色は本当に喜怒哀楽の激しさと関係があるのだろうか？　赤毛の人は怒りっぽいというけれど。

フランクリンとけんかをしたことが悔やまれる。誰も見ていなくてさえみっともないのに、大勢の人が周りで見ていた。日が暮れないうちに、一言一句そのまま町中に伝わるだろう。でも、誰によらず、ルールをあのように言わせておくわけにはいかない。

「どうしよう、困ったことになりそうだわ」キャサリンはぼそぼそと独り言を言った。獲物をねらう豹《ひょう》でも身を守る必要があるのと同様、ルールも自分を守る必要に迫られるときがある。けれど、わたしの防護の仕方は、無力な幼獣を保護するかのようだった。これもルールがわたしに及ぼしている力の一形態にほかならない。彼は常に人の関心を集めるように見え、評判も人一倍高ければ、わたしを支配する力も特大だった。子供の頃、わたしは彼を怖がりまた敬い、ティーンエージャーの間は偉そうに振る舞う彼に憤慨した。でも、成長した今は彼の強烈な男らしさに惹《ひ》かれるあまり、自分を守るために闘っているような気がする。

数分後、キャサリンはUターンして建材店に向かったが、そこではなんの問題も起こらなかった。従業員全員を昔から知っているだけでなく、ルールが電話をかけて追加注文をしてあったからだ。全部荷物を積むとピックアップの荷台はぐっと下がり、彼女は慎重に牧場まで車を走らせた。重い積み荷に気を配らないわけにはいかない。

空はきれいに晴れ上がり、あらゆるものが清々《すがすが》しく、目に快い。前の日に恵みの雨が降ったからだろう。キャサリンはスピードを落とし、時間をかけた。そうすれば、牧場に着く前に完全に冷静になれる。しかし、思いどおりにはいかなかった。帰り着くと、ルールが裏庭で待っていた。そうか。わたしが戻ってこないかもしれないと思っていたのだ。わたしは必死で彼をかばってあげたのに。そう思うといったん治まった怒りがむらむらと込み上げ、キャサリンはトラックを降りて乱暴にドアを閉めるや大声で言った。「帰ってくるって言ったはずよ！」

ルールはつかつかとキャサリンに歩み寄り、腕を取って家のほうへ引きずっていった。

「その積み荷がすぐにほしいんだよ。だからここにいたんだ。早く癇癪《かんしやく》を引っ込めるほうがいいぞ。いつまでも怒ってると、膝にかかえ込んでみんなの前で尻を叩《たた》くからな」

願ってもないことを言うじゃないの。今は何よりエネルギーを爆発させたい。けんかなら大歓迎だ。「いつでもどうぞ。何よ、偉そうに」キャサリンはけんか腰で言った。「今朝のことを思えば、あなたとけんかするくらいなんでもないわ。あなたが五人かかってきても大丈夫よ」

ルールはぐいぐいキャサリンを引っ張って階段をのぼり、彼女がつまずくときつく腕をつかんで支えた。

「痛い！」キャサリンはきびきびと言った。「腕をもぎ取るつもり？」

彼は口の中で悪態をつき、勝手口のドアを開けて中へ促した。キッチンではローナが窓の前のお決まりの場所に立っている。二人に視線を向けた彼女は、穏やかな目にちらりと面白そうな表情を浮かべた。しかし、料理をする手が止まることはない。今日はルールの好物であるビーフ・キャセロールを作っている。

ルールは強引にキャサリンを椅子に座らせたが、キャサリンはボールがはずむように椅子から飛び上がってこぶしを固めた。するとルールは大きな手を彼女の胸に当て、椅子に押し戻して押さえつけた。「何をむくれてるんだ？」彼はうなり声にも似た声で言った。癇癪玉が破裂しそうになると、彼はこういうなめらかな低い声を出す。

今朝の一件はいずれルールの耳に入るだろう。わたしの口から知らせるほうがいい。キャサリンは挑むように頭をのけぞらせた。「店でけんかしてきたの。これから、飼料はほかの店で買わなくちゃならないわ」

ルールはキャサリンの胸に当てていた手を下ろし、唖然《あぜん》として彼女を見つめた。「つまり」彼の声はひそひそ声に近い。「ぼくが何年もオーモンド・フランクリンと衝突せずに取り引きしてきたのに、きみは一度で全部だめにしたってのか？」

キャサリンは口元をゆがめたが、言い合いの内容には触れなかった。「これからはウィズダムへ飼料を買いに行くのよ」ウィズダムはいちばん近い町である。

「あそこはフランクリンの店より三十キロも遠いんだぞ。往復で六十キロも走らなくてはいけない。きみもばかなことをしたもんだ！」

「それなら六十キロ走ればいいじゃないの」キャサリンは声を張り上げた。「忘れないでもらいたいんだけど、ここはまだわたしの牧場なのよ、ルール。ミスター・フランクリンにあんなことを言われたら、飼料を買う気にはなれないわ。ほかの飼料店が百キロ以上離れていようと。これでわかった？」

ルールの目に怒りが燃え、手がキャサリンのほうへ伸びた。だが、その手はキャサリンに届く前に止まり、彼はくるりときびすを返して家を出た。脚の長い彼はどんどん遠ざかっていく。ついていこうとしたら、走らなくてはならなかっただろう。

椅子から立ち上がったキャサリンは窓辺に足を運び、彼がトラックに乗り込むのを見守った。トラックは牧草地を越え、牧場の向こう側へ向かっていく。柵を作りに行くのだ。キャサリンは声に出して言った。「昨日の雨で地面がぬかってるわ。ぬかるみに落ちなければいいけど」

「落ちても引っ張り上げる人が大勢いるから大丈夫ですよ」ローナが声をひそめて笑った。「ルールを刺激するのがお上手ですね。こつをしっかりつかんでいるんでしょう。お嬢様がいらしてから、あの人の顔は生き生きしてますよ。今までルールのあんな顔は見たことがありません」

「みんなもっと彼に言いたいことを言うべきよ。納得できないときははっきり言わなくちゃ」キャサリンは低い声で言った。「ルールはずっとわたしの気持を無視してきたけど、もうそんなことはさせないわ」

「誰かが牧場経営に口を出すと、ルールは不愉快なんですよ」ローナが言った。「これだけ長い間あの人が一人で背負ってきたんですから、ほかの人と一緒に経営するっていったって、どうすればいいかわからないんでしょう」

「それなら、わかるようになればいいのよ」キャサリンはまだピックアップを目で追いながら頑固に言い張った。車は点のように小さくなり、視界から消えようとしている。不意に車は低いところに下りて見えなくなり、キャサリンは窓辺を離れた。

「お二人を見ているとわたしが何を思い出すかわかります？」突然ローナがまた笑ってたずねた。

「わかるはずないじゃないの」キャサリンはすねたように答えた。

「聞いてもびっくりなさらないと思いますよ。お嬢様は怒っているスマートな子猫、ルールはお嬢様の周りをぐるぐる回っている雄猫。周りを回ってるのは、ほしいものを手に入れようとしたら大げんかになるとわかっているからです」

キャサリンは吹き出した。二人のイメージが浮かび上がる。そのとおりかもしれない。確かに二人はやかましい声をあげたり、しゅーっとうなったりする猫みたいに言い合っている。「形容の仕方がうまいわね」彼女は喉を詰まらせて言い、ローナとともに大笑いした。とにかく、ローナの観察力はすぐれている。

がっかりしたことに、ルールは昼食に戻らなかった。ローナはサンドイッチとコーヒーをバスケットに詰め、すでに男性たちのところへ届けさせたという。リッキーも彼らと一緒なので、キャサリンはモニカと静かに昼食をとった。モニカはキャサリンが町へ行っている間に帰ってきたらしい。二人に共通する話題はないし、モニカは何か考え込んでいた。リッキーがどこにいるのかたずねもしない。すでに知っているのかもしれないが。

食事がすむと、モニカはたばこに火をつけた。いらいらしている証拠だ。彼女はめったにたばこを吸わない。キャサリンが視線を注ぐと、モニカはいきなりぴしゃりと言った。

「わたし、出ていこうと思うの」

キャサリンは驚いた。けれど、考えてみれば、モニカが今までここにいたという事実のほうがもっと驚くべきことだろう。牧場の生活は、少しも彼女に合っていない。「どうして今になって出ていくの？　それに、どこへ行くつもり？」

モニカは肩をすくめた。「はっきりした当てはないの。都会ならどこでもいいわ。馬や牛のにおいがしないところなら。わたしは牧場で暮らしたくなかったのよ。それはみんな知ってるわ。時機について言えば、今こそいいタイミングじゃないの。あなたが戻ってきたんですもの。ここはあなたの牧場よ。わたしのじゃないわ。ウォードが死んでからもここにいたのは、あなたが跡を継ぐ年齢に達していなかったから。でも、今は違う。わたしはただ時がたつのを待っていただけ。もうこの生活には飽き飽きしたわ」

「リッキーにはその話をしたの？」

モニカはちらりと鋭い視線を投げた。彼女の目は切れ長で猫を思わせる。「わたしたちは一括販売商品じゃないのよ。リッキーは大人なんだから、自分の好きなようにすればいいわ」

キャサリンはすぐには返事をしなかったが、やがて小声で言った。「わたし、まだずっとここにいると決めたわけじゃないのよ」

「それはどうでもいいわ」モニカは冷ややかに答えた。「いずれにしても、牧場を動かすのはあなたなのよ。わたしじゃなくてね。あなたの思いどおりにしてちょうだい。わたしはわたしの思いどおりにするから。わたしたちは仲よしだったわけじゃないわ。うまくやってきたふりなんかするのはやめましょう。わたしたちに共通するものといったら、あなたのお父様しかなかったのよ。そのお父様が亡くなってから十二年。わたしもそろそろ自分の人生を生きるべきだわ」

モニカは何年も前から牧場には必要のない存在だった。それはキャサリンにもわかっていた。ルールが経営にあたるようになれば、モニカはもういらない。キャサリンでさえいらないだろう。キャサリンがいなくても、牧場はなんら変わることなく存続していく。モニカが出ていったところで、キャサリンがおかれている状況は変わらない。ここにいるか、どこかへ行くか、決めなくてはならないのだ。牧場を売ろうか、という考えがちらりと浮かんだが、すぐにそれを退けた。これはわたしの家であり、どうしても売りたくない。ここでは暮らせないような気がしても、親から受け継いだものに背を向けるのは不可能だ。

「ここにいてもいいのよ、モニカ。大歓迎だわ」キャサリンは自分のことを心の隅に押しやり、当面の問題に戻って静かに言った。

「ありがとう。でも、このへんでダンス・シューズの埃《ほこり》を払って、残る人生を楽しまなくちゃ。ずいぶん長い間ウォードの喪に服したんですもの」モニカは自分の手を見下ろし、奇妙な口調で言った。「ここにいると、ウォードのそばにいるような気がするの。だから、いる理由がなくなってもここにいたのよ。わたしには、生まれつきこういう生活は合わないし、ウォードもそれを知っていたわ。わたしは本気でアパートメントをさがしたこともなければ、どこへ行くか決めたわけでもないの。でも、二、三カ月のうちに全部解決するつもりよ」

提案したいことがあるが、モニカは気に入るだろうか？　キャサリンはためらいがちに口を開いた。「シカゴへ行けば、わたしのアパートメントがあるわ。家賃は来年の分まで払ってあるの。わたしがここにいる間はあいてるから、使ってちょうだい。シカゴに住む気があるのならね」

モニカは苦笑した。「わたしはニュー・オーリンズへ行こうかと思っていたんだけど……シカゴも悪くないわね。考えてみるわ」

「急がなくていいわよ。アパートメントはどこへも行かないから」キャサリンは言った。

言いたいことを言ってしまうと、モニカはそれ以上おしゃべりする気はないらしく、たばこの火を消して出ていった。キャサリンがまだのろのろとアイスティーを飲んでいるのに。

その午後は、一時間ほど階下の掃除をして過ごした。ルールが帰ってきたかどうか確かめたくてすぐ窓辺に足を運んでしまうので、掃除はなかなか終わらない。そのうちようやくピックアップの音が聞こえ、また窓辺に駆け寄った。納屋の横に、ルールが車を止めている。心臓の鼓動が速くなり、肌が熱くなってきた。ゆっくり深呼吸してから彼のところへ行くことにしよう。朝けんかしたという事実などすっかり忘れていた。頭にあるのは、彼が何時間も出かけていたことだけ。早く彼の顔を見たくてたまらない。そのひそかな思いをすぐにかなえてほしい。

ところが、納屋に向かっている途中で、キャサリンは急に青ざめて立ち止まった。残りの柵用材料を降ろしている人物が二人いる。リッキーがルールの手伝いをしているのだ。大分距離があるので何を話しているのかはわからないが、リッキーの顔は見える。ルールルールを見上げているその顔の、なんと輝いていることか！　不意にリッキーは道具箱を下に置き、ルールに抱きついた。きれいな顔が彼のほうを向き、伸び伸びと笑っている。彼女は爪先立ち、すばやくルールにキスをした。だが、彼は応じない。リッキーの肩に手をかけ、後ろへ押しやった。それでも、叱《しか》ったりさとしたりはしなかったに違いない。リッキーが再び笑ったからだ。二人はまた荷下ろしに取りかかった。

ここにいるのを、あの二人に見られたくない。キャサリンは背を向け、彼らから見えないところに移った。と、ふと人影が目に入った。誰だろう？　立ち止まって周囲を見回すと、ルイス・ストーヴァルが囲い柵にもたれていた。彼は無表情なこわばった顔をし、トラックの積み荷を降ろすルールとリッキーを見つめている。その姿はどこか緊張感を漂わせているが、何かわけがあるのだろうか？　しかし、キャサリンは気もそぞろで、彼の身を心配するだけの余裕がなかった。

早々に家に戻ったが、まだひどく動揺していた。そのためまっすぐ寝室に入り、ショックに目を大きく見開いてベッドに腰を下ろした。リッキーがルールに抱きつき、キスしたなんて！　彼はリッキーを抱き寄せはしなかったし、あれは熱い場面とは言えない。それでも、リッキーの細い腕がルールのウエストに巻きついていた様子を思い出すと胸が悪くなる。リッキーはルールに恋をしている、とローナは言った。あのときもそんなことは信じなかったが、今もそう簡単には納得できない。でも、もし本当だとしたら……リッキーが敵意を抱き、わたしを傷つけたがるのも当然だ。たとえルールを武器にしなくてはならなくても。ルールはリッキーと肉体関係を持ったことがあるのだろうか？　フランクリンの言葉は、単なる中傷ではなかったのか……？

いや、まさか。彼の非難を本当だと思うわけにはいかない。そう思うだけで耐えられない。苦しげな声をたて、キャサリンは冷たい手を顔に当てた。リッキーがルールの体にさわるなんて、出すぎた行為ではないか！　そんなことは絶対にあってはならない。でも、もう考えるのはやめよう。何ゆえにこうねたましいのかわかっている。もっと寛大にならなくては。ほかの女性と恋人付き合いをしてもいいと言ったのは、わたしなのだ。ルールは僧侶《そうりょ》ではない。というより、おおよそ僧侶にはほど遠い。健康で、情熱と活力にあふれている。けれど、わたしはほかの女性を抱きなさいと言いたかったのではない！　ほかの女性がルールと体を重ねてうっとりしているなんて、考えただけで気が狂いそうになる。

　あれはたわいもない行為にすぎなかったと思うことにしよう。そうでなかったら、耐えられない。リッキーはほんの一瞬彼を抱き締めキスしただけで、ルールはそのどちらにも応じなかった。嫉妬《しっと》するほどのことではない。明らかに。

　それなのに、気持が落ち着くまでには一時間以上もかかった。感情を抑えられなかったら、階下へ下りて食事することなどできない。食事の間は感情を顔に出さないよう、またルールの顔もリッキーの顔も見ないようにした。何か過激なことをしたい心境なので、二人のどちらかがにやりとでもしようものなら、たちまち怒りが爆発してしまいそうだ。ルールはしめたと思うだろう。彼はわたしに自制心がないことを利用し、有利に駒《こま》を進めたがる。

　キャサリンはビーフ・キャセロールをそわそわとかき混ぜ、きちんと四等分して少しずつ口に運んだ。今日はなんとひどい日だったのだろう！　ばかみたいにルールに振り回され、仕事を辞めてしまった。これで個人的自立まで放棄したことになる。今後はいっそうルールの支配下におかれるのだから。そのうえ、オーモンド・フランクリンとの言い合い、ルールとのけんか、リッキーが彼にキスするところを目撃したショック……もう、たくさん！　ルールが何か失礼なことでも言ってくれればいい。そうしたら、この皿を投げつけてやるのに。

しかし、食事は静かに進み、ルールは先に書斎に入ってドアを閉ざしてしまった。叫びたいが、今はベッドに入るしかない。ほかに何ができるだろう？　結局枕《まくら》に八つ当たりし、多少不満を解消して本を読み出した。この策が功を奏したのだろう。やがて眠くなったので、明かりを消してシーツの間にすべり込んだ。だが、目を閉じて一分もしないうちにかすかな物音が聞こえ、はっとして目を開けた。心臓が普段の倍の速さで打っている。ルールが約束を破るつもりで部屋に入ってきたのだろうか？　けれど、辺りに人影はなく、ショックなことに涙が込み上げてきた。ともすれば、子供のようにしゃくり上げそうになる。だが、あわててそれをなんとか抑えた。

ルールゆえに、わたしはこうも情けない人間になってしまったのだろうか？　たった一晩抱かれただけで、彼から離れられなくなってしまい、強力な麻薬のように彼を追い求めるなんて。

憎らしいルール。今日一日わたしがどんなに大変な思いをしたか、わからないのだろうか？

そう。彼はわかっていない。わからなくて幸いだった。わたしがどれほど心細く、不安に思っているかわかったら、飢えた豹さながらに獲物をしとめに来るだろう。

デヴィッドが生きていてくれたらよかったのに！　彼は温かくわたしを守ってくれ、静かで強い男性だった。わたしを愛し、したいようにさせてくれ、無理な要求は決してしなかった。ルールはできないことまで要求する。わたしを全面的に操りたいのだ。怖いのは、彼を信頼し、彼の愛を信じられれば、わたしは喜んで彼のものになるということ。でも、どうしてルールの愛を信じられよう？　彼はわたしが与えるものをすべて取り上げ、自分自身は守りを固めて心を開かず、わたしを締め出す。

　そんな状態には耐えられない。来る日も来る日も、ルールの人間性を理解できなくて不安に駆られ、それを解決できずにますます気が狂いそうになるなんて。どうしてここにいてもいいと言ってしまったのだろう？　自ら好んで狂気に走ろうとしているのだろうか？

　シカゴを思うとほっとする。まだあそこに帰れるのだ。アパートメントを整理しなくてはならないし、着るものも必要だ。週末を過ごすだけのつもりだったので、最低限の衣服しか持ってきていない。今まではそれでなんとか間に合わせてきた。これは申し分ない口実になるだろう。すんなり牧場を出ていける。ひとたびシカゴに戻ってルールの手から逃れたら、もうここへは帰ってこない。仕事はほかにもあるだろう。

　静かなアパートメントだけを思い描き、キャサリンはいつしか眠りに落ちた。あまりにぐっすり眠ったので、翌朝ドアが開いても目が覚めなかった。硬い手で軽くヒップを叩かれ、初めて目が覚めて飛び起きた。目にかぶさる髪をかき上げて見上げたところ、ベッドの脇《わき》に長身の男が立っている。「何しに来たの？」キャサリンは無愛想にきいた。

「起こしに来た」ルールも同じ調子で答えた。「起きろよ。今日はぼくと一緒に来るんだ」

「わたしが？　いつ、そう決めたの？」

「ゆうべ。きみがふくれっ面をして食事していたときに」

「わたし、ふくれっ面なんかしてないわ」

「そうか？　きみはときどきふくれっ面をする。ぼくは何年もそれを見てきたし、すぐふくれているとわかる。さあ、きれいな体をいつまでもシーツに隠していないで、服を着なさい。きみにしてもらうことがたくさんあるんだ。ふくれてる暇なんかないよ」

彼に宣戦布告しようか？　キャサリンは迷ったが、すぐに気がついた。わたしは今、難しい立場にいる。残念だけれどあきらめるしかない。「わかったわ。出ていって。そうしたら着替えるから」

「なんで出ていくんだ？　きみの裸はもう見てるのに」

「今日は見てないでしょう！」キャサリンはかっとして大声を出した。「出ていって。出ていって……早く！」

ルールは体をかがめてベッドカバーをめくり、キャサリンの手首を握ってベッドから引きずり下ろした。彼の態度は、まるでだだっ子を扱っているように見える。キャサリンを自分の前に立たせ、一気にネグリジェを引き上げたと思うとかたわらに投げ捨てた。彼の目はすばやくキャサリンの体をたどり、しかもどんなところも見逃さない。その目は彼女の体を熱くする。「さあ、これで見た」ルールはぴしりと言って化粧だんすの引き出しを開けた。一つまた一つと引き出しを開けては、目的の下着をさがしている。間もなくパンティが、続いてブラジャーがキャサリンめがけて飛んできた。次に彼はクローゼットの前に立ち、シャツと色あせた柔らかいジーンズを引っ張り出してキャサリンの手に押しつけた。「服を着るか、けんかをするかだ。どっちにする？　ぼくはけんかのほうがいい。この前きみがヌード・レスリングをしたときどうなったか、まだ覚えているからね」

怒りに頰をほてらせ、キャサリンは彼に背を向けて手早く下着を着けた。まったく腹が立つ。わたしが何をしようと彼の勝ち。服を着れば、彼の言葉に従ったことになる。服を着なければ、二分後には二人でベッドに入ってしまう。ルールに逆らえるほど、意志の力は強くない。それを思うと、苦々しい気持になる。欲望を抑えるにはもっぱらルールの意志に頼るしかなく、彼の意志の力が尽きることはない。何年も、彼はあらゆるものを自分の意志に副《そ》うように曲げてきた。

シャツの袖《そで》に手を通しているとき、ルールの手が肩を押さえてそっと彼のほうを向かせた。目を上げると、案の定彼の顔は冷ややかで、なんの感情も表していない。ルールはキャサリンの手を押し下げてシャツのボタンをかけ始め、柔らかな胸のふくらみの上で手を止めた。たちまちキャサリンの胸に熱いものが押し寄せる。ブラのレースに包まれた頂は張り詰めてうずき、彼女は深呼吸して情熱を抑えた。

「キスしたら契約違反になるのかな？」ルールがかすれた声でつぶやいた。

彼はわたしが出した条件にひどく腹を立てている。突然キャサリンはそこに気がついた。彼は、いつでもほしいときに女性を抱くのに慣れている。禁欲生活を強いられたら怒るだろう。彼を怒らせたと思うと、思わずにっこりしてしまう。キャサリンは彼を見上げ、あいまいな返事をした。「キス一度だけ？」

一瞬、ルールは怒りを爆発させるかに見えた。にらみつける目には凄《すご》みがある。キャサリンは一歩あとずさりし、彼が近寄ってきたら金切り声をあげようと身構えた。だが、その必要はなかったらしい。ルールは自制心を働かせて怒りを抑え、明らかに強いて緊張をといた。「いや、もう一度きみを抱く」彼の声は低く、目はキャサリンの目をとらえて放さない。「そうなったら、我慢した分も抱くから覚悟しろよ」

「いつになっても、その気持は変わらない？」キャサリンはからかうようにそっと言った。

「変わらない」ルールの言い方はきっぱりしている。

「意外ね。あなたは女性に手荒なことをしないと思ってたわ」

彼の深刻な顔が、不意に明るく笑み崩れた。「手荒なことをするという意味じゃないんだ、ハニー。欲求を十分満たすという意味だ」

ルールは言葉だけで愛の行為に及び、記憶をよみがえらせて熱い世界に誘い込む。二人で過ごした夜を思い出すと体が目覚め、キャサリンはつばをのんで口を開いた。キスしていいわ……好きなだけキスして……。

だが、キャサリンの訴えをよそに、ルールは不意に彼女から離れた。「服を着なさい、キャット。早く。ぼくは下にいる」

ルールはドアを開けて出ていった。キャサリンは少しの間震えながらそのドアを見つめていた。ルール、わたしを抱いて。戻ってきて。いいえ、そんなことを考えてはいけない。官能の霧を払いのけ、彼女はジーンズとブーツをはいた。がっかりすると同時にほっとして、手が震えている。肉体の喜びを拒むとはルールらしくない。わたしが今にも身を任せようとしていたのを、彼は知っていたはずだ。それなのに、わたしから体を離した。わたしがシカゴへ帰ると脅したから？　それほどわたしをここにおいておきたいのだろうか？

歯を磨いてもつれた髪をすいてから、キャサリンは階段を駆け下りてキッチンに飛び込んだ。不意に、彼がもう待っていないのではないか、という気がしたのだ。けれど、ルールはテーブルの前に座って脚を伸ばし、ゆっくりコーヒーを飲んでいた。キャサリンが入っていくと一瞬彼の目に何かが揺らいだが、彼女が読み取る前に消えてしまった。

気がつくと彼のすぐ横にリッキーが座っている。たちまち不快感に襲われて胸が締めつけられた。キャサリンは小声でおはようと言って腰を下ろした。テーブルにはローナが急いで持ってきたコーヒーが置いてある。彼女はそれに手を伸ばした。

リッキーは驚いたらしい。キャサリンを見て眉を上げた。「どうしてこんなに早く起きたの？」彼女の言葉は嫌味に聞こえる。

「ぼくが起こしたんだ」ルールがぶっきらぼうに言った。「今日はキャットに一緒に来てもらう」

リッキーは美しい顔をしかめた。「あら、今日もわたしが行くことになってたのよ！」

「きみはどこか好きなところへ行っておいで」ルールはコーヒーから目を上げずに続けた。「キャットがぼくと出かける」

キャサリンはじっとルールを見つめた。こうも無神経にリッキーを退けていいのだろうか？　昨日は二人で笑いながらトラックの積み荷を降ろしていたのに。すばやくリッキーに視線を投げると、今までかんでいた下唇が震えている。

ローナが料理を盛った皿を皆の前に置いたので、それぞれが食べ物に気を取られ、キャサリンはほっとした。ルールはいつもどおり食欲旺盛《おうせい》なところを見せたが、キャサリンとリッキーはほんの少し口に入れたにすぎなかった。やがてルールが顔を上げ、料理がいっぱいのっているキャサリンの皿を見て眉根を寄せた。「ゆうべも食べなかったじゃないか」

彼の言い方は厳しい。「ぼくに食わせてもらってる立場を思えば、食べるだろうね？」

彼の顔に料理を叩きつけたい。顔から半熟卵が滴り落ちるところを想像するとうれしくなる。でも、そんな悪い誘惑は引っ込めよう。仕方がない。キャサリンは大急ぎで料理をかき込んでコーヒーを飲み、勢いよく立ち上がってルールの足首を蹴飛《けと》ばした。「ほら、急いでよ。何をぐずぐずしてるの？」

背後でローナのくすくす笑いが聞こえ、すぐに消えた。彼女は笑いをこらえていると見える。ルールは立ち上がってキャサリンの手首をつかみ、先に立って歩き出した。勝手口には彼の使い古した黒い帽子が置いてある。彼は足を止めて乱暴に帽子をかぶり、別の帽子をつかんで同じく乱暴にキャサリンにかぶらせた。はずみでのけぞった彼女は、むっとして言った。「これ、わたしの帽子じゃないわ」

「我慢しろよ」ルールは力任せにキャサリンを引っ張り、馬小屋に向かって庭を歩いていく。

キャサリンは一歩進むごとにかかとで踏ん張り、腕をひねってルールにつかまれている手をもぎ取ろうとした。しかし、どうしてもうまくいかない。ルールを転ばせたらどうだろう？　策を弄《ろう》すると一度はうまくいき、彼はつまずいて転びかけた。けれど、目的を達したわけではない。彼が手首をつかんだまま放さないので、彼のあとを追って転びそうになった。ルールがわたしを引っ張って庭を歩くのは、当たり前のことになりつつある。ちらりとそんな気がした。牧場で働いている人たちはなんと思っているだろう？　にやにやしている男たちの顔が頭に浮かぶ。なんとかしなくてはいけない。急に力がわき、キャサリンは荒々しく手首をひねった。「わたしを引っ張り回すのはやめて！」きっぱりと言ったとたんにルールが振り返った。彼は怖い顔をしている。「わたしは犬じゃないのよ。鎖の先につないで引っ張り回してるような気にならないでちょうだい」

「ちょうど今、鎖があるといいなと思ってたところだ」彼の声は低く、凄みがある。「きみは赤毛の山猫だな！　手がつけられない。ぼくがさわろうとするとはねつけるくせに、何かとぼくに突っかかってくる。きみを思わせぶりな女性だと思ったことはないけど、離れている間に変わったのかもしれないな」

キャサリンは呆然《ぼうぜん》として彼を見つめた。「わたしは思わせぶりなことなんかしてないわ」

「そうだとしたら、ぼくを誘惑するときは本気なんだな？」

「わたしがいつそんなことをしたのよ！」キャサリンはむきになって言い返した。「今朝あなたが何をしたか考えてごらんなさい。昨日何をしたかも。それでもあなたはすべてうまくいっていると思ってるんだわ。わたしは怒って……いいえ、頭にきてるのよ。かんかんになってるわ。わたしの言いたいこと、わかる？」

ルールは相当驚いたらしい。「ぼくが何をしたっていうんだ？」

キャサリンの目の端に人影が映った。ルイス・ストーヴァルが無頓着《むとんじやく》な顔をして馬小屋のドアに寄りかかり、薄笑いを浮かべている。おそらく、大いに面白がって見ているのだろう。「いい加減に仕事にかかりましょうよ」キャサリンは不服そうに言ってルールの質問をかわし、彼の横を通り過ぎて馬小屋に向かった。

ルールは冷静を保っていたが、それはルイスのほか従業員が何人か見ていたからに違いない。キャサリンは最初の日に乗ったグレイの去勢馬に鞍《くら》をつけた。ルールは彼の大きな栗毛《くりげ》に乗り、牧草地を進んでいった。後ろから彼の広い肩を見て、キャサリンは気づいた。ルールはさっきの会話を忘れていない。いいわ。勝手に蒸し返せばいいじゃない！　彼女は心の中で叫んだ。ミスター・ルール・ジャクソンには、こっちだって少々言いたいことがある！

6

ほかの人に聞かれる恐れがないところまで来るや、ルールは馬を近づけて不気味に静かな声で言った。「ちゃんと説明しないと後悔するぞ」

キャサリンは怒りに目を細くして彼を見つめ、言い返した。「あなただってよ。昨日の午後リッキーとキスしたり抱き合ったりしてたくせに、さっき彼女をごみみたいに扱ったのはどういうわけ？　わたしに見せるためだったの？」

不意に彼の濃い茶色の目が面白そうに光った。「リッキーはきみのために何かをすることなんてない」

「ふざけるのはやめてよ！」キャサリンはかっとした。「どういう意味かわかってるじゃないの」

「やきもちを焼いてるんだな」ルールは南部なまりを響かせて言った。彼はいやに愉快そうな顔をしている。キャサリンの怒りは爆発しそうになった。

「違うわよ！」声もひときわ高くなった。「あなたがテキサス中の女性と遊び回ろうと、わたしはいっこうにかまわないわ。ただ、昨日あんなにリッキーと親しそうだったのに、なぜ今日は厄介者扱いしたのか知りたいだけよ。噂《うわさ》によれば、あなたはリッキーと同じベッドに入っているそうね」そんなことを言うだけで胸が悪くなる。手綱を握る手に力が入り、葦毛《あしげ》の馬が跳ねたり首を振ったりした。

「そうか。やっぱり気になるんだな」ルールは答えた。「そうでなかったら、今朝あれほど癇癪《かんしゃく》を起こすはずがない」

彼の言葉につられて怒ってはいけない。キャサリンは無視することにした。でも、ずばりとたずねずにいられない。「リッキーとそういう関係になったことがあるの？」かすれた声できくと、急に吐き気がしてぐっとそれをこらえた。ルールがあると答えたらどうしよう？　彼がほかの女性に手を触れていると思うだけで気分が悪くなるのだから、とうてい耐えられないだろう。

「ない」ルールはあっさり答えた。自分の返事しだいでキャサリンが正気を失うことになど、まったく気づいていない。「だけど、機会がないからじゃないよ。これでいいかい？　きみがききたかったのは、そういうこと？　それとも、ほかにぼくを攻撃したいことがあるのか？　この辺りにはまだたくさん女性がいるぞ。まさかぼくがあんな女と関係してはいないだろうと思うような女がね」

ルールの嫌味に、キャサリンはたじろぎかけた。彼はめったに言い合いをしないが、言うとなると厳しいことを言う。キャサリンは茶色の目を丸くし、惨めな表情を浮かべて彼を見つめた。「リッキーはあなたを愛してるのよ」こんなことは言いたくなかった。とはいえ、考えてみれば彼にわからないはずはない。リッキーは心の内にあるものをうまく隠せる女性ではないからだ。

ルールはばかにしたように笑った。「リッキーは自分しか愛していない。蝶《ちょう》があらゆる花に止まってみるのと同じで、男から男へ渡り歩いている。それにしても、誰がぼくのベッドを暖めてるか、どうしてきみが気にするんだ？　ぼくのベッドには入りたくないんだろう？　女がほしいときは、どこかほかで要求を満たせとまで言ったじゃないか」

キャサリンは喉が詰まり、なすすべもなく彼を見つめた。あなたってそんなに鈍い人？　わたしが全身であなたを慕っているのがわからないの？　でも、わからなくてよかった。わたしの気持がルールにわかってしまったら、わたしは彼を……自分自身を、抑えることができなくなる。彼を疑わずにいられればいいのだけれど。彼を信頼できるようになってから、すべてを彼に捧《ささ》げたい。自分を守ろうという気持さえなくなってから。けれど、もっと冒険をしろという声が、あらゆる方向から聞こえてくる。わたしがルールを自分のものにしなかったら、リッキーが自分のものにするだろう。わたしが彼の性的欲求を満たさなければ、ほかの誰かが満たすに決まっている。

ルールは馬を止めて手を伸ばし、キャサリンの手綱をつかんで葦毛を止めた。「いいか」

彼の目は黒い帽子の陰になり、表情が読み取れない。「ぼくだって女はほしい。正常で健康な男なんだから当然だ。だが、ぼくはそれを抑えている。欲望に引きずられはしない。ぼくがほしいのは、リッキーじゃなくてきみだ。待ってるよ……しばらくの間」

憤りを覚えたため不意に言葉が戻ってきて、キャサリンはルールの手を押しのけてけんか腰で言った。「待ってどうするの？　雄猫みたいにうろうろする気？」

ルールの動きはすばやい。手袋をした手がさっと伸び、キャサリンのうなじをとらえた。「うろうろする必要はない」彼の声は不気味に穏やかで低い。「きみの寝室がどこにあるかわかっている」キャサリンが怒鳴ろうとして口を開きかけると、ルールは体を寄せてそのとげとげしい言葉を口でふさいだ。彼の強い手がうなじをつかんでいるため、キャサリンは動こうにも動けない。

たちまち熱いものがわき上がって体が震え、唇はルールの唇の動きに合わせて動き出す。彼の舌を迎え入れると、彼の口に残るコーヒーの香りが口の中に広がった。ルールの手はやさしく胸のふくらみを包んだが、それだけでは終わらない。ゆっくり腹部に向かって下りていく。それをやめさせる力はない。止めようと思いさえしなかった。体はしなやかに彼に寄り添い、甘い愛撫《あいぶ》を待っている。ところが、ルールの馬が不慣れな状況に動揺し、キャサリンの馬から飛びのいた。ルールは手を放さざるを得なかった。彼は再びきちんと鞍《くら》に収まり、小声で雄馬に話しかけて落ち着かせた。だが、彼の目は燃えてキャサリンを見つめている。

「決断は早くしてくれよな。ぼくたちはずいぶん時間をむだにしている」

馬に乗って離れていくルールを、キャサリンは戸惑いながら見守った。すらりと伸びた彼の体は、力にあふれた馬とまったく同じリズムで動いている。これからどうしたらいいだろう？　家へ戻ろうか？　でも、昨日どれほど当惑し、惨めな思いをしたか考えると、家には戻りたくない。やはりルールについていくことにしよう。少なくとも、一緒にいれば彼の顔を見られるし、彼を見るたびにひそかに胸を躍らせて楽しんでいられる。彼を求める気持はあまりに強く、病的執着に近い。何年にもわたり遠く離れて暮らしていても、この病のせいでルールは常に心の中にいた。彼がごく身近にいる今は、彼を見ていたいという思いに駆り立てられる。

その週、キャサリンは毎日ルールと馬を並べ、足並みをそろえて牧場をめぐった。どれだけの距離を走ったかわからない。最後には体中の筋肉と骨が悲鳴をあげた。それでも愚痴を言わず、あきらめもしなかったのは、プライドと頑《かたく》なな気持が混ざっていたからだろう。これがとても苦痛だということを、ルールは知っているに違いない。その証拠に、彼はよく面白そうに目を光らせている。しかし、キャサリンは愚痴っぽいたちではない。黙って苦痛に耐え、毎晩塗り薬のお世話になる。この薬は枕元《まくらもと》に置く常備薬になってしまった。家に残っていてもよかったが、それでは少しも面白くない。体が痛くなるとしても、ルールと一緒に馬に乗ればそれなりのご褒美が待っている。つまり、一日中そっと彼の顔を見て喜びにひたっていられるのだ。

いずれにせよ、骨の折れるこの日課が面白くなり、馬に乗るのは牧場の生活の一部となった。備品を買いに行ったのは例の日だけで、以後ルールは用事を言いつけようとしなかった。毎朝彼は暗いうちに起こしに来て、最初のグレイの光が差す頃《ころ》には二人で鞍に身をおいている。ルールが柵《さく》囲いまで行けば一緒に行く。一つの牧草地からほかの牧草地へ馬を移動させれば、同じく馬を移動させる。ルールはあらゆる日常の雑用をこなし、どんな仕事でも軽んじない。彼がなぜここで働く男たちの尊敬を集めるのか、なぜ従業員が文句も言わずにルールに従うのか、以前に増してよくわかった。

ルールのスタミナは驚嘆に値する。キャサリンは彼のあとについていくだけで、彼と同じ肉体労働はいっさいしない。それでも、一日の仕事が終わる頃にはくたくたになり、家に帰り着くまでやっとの思いで馬の背にまたがっている。それに対し、ルールはきりりと背筋を伸ばしており、出かけるときと少しも変わらない。従業員も感嘆と尊敬のまなざしで彼を見ている。ルールは実力のない上司ではない。従業員にさせる仕事は全部彼自身もするうえ、ほかのことも一つ一つ完全にできているかどうか確認する。彼の右腕であるルイス・ストーヴァルは、不機嫌に見えるくらい口数が少ない。しかし、とても有能で、ルールがある方角に向かってうなずくだけで彼が何を要求しているか確実に理解する。ルイスが牧場長だと知ったとき、キャサリンはひどい言葉を投げつけた。それを思い出すと恥ずかしい。ルイスという助手がいても、ルールは二人分の仕事をしている。

彼が特に関心を持っているのは馬だった。といっても、ほかの仕事をなおざりにするわけではない。だが、馬には大変な注意を払い、どんな小さな傷でも必ず手当てする。病気になれば治療し、馬が快適に生きるためなら金も労力も惜しまない。彼自身たびたび種付け用の雄馬の調教をするが、血気盛んな馬を調教師以上におとなしくさせてしまう。

キャサリンはよく柵の上に腰かけ、種馬を扱うルールを見守った。ルールが羨《うらや》ましくてならない。立派な雄馬に乗れたらどんなにいいだろう！　けれど、彼は頑として種馬のそばへ行かせてくれない。腹立たしいが、彼の指示に従うことにしている。種馬がどれほど価値あるものかわかっているからだ。また、馬が逆らい始めたら、押さえようにも押さえられない。それもよくわかっている。種馬は常時別々にしてあり、一緒に調教することはない。これはけんかを避けるためばかりでなく、馬を安心させるためでもある。近くにライバルがいた場合、純血種の馬は戦おうとしないまでも動揺する。

ルールを見ていると、雄馬を思い出す。しかし、彼はこのところ真に品行方正で、こっそりキスをするようなことさえない。ただし、ときとして彼の視線を感じる。唇に、あるいは胸のふくらみに注がれる視線を。とはいえ、胸はコットンのシャツに隠れている。彼がわたしの決断を待っているのは知っているが、今は心を決めようともしていない。こうしているのが面白く、そのうえ仕事が終われば疲れきってしまって自己分析などできないからだ。わたしは今、望んでいたとおりのことをしている。ルールとともに日々を過ごし、彼のことを知りつつあるのだから。でも、ルールは複雑な人間ゆえ、数日そばにいたくらいでは内面まで見通せない。

繁殖用の畜舎も立ち入り禁止の場所とされ、これもキャサリンとしては逆らえない指示だった。リッキーはごく気楽にその畜舎に入るらしいが、これぱかりは羨ましいと思わない。リッキーを気づかおうとしないルールがわたしを気づかってくれていると思うと、うれしくなる。ルールの男としての魅力に極めて感じやすく、すぐに惹《ひ》かれるキャサリンが、繁殖の場にいて居心地いいわけがない。それゆえ、ルールが畜舎で仕事をしていたある日、彼女は家に戻ってくつろぐことにした。普段はこんな時間にゆっくりできない。数分座っていると痛む筋肉がほぐれてきたが、同時に後ろめたくなってきた。ルールがまだ働いているのに、こうしていていいのだろうか？　そのとき、いい考えがひらめいた。何か事務の仕事を片づけてあげたら、彼はきっと楽になる。そこで書斎に腰を落ち着けた。机の上には手紙や請求書が散らばっている。それに目を通した結果、ルールがきちんと仕事のできる人だということがわかった。請求書は皆最近のものばかり。それはそうだろう。ルールは有能で、何をさせてもよくできる。この二日分の郵便物が開封してないが、彼は遅くまで働いていて事務まで手が回らなかったのだろう。ここへ来たのはいい選択だったと満足感を味わいながら、ルール個人あての手紙を一箇所にまとめた。うれしいことに、請求書の山のほうが小さい。それは、牧場の経済状態が危なげないことを示している。

キャサリンは手早く請求書を開き、内容を調べた。穀類や柵の費用、水道光熱費、牧場経営に必要な多額の消耗品費、天文学的数字に見える動物の医療費。再び心配になって元帳を開き、そばへ引き寄せた。これだけの額を支払ってもなお、従業員に給料を出せるのだろうか？　指先は残高の欄をたどり、最後の数字に行き着いた。

信じられない。たっぷり一分間はその数字を見つめてしまった。うちの牧場は、こんなに景気がいいのだろうか？　危なげないという印象を受けはしたものの、豊かだとは思わなかった。いい生活ができる程度で、豪華な暮らしができるほどには見えなかったのだ。その印象と、ルールの手で大胆にはっきり書かれた数字とは、とうてい結びつかない。利潤のすべてを経費に回しているはずなのに、なぜこれほどの残高があるのだろう？

突然冷たいものが背筋を駆け下り、もう一度請求書をめくって見直した。なぜ最初に気がつかなかったのか？　町でいろいろなことを聞いたのに、どうして手がかりをつかめなかったのだろう？　請求書は全部ルール・ジャクソンの名前で来ている。何が現れるか承知のうえで小切手帳をさがしたところ、全部ルール・ジャクソンのサインがある小切手が出てきた。名前の下には、ドナヒュー牧場と書いてある。

だからといって、なんの証明にもならないわ。キャサリンは厳しく自分に言い聞かせた。小切手にルールの名前があるのは当然だ。彼がサインするのだから。それでもやはり立ち上がってモニカをさがした。キャサリンが二十五歳の誕生日を迎えるまでは彼女が管財人であり、これら小切手にはモニカの名前があってしかるべきではないか。

「ああ、あれね」モニカは手を振り、ものうげに答えた。「牧場の管理は、何年も前に正式にルールに委任したのよ。それはそうでしょう？　あの人も言ってたけど、何か決めることがあるたびにわたしと話をしていたら時間のむだじゃないの」

「それならそうとわたしに言ってもらいたかったわ！」キャサリンはとげとげしく言った。

「なんのために？」モニカの言い方もとげとげしい。「あなたは大学に行くところだったのよ。とにかくここから出ていったわ。そんなに気になるのなら、なぜ今まで帰ってこなかったの？」

モニカにその話はできない。キャサリンは黙って書斎に戻り、どっかり腰を下ろして頭の中を整理してみた。ルールはあれからずっと牧場もわたしの資産も管理している。でも、どうしてその事実に危険を感じるのだろう？　ルールがわたしをだましていないのはわかっている。どんなに小額でも、使った金については全部納得のいく説明ができるだろう。けれど、どうも裏切られているような気がする。ただ、どんな点で裏切られているのか思いつかない。

モニカが正式にルールに管理を任せたのはいつだったのか？　わたしが大学に入る前だったとしたら、あの夏、十七歳の夏だ。大学に行くと決めたのは、最後の最後だった。家を離れるのはとても悲しかったが、ルールのそばにいるのは耐えられないほど怖かった。この二つの感情の板ばさみになり、なかなか心が決まらなかった。川のほとりで展開したラブシーンは、わたしに原因があると絶えず思っていたので、自分の体に恐れをなしていた。ルールに接したときの体の反応の仕方に。でも、今考えれば……ルールは何か意図があってわたしを抱いたのではないだろうか？　彼はすでに牧場を管理していたが、それは一時的なものでしかないとわかっていただろう。わたしが規定の年齢に達したら、突然その立場を追われる可能性がある。彼はそれを知っていたに違いない。ゆえに、次の手段はわたしも彼の管理下においてしまうことだった。わたしを完全に支配すれば、牧場をもぎ取られる心配はなくなる。

でも、そんなことは考えたくない。あれほど一生懸命働いているルールに不信感を抱くなんて、胸が悪くなる。けれど、大事なのは牧場だけではない。自分のことも考えなくては！　わたしを単なる手段としか思っていない人を、愛していいのだろうか？　牧場を独占するための方法としか見なしていない人を？　彼は地球上の誰よりもわたしをよく知っている。彼特有の官能の魔術でわたしを操れるということも知っている。だから、わたしに近寄るなと言われてひどく動揺したのだ。それは当然だろう。わたしは彼の思う壺《つぼ》にはまらなかったのだから。

いろいろな思いが狂ったように頭の中を駆けめぐる。キャサリンは深呼吸してそれを止めようとした。ルールについて、確かなことはわからない。少なくとも今は、彼が言ったことを信じるべきだろう。彼が何を考えているか、わかりさえすればいいのだが。はっきり言ってくれないだろうか？　牧場が何よりも大事だと言ってくれればそれでいい。彼の気持を受け入れられると思う。ルールはさんざん苦労してきた。それを思えば、牧場がいつしか聖地となり、彼がそれにしがみついても非難はできない。その考え方はある意味でおかしい。彼は人一倍強いからだ。そんな人が、どうして聖地を必要とするだろう？　だが、ルールは自分の経験を語ろうともせず、心の重荷を人と分かち合おうともしない。これでは牧場をどう思っているのか、何を考えているのか、知りようがないではないか。

不意にドアが開いた。キャサリンはルールと顔を合わせる気構えもできていなければ、彼に怒られる覚悟もできていなかった。彼は開いたままの帳簿を見て不気味に低い声で問い詰めた。「何をしてる？」

最悪の予想が当たったわ。キャサリンは確信を得たために冷静になり、椅子に座ったままルールを見上げて落ち着いた声で言った。「帳簿を見てるのよ。いけない？」

「よくはないね。ぼくの不正をあばこうとするような行動に出られた場合は。会計士を雇って、ぼくがごまかしていないかどうか全部調べさせるか？　そうすれば、一セントだって不正に使っていないとわかる。それでも、やってみるか？」ルールは机のかたわらを回り、立ち止まってキャサリンを見下ろした。彼の茶色の目は厳しい。キャサリンは目をそらしたが、彼のこぶしが白くなっているのに気がついた。帽子をきつく握り締めているからだ。

突然キャサリンはばたんと帳簿を閉じ、はじかれたように立ち上がった。きりきりと胸が痛み、これ以上じっと座っていられない。頭をのけぞらせ、彼女はルールの目をまっすぐ見つめた。「あなたが不正にお金を使ったとは思ってないわ。わたしだってそれほどばかじゃないわよ。ただ……何もかもあなたの名前になってるからびっくりしただけ。モニカは名目上のオーナーでさえなかったのね。何年も前から。なぜわたしにそう言ってくれなかったの？　わたしが自分の牧場に無関心じゃないってことくらい、あなたにはわかっていたはずよ。少なくとも、わたしは知っているべきだと思うでしょう？」

「そうだ。知っているべきだった」ルールは相槌《あいづち》を打った。「だが、知ろうとしなかった」

「今はどう？」キャサリンはけんか腰で言った。「わたしは牧場経営にかかわってるのよ。こういうものは、全部わたしの名前にするべきじゃない？　それとも、町の人たちが〝ルール・ジャクソンの牧場〟って言うので、あなたもその気になり出したの？」

「それならきみの名前に変えればいい！」ルールは声を荒らげ、さっと手を伸ばして帳簿を床に払い落とした。「ここはきみの牧場だし、金はきみの金だ。なんとでも、きみの好きなようにしたらいい。ただし、ぼくにぐずぐず文句を言わないでくれ。ぼくがなんとか牧場を運営していた間、きみはどうなってるかたずねもしなかったんだから！」

「文句なんか言ってないわよ」キャサリンは声を張り上げ、請求書の束を乱暴に押しやって床にまき散らした。「モニカは正式に牧場管理をあなたに引き渡したんでしょう？　どうしてそれをわたしに言わなかったの？　理由を知りたいわ」

「多分、理由なんかないからさ。そんなこと、考えつかなかったからかもしれない。ぼくは長年奴隷みたいに働いてきた。ちょっとしたことが起こるたびにきみをつかまえている時間はなかったんだよ。使用人に給料を払うのにも、許可をいただかなくてはいけないんですか、ミセス・アッシュ？　柵の資材を買うんですが、小切手を切ってもかまいませんか、ミセス・アッシュ？」

「まあ、やめてよ！　でも、まず残高がなぜこんなにあるのか教えて。余分なお金はなかったんじゃないの？　利潤は全部牧場に注《っ》ぎ込んだんでしょう？　あなたはそう思わせようとしたわ」

ルールの手が伸び、キャサリンの二の腕をつかんだ。その手には跡が残るほど力が入っている。「馬の飼育場を経営するには、いくら金がかかるか知ってるのか？」彼は歯ぎしりせんばかりの調子で言った。「いい種馬がいくらすると思う？　うちはクォーター・ホースの飼育をしてきたけど、サラブレッドにも手をつけ始めた。だから、あと二頭種馬が必要だし、仔《こ》を産ませる雌馬ももっとほしい。きみのクレジット・カードじゃ払えないだろう、ベイビー。びっくりするような大金を持っていなくては……ふん！」不意に彼の声が荒々しくなった。「なんできみに説明しなくちゃならないんだ？　きみが牧場主なんだから、なんなりと好きなようにすればいい！」

「ええ、そうするわ！」キャサリンは甲高い声をたて、ルールの手から腕をもぎ取った。懸命にこらえているのに涙がにじむ。うるんだ目で一瞬彼を見上げ、くるりと背を向けて部屋から飛び出した。早く出ていかないと泣き出してしまう。そんな恥ずかしいところを見られてはならない。

「キャット」ドアを閉めたときルールの声が聞こえたが、戻る気はなかった。二階の自分の部屋に入ってしっかりドアをロックし、スパイ小説を手にロッキングチェアに腰を落ち着けた。この本は持っていながら今まで読まなかった――というより、読めなかったのだ。泣いたりするものですか。そう思うのだが、ときどきぐっと喉につかえるものがあってそれを抑えなくてはならない。泣くなんて時間のむだではないか。物事をそのまま受け入れればいいのだ。

帳簿を見られたと知ったルールは、ひどく怒った。あの態度が意味するものはただ一つ。牧場経営の実態をわたしに知られたくないのだ。自分の職権をわたしに取られたくないからに違いない。なんと言おうと、ルールが心底正直なのはわかっている。おそらく彼は、わたしがそう思っていることを察しているだろう。そうに決まっている。わたしを攻撃したのは彼が戦術に長《た》けているからであり、最重要な戦闘規定を知っているからだ。それは、敵より先に一撃を食らわせよ、という規定だ。

そうよ。彼は牧場狂信者みたいなものなんだわ。キャサリンはなんとかして納得しようとした。せめて、ルールが最良のことをしてくれていると思いたい。どんな方法で懐を肥やしているのかさぐるより、そう思っているほうがずっといい。そして、牧場と同じくらい、わたしのことを考えてほしい。牧場以上に、と言うつもりはない。ただ、牧場と同等にわたしを大事にしてくれと頼みたい。

この数日の間に、お互いにずいぶん身近な存在になったような気がする。がみがみ言い合いをしたときでさえ、二人の間に絆《きずな》があるのを感じていた。彼が同じ気持だったのもわかっている。それは、肉体的絆以上のものだった。少なくともわたしにとっては。ルールを見れば、頭の片隅で彼の激しい愛の行為を思い出さずにいられない。けれど、それ以外の点でも彼に親近感を感じていた。夢を見るのはこれまでにしよう。キャサリンは本を膝の上に置いた。ルールの心を読むのは難しいのよ。わたしはまだそれがわからないのかしら？

翌朝は早く目が覚めたが、階下へは下りなかった。ルールと一緒に食事したり、一日中彼のそばで過ごしたりしたくない。それゆえ、彼が出かけたとわかるまでベッドに入っており、あとは二階の大掃除をして過ごした。家が汚れていたからではなく、忙しく動き回っていたかったからだ。昼食のときもルールを避けた。リッキーの笑い声が二階まで聞こえてきたところを見ると、彼女がルールと一緒にいるのだろう。だからなんだというのだ？　そんなこと、どうでもいいではないか。

ルールが放牧地に戻ってから、キャサリンは急いで昼食を立ち食いし、また掃除を始めた。最後に残しておいたのはルールの部屋。そこに入ったとたんに驚いた。彼の存在を感じ、胸がいっぱいになったのだ。温かく男っぽいにおいが部屋を満たし、枕には頭の形が残っている。ベッドは戦の跡を見るようだった。前日着た衣服は床に落ちている。おそらく邪魔になって蹴飛《けと》ばしたのだろう。そうでなければ、こんなにシャツ、ショーツ、ジーンズ、ソックスがからみ合うはずがない。

部屋をもとどおりに整頓《せいとん》し、オーク材の家具を磨いているとき、リッキーが入ってきてベッドに寝そべった。「主婦の真似《まね》なんかしたって彼は感動しないわよ」

キャサリンは肩をすくめ、懸命に怒りを抑えた。近頃は、リッキーのすることなすことがすべて感情を逆なでする。「彼を感動させようと思ってるんじゃないわ。お掃除をしてるだけよ」

「あら、何言ってるの。毎日彼のそばに行って牧場に関心があるってところを見せつけてるくせに。そんなことしても、何も変わらないわよ。そりゃ、あなたが何か差し出せば、彼は受け取るでしょうよ。それで、利用したいだけ利用するわ。でも、いっさいお返しはしてくれないからそのつもりでいなさい。これは経験から出た言葉よ」リッキーはぶっきらぼうに言い足した。

つや出し布がキャサリンの手からすべり落ちた。その手はこぶしを固めている。くるりとリッキーを振り返り、彼女はずけずけと言った。「その台詞《せりふ》は聞き飽きたわ。あなたはばかみたいにやきもち焼きなのよ。ルールがあなたと恋人付き合いをしたことはないし、あなたがあるって言ってもわたしは信じないわ。ルールをベッドへ連れていこうとして、最大の努力をしたんでしょうね。でも、彼はいつもぴしゃりと断った。今やっと事実がわかったんじゃない？　彼は永遠にあなたの恋人にはならないっていう事実が。あなたはその事実に耐えられないのよ」

リッキーは起き上がった。彼女の顔は青ざめている。攻撃されると思い、キャサリンは身構えた。ほんのわずかでも人が反感を示すと、リッキーは決まって激昂《げっこう》する。しかし、今回は全身をこわばらせ、長い間じっとキャサリンを見つめていた。徐々にその目に涙がにじんでくる。「わたし、本当に長い間彼を愛してきたわ」リッキーは低い声で言った。「わたしの気持なんかわからないでしょう？　何年も待ったのよ。わたしこそふさわしい相手だと、いつかルールが気づいてくれると思ってね。そこへあなたが現れて、自分がその相手だと頑張ったんだわ。まるで、彼がわたしの目の前でドアを閉めたみたい。何さ。あなたなんて、何年もよそへ行きっぱなしじゃないの！　ルールの顔を見に来ようともしなかったわ。それでも、彼はわたしを捨ててあなたを追いかけ出したのよ。あなたがこのさびれた牧場の持ち主だから」

「はっきり言ってちょうだい」キャサリンは声を張り上げた。「あなたはルールがわたしを利用してると思ってるの？　それとも、わたしが彼を利用してると思ってるの？」

「彼があなたを利用してるのよ！」リッキーはむっとした。「あなたはわたしのライバルじゃないし、ライバルだったことさえないわ。川のそばでルールがあなたにああいうことをしたときだって。彼がほしがってるのは、この牧場よ。この土地なのよ。あなたもわたしも、彼にはなんの価値もないの。そのへんのことを、あなたからルールにきいてもらいたかったわ。でも、あなたにはその勇気がないのよね？　彼にそのとおりだと言われるのが怖いから！」

キャサリンは口元をゆがめた。「わたしは恋人宣言をしてくれと頼む気はないわ。本気で付き合う気にならない限り」

「あなた、ただ憂さ晴らしをするために彼を利用してるの？」リッキーは攻撃に回った。

「ルールはそれを知ってる？」

「彼を利用してなんかいないわ。何事にも」キャサリンは辺りを見回した。何か投げつけるものはないだろうか？　これは子供の頃からの悪い癖で、簡単には抑えられない。

「そう。よくわかったわ！」

来たときと同様、唐突にリッキーが出ていき、結局癇癪玉を破裂させずにすんだ。部屋の中央に立って気持を静めたが、まだ胸が大きく上下している。リッキーに何か言われたくらいで、今みたいに怒ってはいけない。でも、本来すぐにかっとするたちだし、リッキーは起爆剤の仕掛け方を知っている。デヴィッドと結婚していた間は、ある程度安らかな気持でいられた。けれど、テキサスに戻ってきたときに、平静な心は逃げ去ってしまったらしい。最近は愛であれ闘いであれ、脳から受け取る信号にたやすく反応する。自制心は消えてなくなったと見える。

まだルールに会いたくなかったので、午後ワンダ・ウォレスから電話があったときは大いにうれしかった。しかも、ワンダは陽気にダンス・パーティーの話を持ち出した。恒例の土曜日のダンスである。そうか。今日は土曜日だ。急にパーティーに行きたくなった。

「もう、みんなにあなたが来るって言っちゃったからね」ほんの少し脅迫めいた言い方をするのが面白いらしく、ワンダは笑って言った。「昔の仲間が全部来るわよ。踊る気になっている人も、その気のない人も。だから、来ないなんて言わないで。みんながっかりするわ。来ればきっと面白いわよ。肩のこらないパーティーで、最高におしゃれするとしてもサンドレスで十分。わたしたち年長組は、どちらかといえばジーンズを敬遠するわね。

お尻が大きくなりすぎたから」彼女の声は多少苦々しい。

「ドレスを着たのなんて、大昔のことみたい」キャサリンはため息をついた。「でも、そう言われちゃ断れないわ。了解。向こうで会いましょう」

「あなたの席を取っておくからね」ワンダは任せておいてとばかりに言った。

今夜はかつてのクラスメートたちに会える。キャサリンはわくわくしながらシャワーを浴び、メークをし、赤い髪をブラッシングした。髪は炎の色をした雲のように、肩の周りで揺れ動く。ドレスはシンプルなサンドレスにした。肩には幅の広いストラップがついていて着やすく、フレアのあるスカートが細いウエストを引き立てる。これに金の蛇腹のベルトをし、上品な共のブレスレットを両方の手首にすべり込ませた。サンダルは低めのヒールで、同じく品がいい。これで支度は完了。鏡を見てキャサリンは顔をしかめた。清純な白いドレスを着た自分は、ティーンエージャーのように見える。

キッチンへ行ってローナに行き先を告げると、彼女はうなずいた。「少し人の中に出るほうがいいですよ。くちなしの花を取って耳の後ろに挿したらどうです？　家の前にたくさん咲いてますから。わたし、くちなしって大好き」ローナはうっとりして言った。

くちなしにまつわるロマンスでもあったのかしら？　どんなロマンス？　キャサリンはいぶかりながらローナのすすめに従い、純白のくちなしを一つ取って鼻先に近づけた。一瞬のうちに甘い香りが胸を満たす。こんな甘い香りがあるのだろうか？　すぐにその花を耳の後ろに挿し、キッチンに戻ってローナに見せた。彼女の返事から推して、好もしく思ってくれたようだ。運転に気をつけて、というローナの言葉を背に、キャサリンは外に出てステーション・ワゴンの運転席にすべり込んだ。一日中ちらりともルールを見かけずにいられたのがうれしい。

記憶にある限り、ダンス・パーティーの会場はいつもコミュニティー・センターだった。建物はかなり大きくて大勢の人を収容でき、テーブルや椅子も十分あるので座りたければ座れる。一段高くなったステージではバンドが音楽を奏で、小さなカウンターがあって年少者たちにはソフトドリンク、年長者たちにはビールを売っている。ティーンエージャーはほとんどビールを飲むチャンスに恵まれない。誰に会ってもお互いに顔なじみなので、年齢をごまかせないからだ。キャサリンが着いたときにはすでにかなりの人が集まっており、駐車場も込んでいた。ステーション・ワゴンは遠くに止めるしかない。だが、建物に入らないうちに複数のクラスメートに呼び止められ、やがて笑い声と騒音の真っただ中に身をおいた。

「こっち、こっち」ワンダの声が聞こえたので周囲を見回すと、彼女が爪先立って夢中で手を振っている。キャサリンは手を振って応《こた》え、群がる人をかき分けてワンダのテーブルまで足を運んだ。約束どおり、ちゃんと席が取ってある。ほっとしてさっそく椅子に腰を下ろした。

「ああ、すごい！」キャサリンは笑い声をたてた。「自分では気がつかないけど、年をとったんだわ。人ごみの中を通り抜けるだけで疲れちゃうんですもの」

「疲れてるようには見えないよ」黒っぽい髪の男性がテーブルの向こう側から身を乗り出した。「中学のとき、ぼくを失恋の憂き目に遭わせたかわいい女の子とちっとも変わらない」

キャサリンはしげしげと彼の顔を見た。誰だろう？　クラスメートにこんな人がいただろうか？　考えてみたがわからない。でも、口をゆがめて笑うあの笑い方は、記憶に残っている。彼女は愛想よく言った。「グレン・レイシー！　いつテキサスへ帰ってきたの？」

彼の一家はキャサリンがまだ中学生のときにテキサスから引っ越していった。それゆえ、彼にまた会えるとは思ってもみなかった。

「ロー・スクールを卒業したときだ。テキサスにはぼくの英知が必要だと思ってね」彼はふざけて言った。

「こいつの言うことなんか聞かないほうがいいよ」ワンダの夫、リック・ウォレスが口をはさんだ。「ろくでもない教育を受けたせいで、彼の頭脳は腐ってるんだ。ほかに誰かわかった人はいる？」

「いるわ」キャサリンはテーブルの周りを見回した。特別な友人、カイル・ヴァーノンが妻のヒラリーを連れてきている。それぞれと抱き合うと、昔のことを思い出した。ウォード・ドナヒューとポール・ヴァーノンは、我々の子供が成長したら結婚させよう、と将来を楽しみにしていたのだ。しかし、子供の頃の友情は友情のまま終わり、どちらも恋愛感情を抱かなかった。長身のブルネット、パメラ・バウイングもいる。彼女はけだるそうな様子をしていながらその実いたずらの天才で、高校時代の親友だった。むろん、再会すれば二人とも大喜びする。パメラのそばに男性がいるが、彼とは面識がない。紹介されたところによると、スチュアート・マクレンドンといってオーストラリアから来たという。テキサスの牧場経営を学ぶためにここにいる。結局一人で来ている男性はグレン・レイシーだけなので、必然的に彼がキャサリンの相手をすることになった。キャサリンとしてはなんの文句もない。学校に行っていた頃から彼が好きだったし、今も嫌いになる理由はないからだ。

しばらく二人は古い噂話に花を咲かせたが、バンドの演奏が最高潮に達すると話をやめた。ワンダはくるくる回る人々を見て顔をしかめている。「テキサス・スイングがはやり出してから、バンドはスローのロマンチックな曲を演奏しなくなったわ。ますますそうなっていくみたい」彼女は不満らしい。「その前はディスコだったし！」

「年がわかるぞ」リックがからかった。「ぼくらが学校にいた頃だって、スローのロマンチックな曲で踊ったりしなかったじゃないか」

「わたしが学校にいた頃は、いたずらっ子二人の母親じゃなかったわ」ワンダは言い返した。しかし、現在流行しているダンスをどう思おうと、彼女は夫の手を取ってダンス・フロアに向かっていく。二分もたつとテーブルには誰もいなくなった。当然ながらキャサリンのパートナーはグレン・レイシーである。彼は背が高いので踊りやすく、リードが上手で相手をまごつかせるようなことはない。そのうえ、難しいステップを踏もうともしなかった。また、しっかり抱き寄せてはいるものの、抵抗したくなるほどではない。二人は音楽に乗ってフロアをすべった。

「これからはここで暮らすつもり?」グレンがたずねた。

彼の人なつっこい青い目を見上げ、キャサリンはにっこりした。「まだわからないの」事情を全部話す気はしない。

「ここにいられない理由でもあるのかい? 牧場はきみのものだろう?」

それをわかってくれるのは彼一人らしい。キャサリンの笑顔には感謝がこもっていた。

「長い間ここにいなかったから。理由はそれだけ。シカゴの生活はそう簡単に切り上げられないし、あそこに友達もいるわ」

「ぼくも長い間ここにいなかった。だけど、テキサスはいつになっても故郷だよ」

キャサリンは肩をすくめた。「わたしはまだ決心がつかないの。でも、すぐシカゴへ戻るつもりもないわ」

「それはいい」グレンは気軽に言った。「もう一度ぼくを失恋させてみないか? いやでないなら」

キャサリンは頭をのけぞらせて笑った。「引き止めるのにはいい口実ね。それはともかく、いつわたしに失恋したの？　わたしがまだデートする年にならないうちに引っ越してしまったのに」

彼はしばし考えてから答えた。「なれそめは、ぼくが十二できみが十くらいのときだったと思う。きみは大きな目をしたはにかみ屋の女の子だった。そこが、ぼくの保護者本能とやらを刺激したんだ。きみが十二になる頃には、ぼくのほうはすっかり夢中だった。その大きな目につかまって、逃げられなくなっていたんだ」

若いときの恋物語を伝える彼の目は、きらきらと輝いている。二人は一緒になって笑った。誰でも、思春期には苦しく愚かしい恋をするものだ。

「ワンダから聞いたんだけど、ご主人を亡くしたんだって？」一呼吸おいて彼は穏やかに言った。

デヴィッドを思えば、必ず刺すような痛みが体を貫く。キャサリンは目を伏せた。黒いまつ毛で、目に浮かぶ悲しみを隠したい。「そう。二年前に。あなたは結婚してるの？」

「大学にいるときに結婚したんだけど、ロー・スクールを出るまで続かなかった。傷が残るほどのショックはなかったよ」グレンは例によって口元をゆがめ、魅力的にほほ笑んだ。

「永続的な愛情なんてなかったのに違いない。ただなんとなく気持が離れて、大げんかもせずに別れたんだから。けんかは離婚につきものらしいけどね。子供も資産もなかったので、届出用紙にサインすれば離婚成立だった。あとは自分の衣類をまとめて、全部終わりだ」

「その後、特別な人は?」

「二人ばかりいた」彼は正直に言った。「それも、長くは続かなかった。急ぐことはない。仕事の基盤を固めて、それから本気で奥さんさがしをすればいい。あと二、三年後だな」

「でも、とにかくいつかは結婚したいのね?」キャサリンは彼の姿勢に驚いた。たいていの独身男性、特に離婚を経験した男性は、二度と結婚したがらない。結婚生活より、冒険や刺激を楽しめる生活を選ぶ。

「もちろんだ。奥さんも、子供も、みんなほしい。ぼくはマイホーム型なんだよ。これはと思う女性に出会ったら、多分すぐに結婚するだろう。だけど、今のところまだそういう人に出会っていない」

よかった。わたしに会ってもその気にならなかったのね。キャサリンはほっとし、気持が楽になった。グレンはわたしを友達として見ている。異性として興味を持っているのではない。まさに理想的だ。安心したためさらに数曲彼と踊り、喉がからからになってテーブルに戻った。何か冷たいものを飲みたい。

「ぼくが取りに行ってくる」カイル・ヴァーノンが言った。「ビールを飲みたい人は?」

女性たちは誰も飲みたいと言わず、みんなソフトドリンクがいいと言った。彼は人をかき分けて歩き出した。会場にいる人はかなりの数にのぼる。それでも彼は五分で戻ってきた。手にしたトレイには首の長いびんに入ったビール、缶入りコーラなどがいっぱいのっている。しゃべったり、パートナーを交換して踊ったりしているうちに、時は楽しく過ぎていった。グレンは今度の週末にどこかへ食事しに行こうと誘ってきた。キャサリンは承諾した。出かける予定があるのはうれしい。多少でもルールのそばを離れられる見込みがあればいいが、そうでなかったらきっと週末には頭がおかしくなってしまう。

夜はふけ、キャサリンはもう一度グレンと踊った。すでに帰った人もあり、中にいる人の数は減っている。そのとき、会場の向こう側にいるルールと目が合った。彼は人と話もせず、後ろに下がって立っていた。その目が放つ熱いものを感じ取り、キャサリンはどきっとした。彼はしばらく前からあそこに立っていて、わたしがグレンと踊るのを見ていたのではないだろうか？　ルールの顔はいつもどおり無表情で、なんの感情も表していない。今はさりげなく目をそらし、踊り続けるしかないだろう。ルールはここへ来ていた。けれど、それがなんだと言うのだ？　わたしは何も後ろめたいことをしていない。

それから十五分の間に、誰もが帰り支度をし始めた。もうお開きの時間だ。友人たちに別れの挨拶《あいさつ》をしていると、長い指が腕に巻きついた。振り返らなくても、誰の手かわかった。

「牧場まで車に乗せていってもらいたい」ルールがそっと言った。「うちのやつが一人一緒に来たので、トラックを貸してしまったんだ」

「いいわよ」キャサリンは答えた。ほかに何が言えるだろう？　ルールがピックアップ・トラックを貸したことは疑う余地もない。借りてくれる従業員をさがすのに、どれだけ時間をかけたかはわからないが。でも、そんなことはどうでもいい。数秒後には、ルールと連れ立って広い駐車場を歩いていた。肘に触れている彼の手は、今も温かい。

車のドアを開けていると、ルールがキーを取り上げた。「ぼくが運転する」彼に逆らうつもりはなかった。キャサリンは車に乗り込み、助手席に移った。

黙って運転するルールの顔を、ダッシュボードの弱い光が照らしている。彼の彫りの深い顔は、なんの感情も表していない。空を見上げると、細い下弦の月が目をとらえた。月を見れば、いつかの満月を思い出す。あの夜は、ルールと愛を交わしたベッドを銀色の月明かりが照らしていた。体の中でゆっくり炎が燃え上がり、心ならずもそれに反応しそうになる。これはどうしても抑えなくてはならない。かたわらにいるルールを意識せずにいられれば、なんの問題もないのだけれど。実際は、彼の温かい男性的なにおいに胸が躍り、腹立たしいほど細かく熱い一夜を思い出してしまう。終わりのない愛の行為に身を任せてルールに抱き寄せられていたときの、なんと満ち足りていたことか。

「グレン・レイシーに近づくんじゃない」

低くかすれた声に悩ましい夢を破られ、キャサリンは驚いてルールを見つめた。「なんですって？」彼の言ったことは極めてよくわかったが、詰め寄らずにいられなかった。

「グレン・レイシーのそばへ行かないでほしいって言ったんだ」ルールはキャサリンの求めに応じ、さらに詳しく言い直した。「彼だけじゃない。ほかの男のそばへもだ。きみのベッドに入るなと言われて、ぼくは確かに承諾した。だが、それはほかの男がきみのベッドに入るのを黙って見ているという意味じゃない」

「わたしはグレンと出かけたければ出かけるわ！」キャサリンはむっとした。「自分を何様だと思ってるの？　よくそんな口がきけるわね。まるで、わたしは口説かれれば誰とでもベッドに飛び込むみたいじゃないの。わたしたちは婚約してるわけじゃないのよ、ルール・ジャクソン。誰に会おうとわたしの勝手。あなたに文句をつける権利はないわ」

ルールは歯を食いしばり、それからきっぱりと言った。「きみは、ぼくが贈った指輪をつけてはいない。だが、ぼくが二人の関係を重く考えていないと思うのなら、きみは明らかにどうかしている。きみはぼくのものだよ、キャサリン・ドナヒュー。ぼくのものに手を出すやつは許せない」

7

うれしい思いと憤りが同時に押し寄せ、キャサリンはほとんど何も考えられなかった。ルールが嫉妬心《しっと》を燃やしていると思えばうれしい。けれど、彼の傲慢《ごうまん》な態度にはいつも憤慨してしまう。今回は怒りのほうが喜びをしのぎ、がみがみと彼に言い返した。「わたしはあなたの所有物じゃないわ。これから先もよ！」

「きみは自分が作った小さな夢の世界に住めば、安心していられるのか？」ルールの言い方はなめらかで脅しがきいており、声の調子は警告を秘めている。キャサリンは黙り込み、牧場に着くまで何も言わなかった。

黙っていたにもかかわらず、というより黙っていたせいかもしれないが、車内には気まずい空気が流れ、二人の感覚だけが鋭くなっていく。今日の午後ルールに腹を立て、幻滅し、もう彼に抱かれたくなることはあるまいと思ったばかり。それなのに、今はすでにそれがとんでもない間違いだったとわかっている。今一瞬でも彼の顔を見たら、月光に照らされた彼の顔を思い出さずにはいられない。わたしを抱いていたときの、あの彼の顔を。

それだけではなく、記憶に残る彼の味をかみ締め、彼の体が刻む力強いリズムを感じ取るに決まっている。

車が家に続く階段の脇《わき》に着くと、キャサリンはタイヤが完全に止まらないうちに外へ出た。それから足早に階段をのぼり、小走りにキッチンを通り抜けた。背後でブーツを踏み締める音がする。家の中は暗いが、そこはなんといっても自分の家。どこに何があるか知っているので、暗がりでもすばやく動ける。早く安全な自分の部屋に入り、ルールを締め出したい。だが、ここは彼の家でもある。階段を中ほどまでのぼったとき、強い体に押しのけられてバランスを失った。ルールはがっしりした腕の片方でキャサリンのウエストをかかえ、子供のように軽々と持ち上げた。

「下ろして！」キャサリンは声をひそめて言い、後ろに足を蹴《け》り上げた。彼は階段の途中にいて足元が不安定だが、そんなことを心配してはいられない。ブーツのすぐ上を勢いよく蹴ると向こうずねに当たり、ルールは低い声をたてた。痛かったのに違いない。彼はもう一方の腕をキャサリンの膝の裏に移し、彼女を胸に抱きかかえた。彼の顔が近づいたが、キャサリンにはシルエットになって見えるにすぎない。彼女は再び強い口調で言った。

「ルール！　下ろしてよ！」返事はない。もう一度言おうとしたとき、彼の口がしっかり口をふさいだ。熱く荒々しいキスに唇がうずき、血液が音をたてて体中をめぐり出す。ルールは暗さと彼の動きに惑わされ、依然として何がどうなっているのかわからない。

そんなキャサリンの膝の裏に回していた腕を抜き、彼女を自分の体で支えながらするすると床に下ろした。その間も、彼の熱い口はキャサリンの唇をむさぼって離れない。彼女の体は震え出した。ルールの肉体が燃えているのを肌で感じたからだ。彼はキャサリンのヒップを手で包み、しっかり自分の体に押し当てた。二人の衣服に阻まれても、彼の激しく熱い欲求がキャサリンに伝わる。

ずっとこうしていたい。けれど意志の力を振り絞り、キャサリンは唇を引き離して小声で言った。「やめて！　約束したじゃないの！　モニカが――」

「モニカがなんだ」ルールの声は、胸の奥からわき上がってくるように聞こえる。彼は硬い手でキャサリンの顎を包み、上を向かせた。「リッキーも、ほかのみんなもだ。ぼくは飼いならされた去勢馬じゃない。雌馬に受け入れられないのに、喜んで飛び跳ねるわけがないだろう。そうとも。きみがほかの男とワルツを踊っているときに、黙って見てなんかいるものか」

「グレンとわたしはそんな関係じゃないわ！」キャサリンは声を張り上げた。

「今後も絶対そういう関係にならないようにしてやる」ルールの言い方は荒々しい。

いきなり彼は手を伸ばし、明かりをつけた。驚いたことに、今キャサリンがいるところは自分の寝室。暗闇《くらやみ》に包まれて勘が鈍り、まだ廊下にいるとばかり思っていた。何か話をしてルールの気をそらし、この危険なムードから抜け出せないだろうか？　いぶかりながら、彼女はすばやく後ろへ下がった。ルールはただ危険に見えるどころではない。目にも小鼻にも怒りがみなぎり、囲いの中にいる純血種の雄馬を思わせる。彼はシャツのボタンを外し始めた。何も言わないが、作意があるのはよくわかる。キャサリンはあわてて口を開いた。「わかったわ」折れて出ることにしたが、ともすれば声が震える。「今後グレンに会わなければいいんでしょ？　あなたがそれで満足なら——」

「いや、もう遅い」ルールはキャサリンの話をさえぎった。例の聞き取れないくらい低い声は、本気で言っているんだぞ、と告げている。

キャサリンは目を疑った。これほど速く服を脱ぐ男性は見たことがない。要領よくほんの少し体を動かしただけで、ルールは着ているものを脱ぎ、かたわらに放《ほう》り投げた。どちらかといえば、裸の彼は服を着ているときよりもっと怖い。硬く引き締まった筋肉質の体を目にすると、言葉が喉につかえて言い合いもできなくなってしまう。そばへ来ないでと言う代わりに、細く力のない手を突き出してみたが、彼はその手を取っててのひらに口づけした。彼の唇は肌を焦がし、舌は感じやすいてのひらに過ぎた日の思いを書きつづる。続いてルールは胸毛におおわれた胸にキャサリンの手を押し当てた。彼の体の感触は、くらくらするほど快い。キャサリンは自分でも気づかずに、低い声をたてていた。ルールがほしい。彼にこの身を任せたい。そうした思いが頭をもたげ、自分が何を考えていたか忘れてしまった。本当は、二度とこんなことをしたくないと思っていたのに。でも、ルールはあまりに魅力があり、あまりに危険で興味をそそる。もう一度だけこの豹《ひょう》の体をなで、なめらかな筋肉の動きを指先で感じてみたい。キャサリンはもっと彼に身を寄せ、もう一方の手を温かい彼の胸に当てて指を広げた。彼の息づかいが荒くなり、胸もしだいに大きく上下し始める。心臓は強健な肋骨《ろっこつ》を激しく打ち、その響きがてのひらに伝わってくる。

「それでいい」ルールはくぐもった声で言った。「ぼくにさわって」

歓喜に満ちた官能の世界へのいざないを、どうして断れるだろう？　キャサリンは敏感な指先でルールの小さな乳首をまさぐった。その先端はしだいに硬く張り詰めていく。彼は喉の奥で半ば満足そうな、半ば苦しそうな声をたて、キャサリンの背中に手を回してドレスのジッパーを引き下ろした。ドレスを脱がせるには、いくらも時間がかからなかった。三十秒後、キャサリンは何もまとわずにルールの前に立っていた。身に着けているものは、手首を飾るブレスレットと髪に挿したくちなしだけ。柔らかく女らしい体を目にしたルールは、自制心をなくして荒々しく彼女を抱き寄せた。ふくよかな胸と彼の硬い胸は、今ぴったり触れ合っている。ルールの唇はキャサリンの唇をとらえ、舌が彼女の口にすべり込んだ。彼は、抗《あらが》わぬ敵を征服したのだ。豹はもはや、おとなしく座ってなでられてはいない。

「くちなしの花っていいな。ぼくは好きだ」ルールは小声で言い、しばし腕を緩めて髪に挿してある花を抜き取った。彼が右腕で抱き寄せているので、キャサリンの胸はまだ彼の胸にぴったり触れている。ルールは純白の花を彼女の胸の谷間に差し込んだ。二人の体にはさまれ、花はそこにとどまっている。彼に押されてキャサリンはじりじりと後ろへ下がった。やがて膝裏にベッドが触れ、ルールとともにベッドに倒れ込んだが、その間も二人の体は離れなかった。

「きみがほしい。どうしても」ルールは下へ体をすべらせ、彼女の胸の谷間に顔を埋《うず》めた。そこには押しつぶされたくちなしの甘い香りが漂っている。彼は豊かなふくらみを唇と舌で愛撫《あいぶ》し、ピンクの頂を口に含んだ。頂は硬いつぼみとなり、キャサリンの体を熱い震えが駆け抜けた。相手がルールだと、どうしてこうなるのだろう？　デヴィッドにも、結婚する前に体を求められた。そのときでさえ応じなかったのに、ルールに対しては意志もモラルもなくなるらしい。彼に愛の行為を迫られれば、いつでも体を差し出してしまう。そんな自分に嫌気が差すが、だからといってルールに燃えなくなるわけではない。下腹部が激しく動悸《どうき》を打ち、全身に甘い痛みが広がっていく。この痛みを鎮められる人はルールしかいない。体を弓なりにそらすと、彼は顔を上げて体をのせかけた。キャサリンのすべすべした長い脚には、今、彼の毛深い脚が重なっている。「ぼくがほしいって言ってごらん」ルールはかすれた声で言った。

　ほしくないと言ったら嘘《うそ》になる。体はこんなにもルールを求めているのだから。キャサリンは彼の引き締まった体に両手を当て、てのひらで脇をなで下ろした。彼の体は、隅から隅まで燃えて力に満ちている。「あなたがほしいわ」言葉は抵抗もなく口をついた。「でも、こんなことをしても何も解決しないわよ」

「ところが、ぼくの大問題は解決する」ルールは彼女の腿を分け、ぴったり体を押し当てた。キャサリンの中で喜びが渦を巻く。目を閉じるとすぐ、彼に体を揺さぶられた。「ぼくを見るんだ」彼は命令口調で言った。「ぼくのものになるときに、目をつぶるんじゃない。ぼくを見て。ぼくたちが一つになる間、ぼくの顔を見ていてくれ」

そんなことができるだろうか？　あまりにも扇情的で、目をつぶりたくなってしまう。けれど、キャサリンはルールの顔を見つめながら、ゆっくり彼を受け入れた。形容しがたい感動に、我を忘れてしまいそう。彼の顔にも、同じ思いが表れている。ルールは大きく目を見開き、キャサリンに愛のリズムを示してみせた。苦痛にも似た感情の波が、彼の顔を何度もよぎる。キャサリンはいつしか体をそらし、目には涙を浮かべていた。自分が高みにのぼり詰めようとしているのを感じる。「やめて！」涙声で言い、彼女はルールの脇腹に爪を立てた。「ルール、やめて」

「きみを満足させたい。キャット……ああ、キャット！」

体の奥から絞り出すような叫び声。そのあとは、あまりに多くのことが起こった。死とはこういうものに違いない。自分を失い、緊張が高まり、感覚がはじける。やがてゆらゆらと空中を漂い、力が抜け、現実から遠ざかる。これほどの衝撃は、今まで経験したことがない。それでもすべてを信じ、受け入れ、自らそのとりことなった。わずかに残る知覚力が、ルールの激しい情欲を伝えてくる。力に満ちた体は熱くキャサリンを求め続け、最後に頂点をきわめたのだ。今、キャサリンと外の世界をつなぐのは、そのわずかな知覚力しかない。やがて少しずつ感覚が戻り、彼女は目を開けた。ルールはまだ体を重ねたまま、キャサリンの髪を後ろへとかしつけている。小声で何か言っているが、それは再び愛の行為に誘う甘い言葉。彼の体には汗が光り、髪は湿り気を帯びて焦茶色の目はきらきらしている。彼は男性の典型と言っていい。また新たに女性の謎《なぞ》を克服し、勝利の雄叫《おたけ》びをあげているように見えた。

だが、ルールが最初に口にしたのは、気づかいを込めた言葉だった。「大丈夫か？」彼は手脚をほどき、キャサリンをかたわらに抱き寄せた。

大丈夫なはずがないじゃないの。そう叫びたい。けれど、キャサリンはうなずき、汗ばんだ彼の肩のくぼみに顔を埋めた。まだ全身がけだるくて、話をするだけの力がない。そもそも何を話せばいいのだろう？　あなたがほしい。理性の枠を超えるほどに。意志の力を超えるほどに。夫の死に臨んでも、胸を張っていられるくらい意志の力は強いのに。そんなことを伝えればいいのだろうか？　でも、この現象はわたし自身も理解できない。それをどうしてルールに説明できよう？

彼の手がそっとキャサリンの顎を包んで顔を起こした。ささやきにも似てひそやかに、彼の唇が唇に触れた。目を閉じていても、彼のキスを唇で感じる。その唇は、さっきのキスの跡をとどめていまだにうずく。やがてルールの腕が体に巻きつき、いっそうぴったり抱き寄せられた。彼の息がこめかみの髪を震わせる。「おやすみ」彼は低い声でそっけなく言った。

ええ、そうするわ。キャサリンは素直に眠りについた。実際とても疲れている。踊ったし、時間も遅い。加えて激しい愛のひととき。ルールの腕の中で眠るのは、なんてすてきなことだろう！ まるでここがわたしの居場所であるみたい。

それなのに、異状を感じて目が覚めた。何かおかしい。キャサリンを抱き寄せていたルールの腕はそこになく、彼女の手が彼の胸にのっている。カールした胸毛の間に指先を埋めて。弱い月の光も差し込まず、部屋の中は暗い。異常な音も聞こえなければ、かすかに動くものもない。でも、何かのせいで目が覚めたのだ。原因はなんだろう？

頭がはっきりしてくると、ルールの体が異常に緊張していることに気がついた。呼吸は速くて浅く、手の下にある胸が大きく上下している。肌が汗ばんでいるのもわかった。

きっとどこか悪いのだ。キャサリンは彼の体を揺さぶった。大丈夫かどうか確かめなくては。だが、行動を起こす前に、ルールのほうが起き上がって背筋を伸ばした。声はたてないが、右手できつくシーツをつかんでいる。間もなく、一つ一つの動きに驚くほどの時間をかけ、彼は手を開いてシーツを放した。それだけのことに、大変な努力をしているのがよくわかる。彼は妙に低いため息をつき、長い脚をベッドから下ろして窓辺に向かった。窓の前に立ち、外の闇を見つめている。

キャサリンはベッドの上に起き上がった。「ルール？」彼女の声は戸惑いを示していた。ルールからは返事がない。しかし、シルエットになって浮かんでいる体が、こわばったような気がした。ふと、リッキーが言っていたことを思い出した。ルールはときどき悪夢にさいなまれ、夜中牧場を歩き回っているという。今のも悪夢のなせる業なのだろうか？どんな夢を見るのだろう？ルールがこれほど緊張して黙り込むなんて、よほど恐ろしい夢なのに違いない。

「ルール」キャサリンはもう一度呼びかけ、ベッドから下りて彼のそばへ足を運んだ。背後から彼の体に腕を巻きつけ、広い背中に頬を寄せても、彼は体を硬くして黙っている。

「夢を見たの？」

「そうだ」ルールの声はかすれ、喉から絞り出したように聞こえる。

「何があったの？」彼が何も言わないので、キャサリンは重ねて問いかけた。「ベトナムで経験したことね？」

しばらくルールは答えなかったが、やがてこわばった唇から同じ返事が返ってきた。

「そうだ」答えたくないのを、無理に答えたのに相違ない。

その話を聞かせてほしい。けれど、部屋の中は静まり返り、時だけが過ぎていく。やはり彼は話したくないのだ。ベトナムの話は、誰にもしたことがない。テキサスに帰ってきたときのルールは、荒れていて危険で手負いの獣さながらだった。何がそうさせたのだろう? 夢の中に現れるものはなんなのか? 不意に、彼がそれを話してくれるかどうかがとても重要なことに思えてきた。彼にとって重要な人になりたい。わたしを信じてもらいたいし、わたしにも重荷を背負わせてほしい。いまだにそれが彼の肩に重くのしかかっているのなら。

キャサリンはルールの前に回り、彼と窓の間に割り込んだ。それから彼の硬い体をそっと愛撫し、安らぎを与えてささやいた。「話して」

それでもなお、ルールは一段と体をこわばらせた。「それはできない」彼の声はかすれている。

「できるわ!」キャサリンは執拗《しつよう》に迫った。「ルール、ちょっと聞いて! あなたは一度もその話をしなかったわね。つまり、それを客観的に見てもらおうとしなかったのよ。ただ自分の中に閉じ込めてきただけ。それじゃだめだわ。わからない? 結局自分を苦しめるだけで——」

「素人心理学者に用はない」ルールはきっぱり言ってキャサリンを押しのけた。

「そう? ずいぶん敵意を向けてくる——」

「いい加減にしろ」ルールは怒鳴った。「敵意がなんだかわかってるのか? 客観性が何か知ってるのか？　ぼくは一瞬のうちにあることを悟ったよ。死んだら客観性もくそもないってことだ。死んだ人間はそんなもの気にしない。気にするのは生き残った連中だ。生きていると、無様なところを見られたくない、人の前でこなごなにされたり、火あぶりにされたくないと思う。人間の尊厳をなくすまで苦しめられるのもごめんだ。だけど、わかってるか、ハニー？　そこら中に体がばらばらに飛び散ろうが何しようが、一発の銃弾にやられたことには違いないんだよ。それが客観的見方というもんだ」

ルールの露骨な怒りと苦々しい声は、キャサリンの体に強くなぐられたような衝撃を与えた。キャサリンは思わずまた手を差し出したが、その手は彼に届かなかった。人がそばに来るのに耐えられないかのように、彼が後ろへ下がったからだ。仕方なくキャサリンは手を下ろした。「人に話す気になったら……」

「いや、話さない。いいか」ルールの声は依然として憤りを含んでいる。「ぼくが見たこと、聞いたこと、経験したことは、ほかの人には伝えない。ぼくだけでおしまいだ。自分でなんとか解決する。教科書どおりじゃないけれど、ぼくにはぼくなりの方法がある。夜中に飛び起きなくなるまでには、何年もかかった。よく人の叫び声におびえたり、息が詰まったりして目が覚めたものだ。今は朝までよく眠れる。ときには夢を見るけど、人にそれをなんとかしてもらうつもりはない」

「退役軍人の協会だってある――」

「わかってる。だけど、ぼくはいつも一匹狼《おおかみ》だったし、最悪のときは過ぎた。今はこうして人に背を向けて外を眺めていてもなんともない。誰かが後ろから近づいてきても、平気でいられる。悪夢は終わったんだよ、キャット。もう悪夢に苦しむことはない」

「まだ夢を見るのなら、終わったとは言えないわ」キャサリンは穏やかに言った。

ルールは息を吸い込んだが、呼吸が乱れている。「ぼくは戦争を生き抜いたんだ。それで十分じゃないか」彼はさらにキャサリンから離れた。声にならない笑いに、胸が上下している。「ぼくはそれ以上を望まなかった。最初は……ふん！　最初は毎朝毎晩神に祈った。ただ命をお助けください。生きて帰らせてください。この体を見苦しい肉片にしないでください、とね。半年後に祈りは変わった。毎朝、生きて逃げ出したくはありません、と祈ったんだ。帰りたくなかった。あの中を生き抜いて、まだ毎朝日の出をおがむなんてどうかしてる。死にたかった。死のうとした。正気じゃできない危ないこともした。だけど、死ななかった。ある日はジャングルにいたのに、次はホノルルに移された。ばかどもが木の下を歩いていた。人が近づいてきてもかまわずに、にたにたしたり、笑い声をあげていた。ぼくを見るやつもいた。精神異常者でも見るみたいに。ばかが……」彼の声は尾を引いて消えた。

何か顔をくすぐるものがある。それを手の甲で払ったキャサリンは、手がぬれたので驚いた。涙？　ベトナム戦争の頃《ころ》はまだ子供だったので、その恐ろしさはわからなかった。

でも、その後書物を読み写真を見たうえ、父に連れられて牧場へ来たときのルールの顔も覚えている。ゆがんで憎悪に満ちたルールの顔。口もきかない暗い若者。わたしにとって、それがベトナムのイメージだった。

言い換えれば、わたしにはそのイメージしかない。それに対し、ルールは現実を知っている。記憶も夢も現実なのだ。

喉の奥から嗚咽《おえつ》がもれる。キャサリンはルールに駆け寄って抱きついた。あまりきつく腕を巻きつけたので、今度は彼もキャサリンを押しのけられない。いや、押しのけようとはしなかった。逆に強い腕でやさしく彼女を包み、体をかがめて頭を彼女の頭にすり寄せた。キャサリンは彼の胸に頬を預けた。そのためルールは彼女の頬がぬれているのを感じ取った。てのひらでキャサリンの頬をぬぐい、乱暴とも思えるほど熱く唇を重ねた。「ぼくのために泣くのはやめてくれ。ぼくがほしいのは安らぎだ。哀れみじゃない」

「どうすれば安らぐの？」キャサリンはしゃくり上げた。

「これだ」ルールはキャサリンを高く抱き上げてキスをした。何度も何度も。キャサリンは息切れがし、くらくらして、彼に腕と脚を巻きつけた。こうせずにいられない。彼が腕を緩めたら、たちまち床に転げ落ちてしまう。だが、ルールは腕をほどきはしなかった。彼女の体を自分の体に沿ってすべらせ、そろそろと下ろしていく。と、二人の体は結び合い、キャサリンは声をあげた。

「こうしたかったんだ」彼は荒い息をしながら、かすれた声で言った。「きみの中にぼくを埋めたい。きみを抱いて、めちゃめちゃに燃やしたい。ぼくの下で。そうなれるね？言ってくれ、キャット。狂ったように燃えるって」

キャサリンはルールの喉元に顔を埋めた。力に満ちた彼の腰が激しく動き、体の中で炎が燃えて涙がにじむ。「そうよ。燃えるわ」彼に何かを要求されたら、応じずにはいられない。

狂おしいばかりの喜びが、同時に二人の体を駆けめぐる。ルールはキャサリンと一つになったまま、床に体を横たえた。床は固く、寝心地が悪い。だが、彼の動きを体の中で感じているキャサリンは、そんなことに気づきもしなかった。ルールはなおも甘く激しく迫ってくる。最後に熱い動きは止まり、彼はキャサリンを抱き上げてベッドに寝かせた。今もまたルールの腕は、彼女の柔らかい体を抱き寄せている。その腕の中で、キャサリンは眠りに落ちた。

目が覚めたときは、陽光降り注ぐ朝だった。ルールはまだ隣に横たわっている。よかった、一人じゃないんだわ。そう思って伸びをすると、それを見た彼がほほ笑んだ。かすかな笑みだが、非情そうなルールの顔が和やかに見える。キャサリンは彼を見つめ、眠たげな笑みを送った。すると、ルールは一方の手を彼女のウエストにかけて引き寄せ、何も言わずに再び情炎の世界へ突き進んだ。

歓喜のときはやがて過ぎた。ルールは顔を上げ、ハスキーな甘い声で話しかけた。「結婚してくれ」

キャサリンは呆然《ぼうぜん》とし、ただただ彼の顔を見つめていた。

しまった、とでも思ったのだろうか。ルールはくっきりした唇をゆがめている。それでも、今の言葉を繰り返した。「結婚してくれ。なぜそんなに驚いた顔をするんだ？　ぼくはずっと前から……きみが十五くらいのときから、結婚しようと思っていた。はっきり言えば、きみがぼくの顔をひっぱたいて、かわいいお尻を叩《たた》かれた日からだ」

ルールは新たな要求をしている。キャサリンは彼から離れてベッドの上に起き上がり、震えがちな声で言った。「わたし、ずっとここにいるかどうかもまだ決めてないのよ。それなのに結婚してくれなんて。どうしてそんなことが決められるの？」

「簡単だよ」ルールはまたもキャサリンを自分のそばへ引き寄せた。「考えちゃいけない。心配もするな。ただ結婚すればいいんだ。ベッドに入るまでは、毎晩けんかばかりしてるかもしれない。だが、ベッドに入れば、どんなに日中やり合ってても結婚してよかったと思うだろう。きみを冷たいベッドに寝かせはしない。約束する」

キャサリンは体の芯《しん》から震えていた。ああ、そうできたらどんなにいいか！　ルールのものになりたい。とはいえ、愛のいとなみは麻薬のように断ちがたくても、彼は何一つわたしと分かち合おうとしない。分かち合うのは肉体の喜びだけ。信用してすべてを話してほしいとわたしが望んだにもかかわらず、ルールははねつけた。

ショックのせいか、震えが体を駆けめぐる。「だめ！」キャサリンは声を張り上げた。盲目的にルールの言葉に引きずられ、すべきでない結婚をしてしまうのが何より怖い。わたしは不安になるほど彼がほしいが、彼は愛しているとは言わなかった。結婚しようと思っていた、と言ったにすぎない。あらゆるものについて、ルールは計画的に事を運んだ。牧場への愛着は隠そうとしない。取りつかれていると言ってもいい。それゆえ、牧場を支配できるとなれば、愛のない結婚だってするだろう。昨夜ベトナムの傷跡を一部だけ垣間見たおかげで、彼がなぜ牧場にしがみつくのか以前よりはわかったような気がする。急に熱い涙が頬をぬらし、キャサリンは激しい口調で言った。「できないわ！　あなたがそばにいると、考えることさえできないのよ！　もうわたしにはさわらないって言ったのに、よくも約束を破ったわね。シカゴへ帰るわ。今日すぐに。こんなプレッシャーには我慢できないもの」

これほど惨めな気持になったことはない。ルールが口を固く結んだまま服を着て出ていくと、もっと惨めな気持になった。懸命に抑えようとしているのに、いつの間にか涙があふれて流れ落ちる。キャサリンは体をこわばらせて横になり、ときおりその涙をぬぐった。彼を求める激しい思いに打ちのめされ、体も心もずきずきうずく。この思いは抑えることもできなければ、理解することもできない。この前は、わたしを一人にしてと彼に頼んだ。

それなのに、一人で横たわっている今は体の一部をもぎ取られたようにつらい。歯を食いしばってこらえていないと、廊下に出てルールの部屋に忍び寄り、彼の腕の中にもぐり込んでしまいそう。ここを出なくてはならない。ルールのオーラが届かないところへ行かないと、永遠に彼に縛りつけられる。ルールはわたしが彼に弱いのを知っていて、それを巧みに利用するからだ。そうなったら、彼の望むものがわたしなのか牧場なのか、わからずじまいになる。

ルールがわたしの体を求めているのは間違いない。それは当たり前だろう。わたしは目を見張るような美人ではないが、たいてい合格点をつけられ、よく長い脚とエキゾチックな髪の色や目の色をほめられる。ルールは正常な情欲を持ち、刺激があれば正常に反応する正常な男性だ。わたしを求めたとしても、何もおかしいことはない。彼の動機を疑うのも、可能性に振り回されるのも不愉快だが、そうなるのは、表面に表れない感情を詮索《せんさく》するからだ。

ルールのことはよくわかっている。体つきも、言葉や声が伝える微妙な意味も。けれど、彼が自分の大部分を人目にさらさないことも、同じくらいよくわかっている。彼は火をくぐり抜け、地獄から生還した。価値あるものは何も残らず、いかなる幻覚も夢も、彼が経験した現実の厳しさを和らげることはできない。そうして帰ってきた故郷に故郷はなく、大海に投げ出されたのと同じだと思い知らされた。ウォード・ドナヒューが差し出した手は、文字どおりルールの命を救ったのだ。そのときから、彼は牧場にすべてを注ぎ込んだ。牧場は雨風から彼を守り、破壊された人生を立て直す礎だったのだから、それは当然だろう。

ルールと結婚できないわけではない。結婚してもいいが、わたしを愛して結婚したのか、わたしに付随する牧場がほしいから結婚したのか、という疑問が終生つきまとう。わたしはセット販売品でしかない。牧場がわたしのものでなければよかったのだ。初めてそんな気がしてきた。ここを出ても問題は解決しない。けれど、ルールの本心がわからないまま結婚しても心安らかに暮らせるかどうかを、もっと筋道立てて考えられる。ルールのそばにいたら、理性的にものを考えられない。動物的感覚しかない人間になり下がってしまう。

これは昔からあった問題、大きな資産を継ぐ女性が常に悩まされてきた問題だ。結婚相手は、彼女がほしいのか、彼女の資産がほしいのか。わたしの場合は金銭の問題だけではなく、ルールの安心感や厭世《えんせい》観の問題でもある。だが、それは彼の潜在意識の中に深く埋もれているため、彼自身も何がほしくて結婚するのかわかっていないだろう。

ようやくキャサリンはベッドから下り、荷造りにかかった。とはいえ、疲労感が襲い、何もする気になれなかった。ほとんど何もしていないうちにドアが開き、入り口にルールが立っていた。

彼は違う服を着ており、無表情ではあるが肌には疲れが出ている。声は平静だった。

「一緒に馬に乗ろう」

キャサリンは目をそらした。「わたしは荷物をまとめて――」

「頼む」ルールは途中で口をはさんだ。頼むなどという言葉が彼の口から出たことはない。キャサリンは震えを覚えた。「最後に一度、一緒に来てくれ」彼はなおも説得しようとした。「それでもきみがここにいる気にならなかったら、どこへでも送っていく。飛行機に乗ってテキサスを出るがいい」

キャサリンはため息をつき、そわそわと額をこすった。どうしてきっぱり別れられないのだろう？　わたしは世界一自虐趣味なのではあるまいか。

「いいわ」彼女は折れて出た。「着替えるから待って」

一瞬ルールはここで待っている、と言いそうに見えた。濃い茶色の目が、ゆうべのような熱い一夜を分かち合った男にそんなことを言うとはばかだな、と告げている。しかし、彼はうなずいてドアを閉めた。感覚が彼の存在を鋭くとらえ、彼が部屋の外壁にもたれているいることまでわかる。急いでキャサリンは服を着て、ひどくもつれている髪をブラッシングした。ドアを開けると、ルールは体を伸ばして手を差し出した。どうしたらいいだろう？　彼の手を取るべきだろうか？　答えが出ないうちにルールは手を下ろした。

ルールは何も言わない。キャサリンも無言で馬小屋へ向かい、二人はお互いの馬に鞍《くら》を置いた。早朝の空気はひんやりして快い。馬は元気を持て余し、二人がゆっくり歩かせるのでじりじりしている。何も言わぬまま数分が過ぎたので、キャサリンはルールのそばに馬を寄せて唐突に言った。「話ってなんなの？」

ルールの目は、使い古した黒い帽子の陰に沈んでいる。テキサスの強烈な太陽から目を守るため、彼はいつも目深に帽子をかぶるのだ。顔の一部ははっきり見えても、それだけでは何を考えているのか読み取れない。「もう少しあとで話す。まず馬に乗って土地を見よう」

キャサリンは喜んでそうしたかった。手入れの行き届いた牧草地には愛着があり、再びこの地を離れるのかと思うと胸が痛んだ。柵《さく》は修理ができてしっかりしており、付属の建物は皆清潔で、ペンキを塗り直してからまだ日が浅い。管理者としてのルールの腕は抜群としか言いようがない。彼に腹を立てたことはたくさんある。でも、怒り心頭に発していたときでも、彼がこの土地に注ぐ愛情を疑ったことはなかった。思春期のいちばん気持が不安定なときでさえ、それはわかっていた。

囲いをした放牧場も家畜小屋も後方へ去り、周りには牧草地が広がっている。ルールは馬を止め、建物のほうを顎で示した。「ぼくはきみのためにこの土地を守ってきた」彼の声にやさしさはない。「きみが帰る日を待っていたんだ。きみはこの牧場がほしくないのか？　信じられない」

キャサリンは燃え上がる怒りを抑え、語気荒く言った。「ほしくないですって？　どうしてそう思うのよ？　わたしはここが大好きだわ。自分の家ですもの」

「それならここで暮らせばいいじゃないか。ここを自分のすみかにしろよ」

「そうしたかったたわ。昔から今に至るまでずっと」声には不快感がちらちらしている。

「でも、ただ……とぼけないでよ、ルール。わたしがなぜ家にいなかったか、あなた知ってるでしょう？」

ルールは口元をゆがめ、同じ不快感を彼女にぶつけた。「なぜだ？　ぼくがベトナムから帰ってきたとき、世間の人はいろいろな噂《うわさ》をした。きみはあれが全部本当だと思ったのか？」

「思わないわよ。当然じゃないの」キャサリンはかっとして否定した。「誰もあんな噂を信じてはいないわ」

「信じてたやつもいる。事実、ぼくを痛めつけようとやっきになっていた連中がいた。すべてがぼくの仕業だと思い込み、血で償わせようとしたんだ。はっきり覚えてるよ」ルールの顔は無表情で冷たい。いやな記憶が、さわやかに晴れた朝を台無しにしたのだから当然だろう。

キャサリンは震えを覚え、手を伸ばして彼の前腕をつかんだ。デニムの作業着の袖《そで》をまくり上げているので、筋肉質の腕があらわになっている。「そんなこととは全然関係ないわ。わたしの言うことを信じて。あの……あの頃は、あなたが憎らしかったわ。何も考えられないくらい怒ってたの」

「今も怒ってる?」ルールは詰め寄った。

「怒ってないわ」キャサリンは低い声で言い、不安と疑惑の混ざった目で彼を見上げた。わたしより牧場がほしいのではないかと思うと不安になる。けれど、そんなことは言えない。彼の動機を疑っているのがわかったら、彼はわたしのほうが大事だと説得するだろう。彼に弱いわたしは、口車に乗せられて彼の思う壺《つぼ》にはまってしまう。わたしは単にルールの体がほしいのではない。彼の心をつかまえたいのだ。

「もう一度考えてみないか?」ルールはかすれ声できいた。「ここで暮らすのは悪くないと思うんだが」

キャサリンは強いて目をそらした。目にはきっと熱い思いが表れている。それをルールに読み取られてはならない。ここで暮らせたらどんなにいいか! 彼が差し出すものに満足できればよかったのに。彼はどんな女性にでも、その程度のものを差し出せるだろう。それでもいいではないか。いや、それ以上のものがほしい。加えて、妥協しようとしたら自分が破滅しそうで怖い。「だめ」キャサリンはひそひそ声で言った。

ルールはレッドマンの向きを変え、手袋をした手でキャサリンの手綱をつかんだ。思いどおりにならないせいか、浅黒い顔をこわばらせ、口を固く結んでいる。「よし。出ていきたいんだな。もし、妊娠してたら? その場合はどうする? 自分一人でなんとかするか？　ぼくが父親になると知らせる気はあるのか？　それとも、黙って処理して知らん顔をするか？　妊娠の可能性はいつわかる？」彼は激しい勢いでたたみかけた。

なんですって？　キャサリンは呆然とした。その言葉も内容も、あまりにも思いがけない。数時間前プロポーズされたときと同じくらいの衝撃を受け、キャサリンはなすすべもなくルールを見つめた。

キャサリンの態度は、彼にとってうれしくなかったのに違いない。笑いとは言えない笑いに彼の口元がゆがんだ。「そんなに驚かなくてもいいじゃないか。きみはもう子供じゃないんだから、どうすれば子孫ができるか知ってるはずだ。ぼくたちは二人ともそれを防ごうとしなかった」

キャサリンは目を閉じた。ルールの子供を宿すというのは、なんてすてきなことだろう！　良識を忘れ、そうなりますように、すでに彼の子供をみごもっていますように、と一瞬祈ってしまった。ルールはそれに気づいたらしい。キャサリンの唇に、わずかながらうっとりした笑みが浮かんだからだ。彼は小声で悪態をつき、キャサリンのうなじに手をかけた。

「そんな顔をするな！」彼は凄《すご》んだ。「さもないと地面に引きずり下ろすぞ。今ここでできみを抱いて――」

ルールが途中で言葉を切ったので、キャサリンは目を開け、食い入るように彼の顔を見つめた。この表情を消すことはできない。

ルールは頬をぴくりとさせて繰り返した。「いつだ？　いつになったらわかる？」

頭の中で日を数え、キャサリンは答えた。「一、二週間のうちに」

「で、妊娠したら？　どうする？」

避けて通れない問題にぶつかり、キャサリンはつばをのんだ。選択の余地はない。父親が結婚しようと言っているのに、子供を私生児にするなんてもってのほかだ。妊娠したら、あらゆる問題が片づく。ただし、ルールは牧場ほしさに結婚するのではないか、という疑惑だけは解消しない。キャサリンは消え入りそうな声で言った。「あなたに隠したりはしないわ。もし……もし妊娠したら」

ルールは帽子を取ってふさふさした髪をかき上げ、無造作にまた帽子をかぶった。「この前のときも心配しながら結果を待った。きみが妊娠したんじゃないかと思ってね。また同じことを繰り返すだろう。それでも今度はいくらかいい。少なくとも、きみはもう子供じゃないからな」

キャサリンは再びつばをのんだ。遠く過ぎ去ったあの日の出来事に、ルールはさほど無関心ではなかったのだ。そう思うと、言いようのない感動を覚える。何を言ったらいいかわからないが、とにかく話をしたい。だが、口を開きかけたときにルールの膝が動き、馬が離れた。

「仕事がある」彼はぼそぼそと言った。「何時に出るか決まったら知らせてくれ。小型機を出せるようにしておく」

キャサリンは去っていくルールを見送り、馬を返してゆっくり小屋に向かった。話をしたからといって、厳密に言えば何かの役に立ったわけではない。彼と過ごした夜がどういう結果を招くかに気づいた以外は。

家に戻って朝食をとり、キャサリンはヒューストンの航空会社に電話をして翌日のフライトを予約した。次は荷造りだ。持っていくものはあまりない。服は大方シカゴに置いてある。牧場では、昔置いていった服でなんとか間に合わせていた。

時はのろのろと過ぎていく。昼食時間が待ち遠しい。彼を自分のものにする喜びを捨てたとはいえ、食事のときはルールに会える。昼どきになるとキャサリンは階下へ下りてどうでもいい雑用をし、ローナと一緒に食卓の用意をした。その間も、視線は絶えず窓の外をさまよう。

馬が一頭裏庭に駆け込んできた。乗っている男性は大きく手を振っている。何やら叫んでいるところを見ると緊急事態が起こったらしいが、声がくぐもっていて何を言っているのかわからない。キャサリンとローナは不安げに顔を見合わせ、勝手口へ急いだ。長身でやせているルイスが、馬小屋から飛び出してピックアップのほうへ走っていく。「どうしたの？」キャサリンは彼に問いかけた。「何かあったの？」

ルイスは振り返った。顔が青ざめている。「ルールがけがをした。彼の乗っていた馬が転んだんだ」

みぞおちを突かれたようなショックを受け、キャサリンはよろよろと後ろへ下がった。いけない。しっかりしなくては。頑張って体勢を立て直し、震える脚に鞭《むち》打ってピックアップに駆け寄った。男たちが、宿泊施設から運んできたマットレスをトラックの荷台に敷いている。キャサリンは助手席に乗り込んだ。運転席にはルイスが座っている。彼はキャサリンの血の気の失《う》せた顔をちらりと見たが、何も言わずにギアを入れ、全速力で牧草地を走り出した。土埃《つちぼこり》を蹴立て、トラックはバウンドしながら進んでいく。何時間もたったような気がしてきたとき、何人かの男性が集まっているところに着いた。彼らは心配顔で地面にうつ伏せになっている人物を囲んでいる。

キャサリンはトラックが止まりきらないうちに飛び降り、ルールのかたわらにすべり込んで膝をついた。勢いよくすべり込んだため、彼の周りに細かい土埃が漂っている。青ざめて目を閉じているルールを見ると、激しいパニックが襲ってきた。「ルール！」大声で呼び、頬に手をかけてみたが返事はない。

震える指でルールのシャツのボタンを引きちぎっているとき、ルイスが隣に来てしゃがんだ。不安でほとんど息もできない。シャツの中に手を差し入れて心臓の鼓動を感じ取り、ようやくほっと息をついた。血走った目を上げてルイスを見ると、彼はルールの体に手をすべらせている。その手が左脚の膝とくるぶしの中間付近に至ったとき、彼は動きを止めてつぶやいた。「脚を骨折してるな」

そのとき、ルールは苦しそうに息を吸い込み、まばたきして目を開けた。気がついたのだ。キャサリンはすばやく彼の上に体をかがめた。「ルール……ダーリン、わたしよ。わかる？」けれど、彼の目は焦点が定まっていない。

「ああ」彼ははっきりしない声で言った。「レッドマンは？」

キャサリンはくるりと振り返り、辺りを見回した。レッドマンは四本の脚でしっかり立っており、特に異状は見当たらない。「大丈夫そうよ。あなたより元気だわ。あなたは左脚を骨折したの」

「わかってる。ぽきっという音がした」ルールは弱々しくほほ笑んだ。「頭も相当強く打っている」

キャサリンはまた不安げな目を上げてルイスを見た。頭を打ったのなら、脳震盪《のうしんとう》を起こしたのかもしれない。気を失っていた時間を考え合わせると、かなりその可能性は高い。ルールは冷静に見えるが、早く病院へ行くに越したことはない。首や背中を痛めた恐れもある。彼が少しでも楽になるのなら、どんなことをしてでもいいから苦痛を分けてほしい。そう思った瞬間はっきりわかった。わたしはルールを愛している。単に彼がほしいだけではない。愛しているのだ。そうでなかったら、彼がほかの女性とベッドを共にしたと思うだけで、どうしてあれほど動揺するだろう？　彼のキスに嫉妬するのも、ほかになんの理由があろうか？　彼の子供ができたら、と期待するのも、愛しているからにほかならない。ずっと前から、わたしはルールを愛していた。それが愛だとわからないほど幼いときから。

男たちはきびきびとむだなく動く。キャサリンは徐々に追いやられて後ろへ下がり、彼らは地面に広げてあった毛布の上にそっとルールを移した。彼はどこかに痛みを感じたのに相違ない。喉から押し殺した声がもれた。キャサリンは血がにじむほどぐっと唇をかんだ。

「落馬するなんて、運動神経が鈍ってきたんですよ、牧場長」ルイスが冗談混じりに言うと、ルールはぎごちなくにやりとした。彼の下に敷いてある毛布は、担架の役目をする。皆が毛布を持ち上げると、不意にルールの顔から笑みが消え、口からはののしりの言葉がほとばしった。キャサリンは一部ずつしかこの表現を聞いたことがない。全体を聞いたのは初めてだ。しかも、ルールの使い方は変わっていて面白い。トラックに移される頃には、玉の汗が彼の顔をおおっていた。荷台にはマットレスが敷いてあり、彼を待っている。キャサリンとルイスはルールと一緒に荷台に乗り込み、キャサリンは反射的に彼の汗をぬぐった。

「落ち着いてゆっくり行けよ」ルイスが運転席にいる男に言うと、彼はわかったというしるしにうなずいた。

スピードを抑えていても地面に凹凸があるたびにトラックは揺れ、ルールは手を固く握り締めた。顔は土気色をしている。やがて、彼は両手で頭の周囲を締めつけた。頭に伝わるトラックの振動を和らげたいらしい。キャサリンは心配になり、彼の上に身を乗り出した。トラックが揺れるたびに胸がうずくが、ルールのためにしてあげられることはない。

ルールをはさんで向かい側にいるルイスが、キャサリンの視線をとらえた。「ヒューストンよりサン・アントーンのほうが近い」彼はサン・アントニオを方言で呼び、静かに言った。「そっちへ連れていこう」

牧場に着くと、皆が手早く飛行機の座席二つを取り除き、ルールをマットレスごとそこに移した。目を開けているのが大儀なのか、ルールはすぐまぶたを閉じそうになる。キャサリンは彼の顔を手で包んだ。「ダーリン、眠っちゃだめよ。目を開けてわたしを見て。眠らないでね」

ルールは素直にキャサリンを見た。目はぼんやりしているが、悲痛なまでの努力をしてキャサリンの言葉に神経を集中している。

色のない唇にかすかな笑みが浮かんだ。「ぼくを見て」

そのささやき声を聞き、キャサリンは彼に抱かれたときを思い出した。彼も同じことを思い出しているのだろうか？

「ぼくは大丈夫だ」ルールは眠たげに言った。「大してひどくはない。ベトナムでは、何度もっとひどい目に遭った」

サン・アントニオの病院でルールを診た医師は、脳震盪を起こしたと判断した。一晩は病院で様子を見なくてはいけないが、手術が必要な状態ではないという。頭のこぶと脚の骨折を別にすれば、あちこちにあざはあるもののけがはない。疲労がキャサリンにのしかかった。飛行中ルールの横にうずくまって彼を眠らせないようにし、容態を見守っていたのだから当然だろう。そのため、せっかくの朗報も悪い事態を宣告されたのと同じ結果をもたらし、彼女はルイスの胸に顔を埋めてわっと泣き出した。

すかさずルイスはキャサリンの体に腕を回し、彼女を固く抱き締めた。「なんで今頃泣くんだ?」彼の声は安堵《あんど》の笑いを含んでいる。

「だって、涙が出てくるんですもの」キャサリンはしゃくり上げた。

医師は笑ってキャサリンの肩を叩いた。「泣きたいだけ泣いたらいい」彼の声はやさしい。「患者さんは心配ありません。約束します。一日か二日で家へ帰れるでしょう。脳震盪のせいで頭痛がしますから、しばらく起きられないと思います。脚のためにはそのほうがいいでしょう。早く回復しますよ」

「今ルールに会えます?」キャサリンは目をぬぐいながらきいた。一人で彼に会いたい。彼の体に手をかけ、わたしとルイスがそばにいると告げたい。

「少し待ってください。階下で骨折箇所のレントゲンを撮って、整骨しますから。病室に移ったらお知らせします」

キャサリンはルイスと一緒に面会者ラウンジで苦いコーヒーを飲みながら待った。コーヒーは隅の自動販売機で買える。男の人がいてくれてよかった。といっても、彼のことはよく知らない。ルイスはすばやく動き回ったが、動転したり自制心をなくしたりはしなかった。一見して彼がおびえているとわかったら、わたしは取り乱してしまっただろう。

ルイスは座り心地の悪いプラスチックの椅子に背中を預け、ブーツをはいた長い脚を伸ばした。その姿はルールを連想させる。キャサリンは胸がどきどきしてきた。「ルールはおなかがすいているんじゃないかしら?　朝何も食べなかったから」

「腹がへったとは思わないだろう。体がショック状態にあるうちは、空腹を感じないんだ。だけど、我々は違う。カフェテリアをさがさないか。何か食べて、うまいコーヒーを飲もう」

「でも、ルールが――」

「彼はどこへも行きはしない」ルイスは言い張り、キャサリンの手を取って椅子から引っ張り上げた。「ルールの処置が終わる前に戻ってこられる。ぼくもあの程度の骨折を経験してるからわかるんだ。結構時間がかかると思う」

ルイスの予想は的中した。ずいぶん長い間カフェテリアにいたのに、なかなか知らせがこない。ラウンジに戻ってから一時間近くたって、やっと看護師がうれしい知らせを持ってきた。ルールは病室に入ったという。二人は病室のある階へ行き、廊下で医師に会った。

「複雑骨折ではないから大丈夫です。完全に治りますよ」医師は自信ありげに告げた。「何も心配することはありません。大けがをしているにしては、ずいぶん気難しいですね」

彼はルイスを見て感心したように首を振った。「あの頑固野郎――」ちらりとキャサリンを見て、女性の前で汚い言葉を使ってはいけないと気づいたのだろう。彼は途中で口をつぐんだ。「麻酔はいやだって頑張るんですよ。部分麻酔でもね。好きではないと言うんです」

「そのとおり」ルイスが静かに言った。「彼は麻酔が好きじゃありません」

キャサリンがしびれを切らして足を踏み出すと、医師はにっこりした。「すぐ面会なさりたいですか？」彼は面白そうな顔をしている。

「ええ、もちろん」キャサリンは待ってましたとばかりに答えた。ルールのそばへ行きたい。彼に手を触れ、彼が本当に大丈夫だと知って安心したい。

どんな姿を予想すればいいのだろう？　それはわからない。傷や包帯を目にする気がまえはできている。何かはわからないが、けがをしたルールにしてあげられることがあればしようと思う。ドアが開いたとき現実に目にしたのは、乱れた髪、眠そうで不機嫌な顔、新しいギプスに包まれた脚だった。ベッドの足元に取りつけた装置から出ている吊《つ》り鎖が、その脚を支えている。

　ルールは患者用のガウンを着せられたが、おとなしくその格好をしていたのはわずかな間にすぎなかったようだ。ガウンは丸まって床に転がっていた。薄いシーツの下には、ルールの体しかないらしい。思わずキャサリンは笑い出した。

　ルールは細心の注意を払って振り向こうとした。背後ではルイスが声を忍ばせて笑っている。間もなくルールは振り向くのをあきらめ、目だけを動かした。それでも苦痛を感じると見え、顔をしかめている。「何がおかしい？」彼はむっとして言った。「人の不幸を面白がってないで、ここへ来て手を握ってくれ。少しは同情してもらいたい」

　言われたとおりキャサリンはベッドのそばへ足を運んだ。笑っているのに、涙がにじんで目頭が熱い。彼女はルールの手を取って口に近づけ、骨張った力強い指にすばやくキスをした。「息が止まるほど怖かったわ。あなたのせいよ」冗談を交えて彼を責める声は、涙声になっていた。「でも、あなたはけが人にさえ見えないわ。脚を見なければ。何に見えるかといったら、気難し屋よ」

「仕方ないだろ。これは楽しいことじゃないんだ」ルールの声には実感がこもっていた。

　彼はきつくキャサリンの手を握り、さらに近くへ引き寄せた。だが、ルイスがそばにいるのを思い出したのだろう。ちらりと彼のほうに視線を投げた。「ルイス、レッドマンのけがはひどいのか？」

「大したことはないようです」ルイスは答えた。「歩き方にも異状はありません。腫《は》れがないかどうか、気をつけて見るようにします」

ルールはうなずいた。一瞬自分のけがを忘れてしまったと見える。たちまち痛みに襲われ、うめき声をたてて頭を押さえた。「畜生」ののしる声にも元気がない。「頭ががんがんする。そのへんにアイスパックか何か、置いてないか？」

周囲を見回したところ、床に保冷剤の入ったパックが落ちている。明らかに、ルールが病院のガウンと一緒に放り投げたのだ。キャサリンがそれを拾い上げてルールの額に当てると、彼は安堵のため息をついてルイスのほうを向いた。

「牧場へ帰ってくれ」ルールは牧場長に指示した。「売り立てまでにすることが山ほどある。一日だって留守にしてはいられない。月毛の雌馬が明日か明後日には来る。アイリッシュ・ゲールと一緒にしておけ」

ルールは次の二日間にすべきことを大まかに説明した。ルイスは神経を集中し、真剣に聞いている。二、三、簡潔な質問をし、彼はさっさと出ていった。キャサリンは自分が置き去りにされたと気づく暇もなかった。ルールはルイスがいたときからずっと彼女の手を握っている。二人だけになると、彼は眠そうな目をキャサリンに向けた。

「ぼくのそばにいてくれ。いいだろう？」

キャサリンは帰ろうと思ってはいなかった。しかし、今は帰ろうにも帰れない。ここにいると答えるしかないではないか。彼女は苦笑した。「帰りたいと言ったら、どうするの？」

ルールの目の色がいっそう濃くなり、顎に力が入った。「だめだ」彼はきっぱり言った。

「きみが必要なんだ」体を動かしたために頭が痛み、彼はぶつぶつと悪態をついた。「このせいで何かと番狂わせが生じたな。きみをシカゴへ帰すわけにはいかない。売り立ては、きみに手伝ってもらわないといけないからだ。ルイス一人では仕事をさばききれない。そもそも、これはきみが主催者になるべきなんだ。きみの牧場だからね。それに、今ならぼくのそばにいても安全だよ。子猫とけんかしても負けるに決まってる。まして、立派に成長した猫《キャット》にはかなわない」

キャサリンはそのだじゃれにも笑えなかった。ルールはひどく力なく見える。何も言わなければよかった。ルールがけがをしたと聞いた瞬間、牧場をあとにする気はなくなっていたのだから。けれど、彼にそんなことを言うのはやめよう。キャサリンはただ彼の額にかかっていた髪をとかしつけ、静かに言った。「もちろんここにいるわ。本当にわたしが出ていくと思った？」

「さあね。きみが出ていきたいと言ったら、止めることはできない。だが、牧場はきみにとってもっと大きな意味を持つはずだ。ぼくはそう思いたい」

わたしを引き止めているのは牧場じゃないわ。あなたよ、ルール。胸の内でそう言っているのに、事故で良識を失ったらしい。結局キャサリンはその話をせず、彼の体にかかっているシーツを上のほうまで引き上げて冗談混じりに言った。「ここにいるわ。ほかのことはともかく、あなたがお行儀よくできるか見張ってなくてはいけないから」

まだ顔色が悪く、焦点も十分定まらないのに、ルールはいたずらっぽい目つきで彼女を見た。「ぼくの行儀をどうこうするにはもう遅い。だけど、ぼくの浮気を阻止したいなら、それなりの手を使ってぴちぴちした女性看護師を撃退してもいいよ」

「浮気する気があるの？」ルールをからかうことなど、めったにできるものではない。まして、今の話は扇情的な戯れに近い。キャサリンはうれしくてわくわくした。考えてみれば、おかしな話ではないか。ルールが寝たきりで動けない今、やっと安心して彼をからかえるなんて。それは、常に彼を警戒していたからだろう。豹には背中を見せないのが良識というものだ。

「今はない」ルールの声は細くなって消えた。「そんなこと考える気にもならないよ」

彼はあっという間に眠りに落ちた。キャサリンは彼の手をシーツの下にすべり込ませた。エアコンはフル回転し、部屋は大分冷えている。そこでシーツを引き上げて彼の肩をくるみ、枕元《まくらもと》の椅子の上に正座した。

「これからどうすればいいの？」キャサリンはルールの横顔にじっと目を注いだまま、声に出して自分に問いかけた。緊張をといてぐっすり眠っているため、いつも非情な横顔は和やかに見える。朝のあのひとときだけで、あらゆるものが変わってしまった。何もなければスリルも危険もないところへ逃げ出していたのに、今はルールのそばに座っている。何があろうと、もう牧場を去る気にはなれない。彼は傷ついて弱っている。これからの二週間、牧場で仕事をしてもらいたいとルールが言ったのは嘘ではないだろう。馬の売り立てだけでも、仕事はたくさんある。いくら有能だといっても、ルイスはスーパーマンではない。同時にあちこちにいるのは不可能だ。それを思えば、論理的に反対する余地はない。心情的に言っても同じ結論に達する。たとえここにいる必要がなくても、ルールをおいて出ていきたくない。

今になってわかったことがある。彼への愛は降ってわいたわけではない。ずっと前から彼を愛していた。デヴィッドも心から愛していたけれど、ルールに対する強烈な感情に比べれば、彼への愛は浅くて軽い。ルールへの思いはあまりに激しく、若いときはそれにおびえた。結局、自分の気持が怖くて逃げ出したのだ。激しい思いは自制心も自信も打ち砕く。やがては、胸の中にある感情を受け入れることもできなくなった。今もなお、奔放に燃える自分の気持が怖い。再び逃げようとしていたのは、ルールがそれに応《こた》えてくれそうもなかったからだ。わずかでも同じ感情を返してくれればいいが、それはまったくわからない。わたしはそれだけ大人になったのだろうか？　それとも、単に向こう見ずになっただけなのか？　眠っている彼を見ていぶかりながら、キャサリンは苦しい決断をした。どんな犠牲を払おうとも、牧場で暮らそう。ルールを愛している。愛は理屈で割りきれない。

あれほど若くしてあれほど激しく彼を愛したのは、人間の行動基準から外れている。だが、彼を愛したのはまぎれもない事実であり、その愛は今も続いている。

見るともなく狭く薄暗い部屋を見回すと、見慣れた黒いものが目に入って思わず息をのんだ。ルールの帽子。どうしてここにあるのだろう？　飛行機の中で見た記憶はないが、どこかにあったのに違いない。今ここにあるのだから。ルイスが持ってきたのだろうか？　それとも、ルールが無意識のうちに手に握っていたのか？　そんなことはどうでもいい。

けれど、彼が帽子を握っていたのかと思うと、かすかな笑みが口の端に浮かぶ。

ルールの帽子はいつもさんざんな目に遭ってきた。彼ほど帽子を手荒く扱う人はいない。どうすればあんな形になるのだろう？　足で踏みつけているのではあるまいかと、ときどき思う。彼はあまり帽子を買いたがらない。それでも必要に迫られて新しい帽子を買うと、一週間で使い古しのぼろ帽子に姿を変える。牛の大群が上を走っていったのかと思うほどひどい。埃にまみれたみすぼらしい帽子を胸に抱くと、涙がにじんで辺りのものが霞《かす》んで見えた。

牧場で暮らすのが間違いだったら、未来にまったく希望はない。しかし、今日はルールが普通の人と同じく、人間的で傷つきやすいことを知らされた。事故はいつ彼をわたしから奪うかしれない。そんなとき、苦い悔いしか残らなかったらどうだろう？　ルールは結婚しようと言った。それについては、決めかねている。気持が動揺し、頭が混乱して、具体的な計画など立てられない。でも、逃げるのはもうやめよう。逃げても何も解決しなかったではないか。わたしはルールへの思いに、彼の思い出に、取りつかれていた。ルールの顔が見えないベールとなり、誰を見てもその顔を思い浮かべた。ルールを愛している。その事実を正面から見つめ、苦しみであれ喜びであれ、その愛がもたらすものを受け入れなくてはいけない。たとえ、彼と離れて過ごした八年が何も教えてくれなかったとしても、一つのことだけはよくわかった。それは、永遠にルールを忘れられはしないということ。

8

ルールは心やさしく、模範的な患者だった。従順で文句を言わず、子羊のようにおとなしい。といっても、キャサリンがそばにいる限りは。ここにいると約束したとき、キャサリンは何をすればいいのか全然わかっていなかった。それがわかったのは、初めて看護師がルールの脈拍と血圧を調べに来たときである。ルールは起こされるとぱっと目を開け、起き上がろうとした。だが、頭痛には勝てない。うっ、と声をたててまたベッドに沈み、かすれた声で呼びつけた。「キャサリン?」

「なあに?　ここにいるわよ」キャサリンはすばやく応じてはじかれたように椅子から立ち上がり、彼の手を取って指をからませた。

ルールはぼんやりした目をこらし、じっと彼女を見つめている。「ぼくを置き去りにしないでくれ」

「そんなことするものですか。約束したじゃないの。覚えてない?」

彼はため息をついて力を抜き、再び目を閉じた。ほっとしたのだろう。看護師は顔をしかめ、彼の上に体をかがめてたずねた。「ミスター・ジャクソン、ここがどこかわかりますか?」

「わかってるよ。病院だ」ルールは目を開けもせず、不機嫌に答えた。

看護師は気の毒そうにキャサリンを見てにっこりした。彼女はブルネットでぽっちゃりしており、茶色の目は鋭い。「これから一時間ごとに起こしに来ます。正常な睡眠でしたらいいんですが、昏睡《こんすい》状態に陥っているといけませんので。これは単なる予防措置です。でも、大事を取るに越したことはありません」

「話はちゃんと聞こえてる。本人がいないみたいな言い方をしないでくれ」ルールがぶつぶつと口をはさんだ。

看護師はまたキャサリンの目を見て、天井をあおいだ。どうしようもないわ、という声が聞こえてきそうな気がする。キャサリンはぐっとルールの指を締めつけ、お説教めいた口調で言った。「いい子にしていなくちゃだめよ。ふてくされてもなんの役にも立たないわ」

相変わらず目を閉じたまま、ルールはキャサリンの手を引き寄せて頰をすり寄せた。「わかった」彼の声は聞き取れないくらい低い。「きみのためにせいぜいいい子になるよ。だけど、頭が割れそうなときは笑うだけでも大変なんだ」

ルールは言葉どおりいい子になり、キャサリンに対してはおかしいほど従順だった。しかし、看護師がここはわたしたちに任せてくださいとキャサリンに言うと、たちまち言うことを聞かなくなる。彼は常にキャサリンをそばにおきたがり、手を替え品を替えして二人を離そうとした看護師も、しまいにはルールと同じことを望むようになった。ルールはけがをいいことに、キャサリンをそばにおこうとする。彼女にもそれはわかっていた。しかし、腹が立つどころか、ひたすらルールにやさしくしたくなる。それゆえせっせと雑用を片づけ、彼の世話をした。疲れ知らずの奮戦と言っていい。

夕方近くなっておなかが鳴り、金を持っていないことに気がついた。そればかりか、化粧品も着替えも、櫛《くし》さえ持っていない。午前中に食べたサンドイッチは、ルイスが払ってくれた。半分残したあのときと反対に今はひどく空腹で、胃袋が餓死しそうだと警告している。ルールは、キャサリンが丁寧にスプーンですくって口に運んだゼリーを少しだけ食べた。だが、えんどう豆のスープはのもうとしない。味見してみて、キャサリンにも理由がわかった。これだけ空腹でも、このスープはのめない。キャサリンの家では日常えんどう豆のスープをのむことはなく、ルールもその食習慣の中で暮らしているからだ。

ルールは重傷を負っているわけではなかったので、周囲で起こっていることにすぐ気がついた。疑わしげな目でキャサリンを見ていると、スープの味を見るや顔をしかめたのでそっと言った。「カフェテリアへ行って何か食べておいで。時間が時間だからおなかがすいただろう。きみがいなくてもおとなしくしてるから、大丈夫だ」

「わたし飢えてるの」キャサリンは苦笑して先を続けた。「でも、いくらわたしが美人でも、ただでは食べさせてくれないわ。わたし、櫛も持ってないのよ。ましてお金や着替えは持ってないわ。バッグを持っていこうなんて考えもしなかったの。あなたを飛行機に乗せて飛び立つのが精いっぱい」

「ルイスに電話して必要なものを届けさせればいい。今夜持ってきてくれるよ」

「彼にそんなこと頼めない――」

「頼めるとも。あそこはきみの牧場だ。そうだろう?」ルールはつっけんどんに言った。「よし。ぼくが電話する。今はぼくの財布を持って行っておいで。ナイトテーブルの上の引き出しに入ってるよ」

キャサリンがためらっていると、彼は無理に起き上がろうとした。もとより青白い顔がさらに青ざめていく。「わかった。わかったわ」キャサリンはきびきびと言い、急いで彼を寝かせ引き出しを開けた。確かに財布が入っている。取り上げてはみたが、一瞬悪いような気がしてじっと財布を見つめていた。なぜかわからないが、ルールの金を使いたくない。

「早く行けよ」彼に命令口調で言われ、キャサリンは病室を出た。おなかがすいているのだから、遠慮するのはやめよう。

カフェテリアでしけたクラッカーとポテト・スープをゆっくり口にするうち、キャサリンはある誘惑に抗《あらが》いきれなくなった。彼の財布に何が入っているのか見てみたい。後ろめたそうに辺りを見回し、まず数枚のスナップ写真をじっくり眺めた。一枚は明らかにルールの母親。彼が子供の頃《ころ》に他界したので、キャサリンはまったく知らない。眉と口の形がわずかに似ているところが、身内であることを表している。もう一枚は長身でやせ型のルールの父親。そばには十歳くらいのひょろっとした男の子がこちこちになって立っており、カメラに向かって顔をしかめている。大人になったルールも、何度こんな顔をしたかしれない。それを思い出し、キャサリンは涙ぐんでほほ笑んだ。

次のプラスチック・ホルダーをめくったとき、キャサリンはぽかんと口を開けた。わたしのスナップ写真が出てくるのではないかしら、と多少期待はしていたが、これは予想していた写真ではない。写真があるとすれば、高校卒業前にクラスで撮った写真か大学のときの写真だと思っていたのだ。けれど、ルールが持ち歩いていたのは、小学校一年の頃の写真だった。キャサリンはクラスでもいちばん誕生日が遅く、写真を撮った頃はまだ乳歯のままだった。その乳歯でぐっと下唇をかみ、大きな茶色の目で真剣にカメラを見ている。どうしてルールはこの写真を手に入れたのだろう？　彼が牧場へ来たとき、キャサリンは少なくとも十二にはなっていた。十三だったかもしれない。家族のアルバムからでも取らなければ、持っていないはずだ。

写真はもう一枚あった。ウォード・ドナヒューのが。キャサリンは涙に霞《かす》む目で父を見つめ、また詮索《せんさく》を始めた。ルールは最小限の証明書しか持っていない。運転免許証、パイロット・ライセンス、社会保障カード。ほかには四十三ドルの現金。財布に入っていたのはそれだけだった。

じんと涙がにじんでくる。写真四枚とカード三枚が彼の身元を証明するすべてなのだ。それ以外、自分の殻に閉じこもっているこの男性が誰なのか、示すものは何もない。過去の記録も、メモも。不意にキャサリンは気づいた。生まれてこのかた、〝きみが必要だ〟とルール・ジャクソンが言った相手は、ただ一人しかいなかったのに違いない。それなのに、わたしは彼を捨てようとしていた。なんということをしたのだろう！

キャサリンは深く息を吸い込んだ。胸が震え、呼吸が乱れている。もう少しで、最大の間違いを犯すところだった。ルールの事故に感謝したくさえなる。あの事故のおかげでここにとどまり、取り返しのつかない仲たがいをせずにすんだのだから。ルールを愛している。何をしてでも、彼の愛を勝ち取ろう。

ルールには何も言わないことに決めたのに、夜がふけると言葉がぽろりと飛び出した。

「財布にわたしの写真が入っていたけど、どこから持ってきたの？」

ルールは口元をゆがめて苦笑した。「はたしてきみは誘惑に勝てるかな、と思ってたんだ。やっぱり負けたな」

頬が熱くなったが、キャサリンは彼のふざけた言葉を無視した。「ねえ、どこにあったの?」彼女は食い下がった。

「靴箱の中だ。古い写真がいっぱい入ってる。屋根裏にはいくつもそういう箱がしまってあるよ。なぜそんなことをきくんだ?」

「不思議だからよ。どうしてあの写真にしたの?」

「あれを見てると、あるものを思い出すから」ルールはようやく気が進まなそうに答えた。

「あるものって?」

彼は慎重に顔の向きを変えてキャサリンを見た。彼の目は深夜の闇《やみ》のように黒い。「どうしても知りたい?」

「知りたいわよ。だって、普通ならわざわざあんな写真を選ぶはずないもの」

「そうでもないだろう。あっ、と思ったのはあの目だ」彼はぼそぼそと言った。「初めて川のそばできみの体を知った日も、きみはああいう目をしていた。二人とも燃え尽きて目を開けたときだ。真剣な、おびえたような目だった」

稲妻に打たれたような衝撃が、キャサリンの体を貫いた。あの日のことが鮮やかによみがえる。まるで今起こった出来事のように。彼女の若々しくきれいな胸に体を重ねていたルールは、肘をついて上体を起こした。キャサリンは、彼の重みが消えたのを覚えている。

〝キャット〟ルールの声は穏やかだが、耳を傾けずにいられない響きがあった。それまで別世界をさまよっていたキャサリンだったが、彼の声を聞いてさまざまなものの存在に気がついた。焼けつくような陽光、素肌を刺す草の葉、野生の花を訪ねる蜜蜂《みつばち》のけだるい羽音、耳に快い鳥のさえずり。今したことの重大さにも気がついた。まだ自分の一部になっている男が誰かということにも。無上の喜びがいまだにあとを引いている一方、体の中に経験のない痛みを感じた。心身を揺さぶる激情にとらえられるのが怖い。我を忘れ、もう一度繰り返したいと願うのが怖い。耐えられないほどに。キャサリンは目を開け、おびえたようにルールを見つめた。落ち着いた茶色の目の奥には、女への第一歩を、いちばん大事な一歩を踏み出した不安な思いが表れていた。

キャサリンは何も言えなかった。ルールは間もなく疲れたようにため息をついて目を閉じた。キャサリンは彼の青白い顔を心配そうに見守りながら考えていた。デヴィッドが世を去る前、こうして寝ずにベッドのそばに付き添っていた。二週間がとても長く思えたものだ。あの終わりのない日々が、苦痛とともによみがえる。あのときと同じ状況だからというわけではない。ルールは間違いなく回復するだろう。でも、一見似た状況にあるだけでも、胸が張り裂けそうになる。デヴィッドを亡くしたときはひどくふさぎ込んだ。もしルールに何かあったら、悲しみを乗り越えられない。

病院の第一夜はさんざんだった。ルイスがネグリジェを持ってきてくれたが、着る気にもなれなかった。患者に付き添う人のために、病院には簡易ベッドが用意してある。そのベッドを借りてはみたものの、二人の状態を考えれば椅子に座っているほうがよかった。脚の痛みと吐き気を伴う頭痛にさいなまれ、ルールはまんじりともしなかった。ようやく落ち着いてまどろみかければ、看護師が起こしに来る。明け方には、彼がこの処置について礼儀を欠いた非難の言葉をまくし立て始め、キャサリンもいらいらしてきた。疲れきっていたので怒鳴る元気がなかったが、そうでなかったらわめき散らしていたかもしれない。

ルールがベトナムの夢を見たのは、おそらく苦痛のせいだろう。何度も何度も、彼は手を握り締め、汗びっしょりになって浅い不愉快な眠りから覚めた。こういうときに、どんな夢だったの、などとたずねないほうがいい。キャサリンはただ自分がついていることをわからせ、やさしく話しかけて彼を安心させた。くたくただったが、ルールが不意に目を開けたとき不安な思いをさせてはいけない。彼女は片時もルールのそばを離れず、愛情を込めて彼の看護をした。彼は何をされたか覚えていないだろう。だが、キャサリンが手を触れるたびに反応を示し、彼女がそばにいると知れば落ち着いた。

一晩中苦しんだルールは、翌日微熱を出した。これはよくある症状で、異状ではないと看護師は言った。しかし、キャサリンは彼の額に氷嚢《ひょうのう》を当てたり、絞ったタオルで体をふいたり、一日中かいがいしく世話をした。

二日目の夜、ルールは朝まで目を覚まさなかった。これはとても幸いなことだった。というのも、キャサリンは簡易ベッドに倒れ込み、そのままぐっすり眠ってしまったからだ。

彼に呼ばれたとしても、おそらく聞こえなかっただろう。

翌火曜日の朝、医師から退院許可が出た。本当に帰宅していいのだろうか？　キャサリンはほっとすると同時に不安になった。牧場にいるほうが快適だが、医師が一定時間ごとに診てくれないとなると心配になる。だが、ルールは順調に回復している、と医師はやさしく言った。ただし、少なくとも今週いっぱい安静にしていなくてはいけない。頭痛とめまいが完全になくなるまで、じっと寝ている必要がある。バランス感覚が正常にならないうちに松葉杖《まつばづえ》を使って歩くのは、大変危険だという。

牧場までの飛行はかなり体力を消耗し、従業員たちが二階に運んでベッドに寝かせたとき、ルールの顔は異常なほど青ざめていた。彼を二階まで運ぶのは、決してたやすいことではなかった。気をつけてそっと動かしたのに、ルールは頭痛に襲われて頭をかかえた。安堵《あんど》と不安の入り混じった顔をして彼を迎えたローナは、涙を浮かべて部屋を出ていった。けが人を運び込んだら、あとはキャサリンに任せればいいと思ったのだろう。男たちも一列になって去っていった。

ルールのジーンズの左脚は切り落としてあり、ギプスの上からはけるようになっている。キャサリンはそっと彼のシャツとジーンズを脱がせ、左脚の下にクッションをあてがったうえ、毛布を丸めて脚の両側に置いた。こうすれば脚が固定される。それからキャサリンはルールの体をシーツでくるんでたずねた。「おなかすいてない？」彼はまだ全然と言っていいほど食欲がなかった。「飲み物とか、何かほしいものがあったら言って」

ルールは目を開けて部屋を見回し、キャサリンの問いかけには耳を貸さずにつぶやいた。

「ここはぼくの部屋じゃない」

キャサリンは家にいる場合の状況をよくよく考え、ルールの身の回りのものを正面の客用寝室に運び込むようローナに言っておいた。彼の部屋は裏手の突き当たりにあり、下に馬小屋が見える。裏庭で皆が仕事しているのを見たら、ルールはじっとしていられないだろう。それに、この客用寝室はキャサリンの部屋の隣にあり、彼に呼ばれたときはすぐ駆けつけられる。また、トイレがついている贅沢《ぜいたく》な部屋はここだけしかない。ルールが動けないことを考えれば、トイレの場所は大事な問題だ。

キャサリンは静かに言った。「そう。ここはわたしの部屋の隣よ。夜の間、あなたのそばにいたいからここにしたの。トイレもついてるし」

ルールは何か考えているようだったが、やがてまぶたがゆっくり目を隠した。「わかった」ようやく彼は納得した。「腹はすいてない。だけど、ローナにスープか何か頼んでくれ。そのほうが、彼女は安心するだろう」

ローナが動揺していたことに、ルールは気づいていたのだ。自分がこんなにひどい状態なのに。ローナが彼に尽くしてきたのは疑う余地もなかった。感情を表さない彼女の顔の裏に何が隠れているか、誰にわかるだろう？　それに、ルールが他人のことを気づかっているとわかってうれしい。今まで長い間、彼には人を思いやることなどできないと思っていた。

「ルイスは？」ルールは急に気になり出したらしい。「話があるんだ」

キャサリンは厳しい目で彼を見た。「わたしの言うことを聞いてちょうだい、ルール・ジャクソン。あなたは安静にしていなくてはいけないのよ。病院の先生からそう言い渡されているんだから。わたしの言うとおりにしなかったら、大至急病院へ送り返すわ。頭ががんがんしたって、くらくらしたって、知らないわよ。動くのもだめ。心配するのもだめ。起き上がろうとしてもだめ。いい？」

ルールは彼女をにらみつけた。「ばか言うな。もうすぐ売り立てが――」

「売り立てはわたしたちでなんとかするわ」キャサリンは途中で口をはさんだ。「ルイスと話をしちゃいけない、って言ってるんじゃないのよ。でも、今は話をするより休むほうを大事にしてほしいの」

ルールはため息をついた。「そう威張るなよ。ぼくはひっくり返った亀《かめ》みたいにお手上げ状態だっていうのに」がみがみ言いたいところなのに、ルールはわざと穏やかに言った。「だが、この力関係はそういつまでも続くわけじゃない。それを忘れるととんでもないことになるよ」

「脅かさないで。寿命が縮むじゃないの」キャサリンはふざけて言い、かがんで彼の唇にキスをするなりまた体を起こした。彼女をつかまえようとしても、神経が鈍っているルールにはつかまえられなかった。彼の眠そうな目がじろりとキャサリンの体を上から下まで見回したが、まつ毛が再び目をおおい隠した。彼はもううつらうつらしている。

キャサリンは音をたてないように窓を開けた。新鮮な空気が流れ込んでくる。そこで爪先立って部屋を出て、ドアを閉めた。

ふと見ると、リッキーが廊下の壁に寄りかかって、切れ長のはしばみ色の目を怒りに細めている。「わたしを病院に連れてくるなってルイスに言ったんですってね。ルールに会わせたくないから。そうでしょ?」彼女は感情的になっている。「あなたはわたしがルールのそばへ行くといやなのよ。彼を独り占めしたいんだわ」

リッキーの声でルールが目を覚ますのではないかと思い、キャサリンは乱暴に彼女の腕をつかんでドアから離れた。「しっ! 静かにしてよ! ルールは今眠ってるんだから。できるだけ休まないといけないの」

「そうでしょうねえ。よくわかるわ」リッキーはにやりと嫌味な笑い方をした。

ひどい二日間を過ごしたキャサリンは、神経がぼろぼろになっていた。そのためがみがみと言った。「なんとでも好きなように解釈すればいいわ。でも、ルールのそばへは行かないで。わたしは大まじめで言ってるのよ。彼はまだ重症患者なんだから、気をつけてちょうだい。邪魔しに来たら、どんなことをしてでも追い払うからそのつもりでいてね。ここはわたしの牧場よ。ここにいたいのなら、わたしの言うことを聞くしかないわ！」

「なんなの？　気分が悪くなるわ。あなたの牧場！　あなたの家！　いつだってそう言うんだから。あなたはこの牧場を持ってるだけで、ほかの人より偉いと思ってるのよ。何さ。大したこともない牧場を持ってるくらいで！」

　キャサリンのこぶしに二倍の力が入った。気分が悪いのはわたしのほうよ。あなたのやきもちにも意地悪にもうんざりしたわ。気持はわかるけど。キャサリンの表情を見て、リッキーはいよいよ堪忍袋の緒が切れたと思ったらしい。急いで彼女から離れ、階下へ下りていった。体中がかっかする。キャサリンは一人廊下に立って怒りを静めた。

　しばしののち、彼女はキッチンへ下り、ルールがスープをのみたいと言っている、とローナに伝えた。経験から推して、彼はうとうとしてもすぐ目を覚ますだろう。起きたら、すぐに何か口にしたがるに違いない。ルールから料理を頼まれたと知って、ローナはぬれた目を輝かせ、いそいそと動き始めた。支度ができたのは三十分後。栄養たっぷりの濃厚な野菜スープをいっぱい入れたボウルと、アイスティーがトレイにのっている。二階へトレイを運ぶ間に、キャサリンは急に空腹を覚えた。ルールがまだ寝ていたら、このスープをのんでしまおう。

　しかし、ドアを開けるとルールは目を覚まし、もぞもぞと体を動かした。どうやら起き上がるつもりらしい。キャサリンはあわててトレイをナイトテーブルの上に置き、彼のそばに駆け寄った。起こしてあげるには、うなじに腕を回して上体を支え、枕《まくら》を立てて背もたれにする。次は、楽な位置に脚を移す。途中、彼は何度か歯を食いしばった。

ルールは病院にいたときより食欲が出てきたと見える。結構よくスープをのんだが、それでも半分のむとボウルを押しやっていらいらした口調で言った。「ああ、暑い」

キャサリンはため息をついた。でも、ルールがそう言うのはもっともだ。窓は南西に面しており、部屋には午後の日差しがたっぷり入り込む。これは午後いっぱい部屋にいる人でなければわからない。ルールの顔も上体もすでに汗びっしょりになっていた。この古い家にはセントラル・ヒーティングもエアコンも取りつけたことがなかった。それゆえ唯一考えられる方法は、窓に取りつけるタイプのエアコンを買うことだった。それまではどうすればいいだろう？　そうだ。扇風機があった。あれをさがしてみよう。少なくとも、部屋の空気を動かすことはできる。エアコンを買うまではそれで我慢するしかない。

キャサリンは扇風機のプラグをコンセントに差し込み、ルールのほうに向けてスイッチを入れた。風は彼の体の上を流れていく。ルールは右腕を上げ、目をおおった。「サイゴンにいた日のことを思い出す」彼はつぶやいた。「猛烈に暑くて、空気がねっとりしているような気がした。ヘリコプターの離着陸場を歩いていると、ブーツはべたべたと舗道にくっついた。あれが本当の暑さなんだよ、キャット。残酷なほど暑い。地獄でないとしても、地獄の一歩手前だ。何年も、汗が背中を流れると蛇が這《は》っているんじゃないかと思った。サイゴンのあの日を思い出すからだ」

　キャサリンは石にでもなったかのように立ち尽くしていた。言葉を口にするのが怖い。ルールが戦争体験を話すのは初めてだ。これから、少しずつ抵抗なく話すようになるのだろうか？　それとも、今は理性が霞んでいるだけなのか？

　疑問が解決したのは、ルールが腕を動かし、黒に近い目でじっとキャサリンを見つめたときだった。「それが止まったのは、あの日だ。八年前の七月だった」彼はささやいた。「うだるような暑い日で、川を見たらきみが裸で泳いでいた。羨《うらや》ましかったよ。飛び込んできみと一緒に泳ごうかと思った。そのとき、ほかの男もきみが泳いでいるところを見るんじゃないかと思ったんだ。そうしたら、きみをつかまえて揺さぶってやりたくなった。あとは知ってのとおりだ」彼は低い声で続けた。「きみを抱いている間、太陽がじりじりと背中に照りつけて汗が流れた。だけど、あの日はベトナムを思い出さなかった。頭にあったのは、きみのことだけだ。この腕の中で、きみはだんだん乱れて奔放になっていった。ぼくの下でその体を焦がした。背中に当たるのとは違う熱で。あの日以来、ぼくは暑いのも汗をかくのも怖くなくなった。テキサスの太陽を見上げて、きみを抱くことを思うようになった」

　キャサリンはつばをのんだ。何か言うことも、動くこともできない。

　ルールは手を差し出した。「おいで」

気がつくと、キャサリンはベッドの前で膝をついていた。彼の手が髪をつかみ、そばへ引き寄せようとしている。自分が途中まで身を乗り出したら、痛みに襲われるとわかっているのだろう。彼に強引に引っ張られ、キャサリンはベッドの中央近くまで体を伸ばした。たちまち二人の唇が熱っぽく触れ合う。彼の舌が強烈なメッセージを送ってきて、キャサリンはくらくらした。

「きみがほしい」ルールは彼女の口に口を寄せて言い、彼女の手を取って自分の体に押し当てた。ルールはその手を下のほうへすべらせていく。キャサリンは思わず喉の奥で声をたてた。彼の激しい情欲が指先に伝わってくる。

「できないわ」彼女は無理やり顔を上げて唇を離した。でも、手は無意識にルールの引き締まった腹部をなで上げ、やさしい愛撫《あいぶ》を続けている。「あなたができないのよ。動いてはいけないんだから……」

「ぼくは動かない」ルールはハスキーな声で口説きにかかった。「ただじっとしてるよ」

「嘘《うそ》」キャサリンの声は明るくやさしい。「だめよ、ルール。今はだめ」

「ぼくが満足できるようにしてくれるんじゃなかったのか？」

「先生はそんなこと言わなかったわ」キャサリンはあわてて言った。「わたしは、あなたを安静にさせるようにって言われてるの」

「安静にしてるよ。きみが満足させてくれるのなら」

「お願いだから、そんな聞き分けのないこと言わないで」

「むらむらっときたら、男はみんな聞き分けがなくなる」

笑うつもりはなかったのに、キャサリンは笑い出した。笑い始めると今度は止まらない。彼の胸に頭を預け、カールした胸毛に顔を埋《うず》めているうちに、ようやくくすくす笑いは治まった。「困った坊やね」彼女の声は甘い。

ルールはキャサリンをベッドに引き入れるのをあきらめ、にっこりした。もし彼がもっとねばったら、キャサリンは官能を刺激する誘いに抗えなかったかもしれない。

彼はキャサリンの髪を指ですき、指の間から流れ落ちる赤い髪を見つめた。「出ていこうと思ってるのか？　ぼくが引き止められないのをいいことに？」さりげなさを装うようなたずね方だった。

キャサリンはぐいと顔を上げた。髪が引っ張られて痛い。顔をしかめると、ルールは髪を握っていた手を離した。「まさか！」彼女は憤慨して言った。

「出ていこうとは全然思ってないのか？」

「思ってないわ。全然」キャサリンはほほ笑んで彼を見下ろし、小さな乳首の周りに指先で円を描いた。乳首はカールした胸毛の間から顔を出している。「わたしはここにいるつもりよ。今ならあなたに威張り散らせるもの。このチャンスを逃がすものですか。こんなことはもうないと思うわ」

「それじゃ、ぼくに仕返ししたくてここにいるんだな？」ルールも笑みを浮かべている。ほとんど口角が上がらないひねくれた笑い方だが、彼としては大きな進歩だ。ルールはめったに笑わない。

「そうよ」キャサリンは小さな頂が硬くなるまでまさぐった。「あなたがしてくれたキスの一つ一つにお返しをするわ。それで、あなたがもだえるのを見て楽しむの。お尻を叩《たた》かれたお返しもまだしてないわね。同じようにはできないけど、何かいい方法を考えるわ」

ルールが大きく息を吸い込むと、胸がふくらんだ。彼の呼吸は乱れている。「早くしてくれ。待ちきれない」

「わかってるわ」キャサリンは楽しそうに言った。「それがわたしの仕返しよ。あなたを待たせて……待たせて……ずっと待たせるの」

「きみはもう八年もぼくを待たせたんだぞ。最後のとどめには何をするつもりだ？　ぼくを坊さんにするか？」

「お坊さんにはほど遠い生活をしてきたくせに、とぼけたことを言わないでちょうだい。町の人があなたのことをなんて言ってるか、ワンダから聞いたわ。彼女によれば、あなたはミンクみたいに色事が好きな人なんですって。ミンクがどういう動物かは知ってるわよね」

「くだらない。ゴシップ好きのいやらしい女どもだ」

前よりも明るくはなったが、ルールはすぐに疲れる。キャサリンがベッドに寝かせようとすると、いやがりもせず横になった。

まずエアコンを買おう。でも、病院からルールを連れ帰るのに時間を使ってしまったルイスは、たまっている仕事を片づけるのに忙しい。もう一度サン・アントニオまで行ってくれと頼むわけにはいかない。電気工事をしなくてもこの家につけられるような小さなエアコンは、サン・アントニオまで行かなくては買えないだろう。そうなると、自分で車を運転していくしかない。向こうまでは片道二時間近くかかる。天気予報によれば、同じような日が続くらしい。次の日も、次の日も、また次の日も暑い。ルールをエアコンのある部屋に寝かせなくては。

でも、今は疲れていて、長距離を運転する気にはなれない。明日の朝早起きして、店が開く時間に着くようにしよう。そうすれば昼前に牧場に帰れるので、いちばん暑い時間を避けることができる。

ゆっくりシャワーを浴びてルールの様子を見に行くと、彼はまだ眠っていた。穏やかな寝顔からして、彼は回復しているのだろう。彼の膝から爪先までをおおっている白いギプスを見るにつけ、これが取れたらどんなにいいか、と思ってしまう。ルールを早く放牧地に出してあげたい。あそこが彼にいちばんふさわしい場所なのだから。少なくとも数日間、彼がわたしの言いなりになると思えばうれしい。それでも、弱った無力な彼を見るとやはり胸が痛む。

静かになったのを幸い、キャサリンは自分の部屋に戻ってベッドに体を伸ばした。どうやらそのとたんに眠り込んでしまったらしい。ふと気がつくと、太い声がいらいらした様子でキャット、キャットと呼んでいる。彼女は起き上がり、顔にかかっている髪をかき上げて時計を見た。あれから二時間近くたっていた。ルールが呼んでいるのも無理はない。彼は大分前に目を覚まし、キャサリンはどこかへ行ってしまったのではないかと思っていたのだろう。

小走りにルールの部屋へ行ったところ、状況は予想と大分違っていた。彼の顔はほてり、髪はくしゃくしゃになっている。今起きたばかりで、起きてすぐキャサリンを呼んだのだ。二日間彼女がずっとそばにいたので、甘えるのが当たり前になってしまったのかもしれない。

「どこへ行ってた？」ルールはがみがみ言った。

「寝てたの」キャサリンは答えてあくびをした。「なんの用？」

彼は不機嫌な顔をしたまま一呼吸おいて言った。「喉がかわいた」

枕元のテーブルには水の入ったピッチャーとグラスが置いてある。しかし、キャサリンは黙ってグラスに水を注《つ》いだ。医師によれば、ルールは頭痛のためにしばらくは怒りっぽくなったりわがままになったりするという。彼にとっては、ほんの少し動くだけでも苦痛なのだ。キャサリンは枕の下に一方の腕を差し入れ、そっと彼の頭を起こしてもう一方の手でグラスを差し出した。

「ひどい暑さだ」ごくごくと水を飲み干したルールは、ため息をついて言った。

その点については同感だった。キャサリンは言った。「明日の朝、サン・アントニオへエアコンを買いに行くわ。車で。だから、今日一日我慢して。明日からは快適よ」

「むだづかいはしないほうがいい」ルールはしかめっ面をした。

「それでも、ぼくはあまり賛成じゃないわ。毎日汗びっしょりになって寝ていたら、回復が遅れるわよ」

「賛成かどうかきいてるんじゃないの」キャサリンは彼に最後まで言わせなかった。「エアコンを買うって言ったのよ。それだけの話」

彼は厳しい目でじっとキャサリンを見つめている。「今のうちにせいぜいしたいことをするといい。ぼくが元気になって動き始めたら、そういう具合にはいかないからな」

「あなたなんか怖くないわ」キャサリンは笑って言った。とはいえ、これは必ずしも本当ではない。ルールは頑健で非情で男としての魅力がありすぎる。怖くはないとしても、少なからず用心して接しなくてはならない。

しばらくすると、彼の目つきがわずかながら和らいだ。「まだ疲れてるみたいだよ。行ったり来たりしないで、ここでぼくと一緒に寝たらどうだ？　そのほうが二人ともよく眠なんという挑発的な言い方だろう！　思わずベッドに入りそうになってしまう。でも、二、三時間前、彼は冗談半分に誘惑したばかり。それを忘れてはいけない。残念だが、キャサリンは誘いに乗らないことにした。「だめよ。女性が一緒にベッドに入ったら、あなたはちっとも休めないわ」

「来週になったらいいか？」ルールは小声できいた。彼の指は、素肌をさらしたキャサリンの腕をなでている。

キャサリンは笑いたくもなり、同時に泣きたくもなった。わたしの気持が百八十度変わったということに、彼は気づいていないのだろうか？　彼を見ていると、わたしがベッドに入らないのは、彼の傷が心配だからだと思っているらしい。二人の間の問題はすべて解決し、わたしの心を曇らせる疑惑ももう存在しないかのように彼は振る舞っている。おそらく、疑うべきことはないのだろう。ルールのプロポーズを受けるかどうかはまだ決めていない。だが、何が起ころうと、二度と彼から逃げられないのはわかっている。わたしの心はすでに決まっていて、ただそれを受け入れればいいだけかもしれない。どうしてこう〝かもしれない〟ことが多いのか……。

でも、何によらず今すぐ決断を下すのはやめたほうがいい。この三日間のショックでいつになく疲れている。それに、牧場の仕事、馬の売り立ての準備、敵意を見せるリッキーとの渡り合い、ルールの看護、とすることがたくさんある。今はこうしたことで頭がいっぱいで、とうてい重大な決断を下すことはできない。わたしが守ってきた原則の一つは、ストレスに苦しんでいるときに変更不可能な決断をしてはいけない、ということ。ルールが全快してからでも、そのための時間は十分あるだろう。

キャサリンはにっこりし、彼の額に落ちかかる髪を後ろへとかしつけた。「その話は来週しましょう」

9

「キャット!」

「ミセス・アッシュ、この話をどう思われます――」

「キャサリン、ちょっとこれを――」

「キャット、ひげを剃《そ》りたいんだけど――」

「お願いよ、キャサリン、これをなんとかして――」

「お嬢様、すみません、ルールはわたしが何かしてもだめなので――」

今まで、キャサリンはこれほど多くの人に呼ばれたことはない。皆話を聞いてくれとか、何かをしてくれとか頼みに来る。行く先々に問題をかかえている人がいて、すぐになんとかしてもらいたがるのだ。牧場では毎日山ほど仕事がある。ルイス・ストーヴァルは牧場になくてはならない人物だが、彼には決定できないこともあり、ルールはまだ仕事ができる状態ではない。モニカは絶えず何か要求し、リッキーは不平ばかり言っている。ローナは進んでルールの看病を分担しようとするが、ルールが承知しない。彼はひげを剃るのも、食事をさせるのも、風呂に入れるのも、個人的な用事を全部キャサリンにさせたがる。キャサリン以外に、彼を喜ばせられる人はいない。

彼女を呼ぶ声の中でも、ルールの声が群を抜いて多い。彼の要求に応じるためには、毎日数えきれないほど何回も階段を駆けのぼったり駆け下りたりしなくてはならない。彼は気難しい病人ではないが、ただキャサリンに——キャサリンだけに——世話をさせたがる。

エアコンはルールが退院した翌日に買ってきた。そのため部屋は快適な温度になり、彼はゆっくり休んでいる。モーターの低い音も、わずらわしい雑音を消してくれてちょうどいい。彼はよく眠るが、起きたときはキャサリンがすぐに駆けつけないといらいらする。

でも、怒る気にはなれない。動こうとすると彼の顔色が悪くなるのを目の当たりにしているからだ。脚はまだ痛むうえ、今はかゆみを伴う。しかし、ギプスをつけているので、ルールにはどうすることもできない。怒りっぽくなるのもよくわかる。こうした状況に陥れば、誰でもそうなるだろう。気性の激しい人にしては、思ったよりもおとなしい。

とはいえ、彼の気持がわかっても、階段の上り下りからくる脚の痛みは治らない。睡眠も食べ物も十分にとっていないうえ、座るのは馬に乗るときかルールに食事をさせているときだけ。二日が過ぎただけなのに、今にも倒れそうな気がする。

その夜、キャサリンは本当にルールの横で眠りに落ちた。彼に食事をさせ、終わって皿をトレイに返したのは覚えている。それからほんのわずかな間ベッドに横になり、彼の肩に頭を預けたのだが……気がついたときは朝だった。ルールは腕が痛いとぶつぶつ言っている。彼は一晩中枕《まくら》を背に上体を起こし、右腕でキャサリンを抱き寄せていたのだ。ルールは彼女にキスをしてにっこりした。けれど、彼の顔を見れば居心地悪い思いをしていたのは一目でわかった。一睡もではないとしても、ほとんど眠っていないに違いない。

起きてからは午前中いっぱい大忙しだった。次から次へと問題が持ち上がった。家に戻ってルールに昼食をさせ、馬に乗って馬小屋へ行くと、ピックアップ・トラックが裏庭に着いて見覚えのある顔が現れた。

「ミスター・ヴァーノン」キャサリンは温かく呼びかけ、昔なじみに挨拶《あいさつ》しようと車に近づいた。続いて車を降りた男性は、どこかで見た記憶がある。そうだ。ドラッグストアの前でポール・ヴァーノンに会ったとき、一緒にいた男性だ。でも、名前を思い出せない。

幸いポール・ヴァーノンが大きな手を振り上げ、彼を指し示した。「アイラ・モリスを覚えてるね？　前に会っただろう？」

「ええ、覚えてます」キャサリンは彼に手を差し出した。

彼は握手をしたが、キャサリンを見ていない。馬小屋と納屋に目を馳《は》せ、最後は牧草地でのんびり草を食《は》んでいる馬をじっと見つめた。

「この牧場の話はいろいろ聞いています」モリスは言った。「悪い評判はありませんでした。馬は血統がよく、丈夫で、よく調教してある。ここに来れば国内一のクォーター・ホースが見つかるそうですね。今は競走馬も飼育なさってると聞きました。サラブレッドを育てているんでしょう？　どうです？　順調に育っていますか？」

二、三日前までは、この質問に答えられなかっただろう。しかし、必要に迫られてずいぶん馬に詳しくなった。「去年売った仔馬《こうま》が、今期はカリフォルニアで優勝しています」

「その馬の話は聞いてますよ」アイラ・モリスは言った。「アイリッシュ・ベンチャーですね。アイリッシュ・ゲールとウォンダラーの仔でしょう？　もう一頭アイリッシュ・ゲールの仔が生まれたそうですが、売り立ての前に売ってもらえないでしょうか？」

「目録に載っている馬は、売り立ての日でなくては売れません」キャサリンはきっぱりと言った。

「わかりました。それはそうですね」彼はあっさり引き下がった。「仔馬を見せてもらってもかまいませんか？」

キャサリンは肩をすくめてにっこりした。「わたしはかまいませんけど、仔馬は雌ですよ。名前はリトル・アイリッシュといいます。でも、ルールはフーリガンと呼ぶんです」

「言うことを聞かないのかね？」ポール・ヴァーノンがたずねた。

キャサリンはいっそうにこにこし、牧草地で跳ね回っている馬を指さした。「フーリガンは普通の馬と違うんです」三人は、青草の上で軽やかに飛び跳ねる仔馬を黙って眺めていた。この仔馬が大きいことは、ほかの馬と並ばないとわからない。動きがとても優雅なので、一見したところは背の高い強い馬に見えないからだ。つややかな皮膚が強い筋肉を隠していて、見る人はまず、その磨かれた美しさ、躍動的な首の曲線、走るときの優美な足の踏み出し方に気づく。ゆっくり夜が明けるように、しばらくしてからこの仔馬は鋼にも似た強靭《きょうじん》な脚を持ち、飛ぶように走ることを知る。

「あの馬は売りに出しません」キャサリンは言った。「少なくとも今年は。ルールが手放したがらないんです」

「ご迷惑でなかったら、彼と話をさせてもらえませんか？」

「申し訳ありません」キャサリンは少し大げさに言った。アイラ・モリスという人は好きになれない。冷酷で計算高い人に見える。「ルールは今週初めに事故に遭いまして、動けないんです。重要な話をさせるわけにはいきません」

「それはいけない」ヴァーノンがすかさず言った。「どうしたんだ？」

「ルールを乗せた馬がつまずいて、一緒に転倒したんです。それで、ルールの脚が馬の下敷きになったんですよ」

「骨折したのかい？」

「ええ、運悪く。脳震盪《のうしんとう》も起こしました。そういうわけで、安静にしていないといけないんです」

「災難だったな。もうすぐ売り立てだっていうときに」

「でも、売り立てには出てくるでしょう」キャサリンは自信ありげに言った。「わたしの勘が当たっていれば、彼はそれ以前に足を引きずりながらでも歩き回るはずです。そのためにも、なんとか今週いっぱい寝かせておきたいと思っています」

「言うことを聞かない。そうだろう?」ヴァーノンは笑った。

「ええ、仔馬と同じで」キャサリンは力を入れて相槌《あいづち》を打った。

アイラ・モリスはいらいらと足を踏み替えている。ルールの健康状態には興味がないのだろう。彼に興味があるのは馬だけらしいが、キャサリンとしては売り立ての日以前に売れる馬は一頭もないと言うしかない。目録がまだ印刷所から届いていない今、売れる馬があるかどうかはルールにきくしかないからだ。彼なら、どの馬を目録に載せたかすぐにわかる。だが、ルールにききに行く気はない。

モリスはもう一度牧場を見渡し、無愛想に言った。「一つききたいんですがね、ミセス・アッシュ。わたしは仕事の話をしに来ました。しかし、誰に話を持っていったらいいかわからなくなりましたよ。牧場を経営してるのは誰です? あなたですか、ジャクソンですか?」

キャサリンは一瞬考え込み、それからなんの感情も示さずに答えた。「牧場を持っているのはわたしです。でも、運営はミスター・ジャクソンがしています。わたしの代わりに。それに、馬のこととなれば彼はわたしよりずっとよく知ってます」

「となると、最終決定は彼がするわけですね？」

キャサリンは不愉快になってきた。「何をおききになりたいんですか、ミスター・モリス？　今すぐ馬を買いたいとおっしゃるのなら、わたしの返事は決まっています。申し訳ありませんが、売り立て前には売れません。それとも、ほかに何かおききになりたいことがおありですか？」

彼は作り笑いをし、キャサリンを見て冷たい目をきらりとさせた。「もし、わたしが全部買いたいと言ったらどうです？　全部――馬も土地も建物も」

キャサリンは衝撃を受け、目にかぶさってくる髪をかき上げて周囲を見回した。ドナヒュー牧場を売る？　わたしが生まれたこの古い家も、隅から隅まで知っているこの土地も？　牧場にある起伏の一つ一つも、あらゆるもののにおいも、そこから聞こえてくる音も、わたしは知っている。ここはわたしが初めてルールを愛したところ。自分が女であることを知ったところ。売るなんて……とんでもない。そう言おうとして口を開いたとき、ある考えがひらめいた。もし、ドナヒュー牧場を持っていなければ、わたしの問題は解決する。つまり、ルールがほしいのはわたしではなくて土地ではないか、と悩む必要がなくなるのだ。どちらがほしいのか知るには、いい機会かもしれない……。

でも、それを知るのがいいことかどうかわからない。鋭い痛みが胸を貫く。答えを知るほうが、疑惑を抱いているより苦しいかもしれない。ルールのほしいものが牧場だった場合、それを売ったら彼は生涯許してくれないだろう。

キャサリンはモリスに向かって無理ににっこりした。「それは大変な〝もし〟ですね。考えてもみませんでした。ですから、すぐ決めることはできません」

「それでも、考えてみるお気持はあるんですね？」アイラ・モリスはなおも迫った。

「ええ、あります」肯定はしたものの、キャサリンは顔をしかめた。「考えてみます」実際はそれ以外のことはまったく考えられないのだが。思いがけないところで、モリスはわたしとルールの立場を逆転してしまった。わたしはどちらがほしいのか？　牧場？　ルール・ジャクソン？　牧場を手放さなかったら、ルールの本心はわからないだろう。反対に牧場を売ったら、彼を永遠に失うかもしれない。その代わり、ルールがわたしをどう思っているのかははっきりわかる。

これはルールと話し合わなければいけない問題だ。そうはいっても、彼がどう出るかはすでにわかっている。牧場を売ることについては、絶対反対を唱えるだろう。でも、彼は管理者なのだから、牧場で何が起こっているか知る権利がある。彼を怒らせると思うと不安だが、仕方がない。

昼、ルールに食事を運ぶのがいつもより遅くなった。原因の一つはポール・ヴァーノンとアイラ・モリスに引き止められたから。もう一つは、埃《ほこり》だらけになったので、簡単にシャワーを浴びたからである。ローナがルールのトレイを用意している間、キャサリンは食器棚にもたれてサンドイッチにかぶりついた。昼食時間を過ぎたのに、ルールはなぜ呼ばないのだろう？　うつらうつらしているのかもしれない。

だが、彼は眠っていなかった。キャサリンがドアを開けると、慎重に振り向いて彼女を見つめた。その目つきは驚くほど冷たい。埃を落としてさっぱりしたキャサリンを、彼は頭のてっぺんから足の爪先までゆっくり見回した。一本の三つ編みにした髪、ノースリーブの涼しそうな綿のブラウス、色あせたジーンズ、何もはいていない足。キャサリンはトレイを丁寧にナイトテーブルの上に置いた。「どうしたの？　頭が痛い――」

「牧場を売ろうと思ってるそうだな」ルールは荒々しい口調で言い、片肘をついて体を起こしかけた。しかし、急に上体を動かせば脚も動く。骨折している脚が支えにしてあるクッションから外れて、彼は鋭い声をあげて枕に倒れ込んだ。そのあとはぶつぶつと悪態をついている。

キャサリンはベッドの足元に飛んでいき、そっと彼の脚をクッションの上に戻してしっかり固定した。頭の中で疑問が渦巻く。どうしてルールはこんなに早くあの話を聞きつけたのだろう？　誰から聞いたのか？　裏庭でも馬小屋でも皆忙しく立ち働いていた。二十人いる従業員のうちの誰かが、牧場を売ってくれという話をもれ聞いた可能性はある。だが、わざわざ家へ戻ってきてルールにそれを伝えた人がいるとは思えない。ルイスは家にいることが多いが、今は南へ大分行った放牧地にいる。

「リッキーから聞いたんだ」ルールはぴしりと言った。キャサリンが何を考えているかわかったと見える。

「リッキーもむだなことをしたものね」キャサリンは平然として彼のそばに腰を下ろし、トレイに手を伸ばした。「わたしの口から伝えるつもりだったのに」

「いつ？　契約書にサインしてからか？」

「まさか。あなたが食事している間に話そうと思ってたのよ」

キャサリンがスプーンをルールの口に持っていくと、彼はむっとして手で追い払うジェスチャーをした。「そんなことをするのはやめてくれ。赤ん坊じゃないんだから。これで全部解決か？　そうだろう？　きみは牧場からもぼくからも解放される。たくさん金を持ってシカゴで暮らせるというわけだ」

ルールに怒鳴り返したい。けれど、キャサリンはその衝動をぐっとこらえ、歯を食いしばってトレイをナイトテーブルに返した。「どこかで話が変わったようね。リッキーが尾ひれをつけたのに決まってるわ。第一に、わたしは牧場を売るなんて言ってないわよ。第二に、牧場に関して何か決めるときは、あなたに相談するわ。第三に、あなたにがみがみ言われるのはもうたくさん！　一人で食事して。わたしが見る限り、あなたは自分で食べられるんだから」キャサリンは立ち上がってつかつかと部屋を出て、荒々しくドアを閉めた。ルールが戻ってこいと怒鳴っているが、それに従うつもりはなかった。

階段の前にはリッキーが立っていた。見るからにうれしそうな笑みを浮かべている。今の話を一言ももらさず聞いていたのに違いない。

キャサリンは目に怒りを込め、リッキーの前で立ち止まってずばりと言った。「今度ルールの部屋に入ったら、すぐに牧場から放《ほう》り出すわよ。わたしが目撃したときはもちろん、人からそう聞いたときもね」

リッキーはばかにしたように眉を上げた。「あなたにそんなことができるの？　一人でできなかったらどうする？」

「一人でできるわ。もしできなければ、牧場のみんなが手を貸してくれるわよ」

「みんなが味方してくれるってわけ？　どうして？　あなたは彼らから見たらよそ者じゃないの。わたしはみんなと馬にも乗ったし、一緒に仕事もしてきたわ。仲よく……親しくしてきた人だっているのよ」

「そうでしょうね」キャサリンは嫌味な言い方をした。「あなたの特徴は身持ちがいいことだ、なんていう話は聞いたことがないもの」

「あなたはどうなのよ？　子供の頃《ころ》からルールのおもちゃだったくせに。その話、誰も知らないとでも思ってたの？」

キャサリンはぞっとした。おそらく、リッキーは長年にわたり、ひどいゴシップをまき散らしてきたのだろう。何を言ったかは神のみぞ知る、というところだ。だが、そのとき不意に胸を張り、笑みを浮かべる余裕が出てきた。ルールを愛して何が悪いの？　なんら恥じることはない。彼を愛したらきっと苦労するだろう。それでも彼はわたしのもの。世界中の人にその事実を知られようと、いっこうにかまわない。

「そのとおりよ。間違いないわ」キャサリンは伸び伸びと答えた。「ルールを愛しているんですもの。これからもずっと愛するわ」

「ルールを愛してたのに、逃げ出してほかの人と結婚したの？」

「ええ、そうよ。わたしの気持をあなたに説明する必要はないと思うわ、リッキー。あなたはただルールに近寄らなければいいのよ。それを忘れないでね。彼のそばへ行けたのは、さっきが最後よ」

「さあ、リッキー、これでもう忠告されなかったとは言えないわよ」モニカが南部なまりを響かせて言った。声の調子から推して、面白がっているらしい。「仕事を見つけて自立するのでなかったら、キャサリンの言うことを聞くほうがいいわ」

リッキーは頭をのけぞらせた。「わたしは何年も従業員を手伝ってきたのよ。でも、お母さんは何をしたの？　自分のベッドを作ってるところくらいしか見たことないわ。自分はどうなのよ？　やっぱりこの牧場のお金で生活するんでしょう？」

「いつまでもそんな生活はしないわ」モニカは陽気に言った。「こんな辺鄙《へんぴ》なところで暮らしていたら、再婚相手も見つからないじゃないの」

おかしなことに、リッキーは顔色を変えた。「ドナヒュー牧場から出ていくっていうの？」声にもまったく力がない。

「あなただってわたしがいつまでもここにいるとは思ってなかったでしょう？」モニカは多少不思議そうな顔をしている。「牧場はキャサリンのものだし、彼女はここに落ち着くことになりそうよ。わたしもこのへんで自分の家を持たなければいけないわ。そもそも、牧場で暮らしたくはなかったの。ウォード・ドナヒューのために我慢してきたのよ」彼女はしとやかに肩をすくめた。「彼のような人にはめったに出会えないわ。彼がエスキモーの氷の家に住みたいって言ったら、わたしはそうしたでしょうねえ」

「でも……お母さん……わたしはどうなるの？」リッキーがあまりしょんぼりしているので、キャサリンは急に彼女がかわいそうになった。いくら彼女が意地悪でも、こういう姿を見れば同情を覚える。

モニカはほほ笑んだ。「あら、いい旦那《だんな》様を見つければいいじゃないの。どうせもうお母さんと暮らす年じゃないでしょう？　キャサリンがシカゴのアパートメントを使っていって言うから、そうさせてもらおうと思うの。何があるかわかるものですか。わたしの南部なまりが好きだって言う北部の男に出会うかもしれないじゃない？」モニカはお見事と言えるくらいけろりとしている。悠然と階段を下りていった彼女は、途中で足を止めて娘を振り返った。「あなたのために一つ言っておくわ、リッキー。あのカウボーイをからからのはもうやめなさい。無責任なことをするものじゃないわ。向こうの誘いに乗るだけならまだしも、あなたはもっと悪いことをしてるじゃないの」彼女はまた階段を下りて姿を消し、あとには重苦しい静寂だけが残った。

リッキーは頭をなぐられたかのように、ぐったりと階段の手すりにもたれている。本当に頭をなぐられたくらいのショックを受けたのだろう。モニカは婉曲《えんきょく》な非難の仕方などしない。「モニカが言ってたのは誰のこと？」キャサリンはたずねた。「どのカウボーイ？」

「聞いてもしようがない人よ」リッキーは口ごもり、自分の部屋へ向かってのろのろと廊下を歩き出した。

今の一件には衝撃を受けると同時に戸惑いを感じる。どこかくつろげるところへ行って休みたい。キャサリンはローナのいるキッチンに入って椅子に沈み込み、テーブルに肘をのせて頬杖《ほおづえ》をついた。

「リッキーったら、わたしが牧場を売るってルールに言ったのよ」彼女はそっけなく言った。「ルールは早合点して、本当だと思ってたわ。それで、けんかして出てきちゃったの。一人で食事しなさいって言って。今頃はトレイを壁に投げつけているかもしれないわ。そのあとリッキーとルールのことで言い合いをしてたら、モニカが来たの。彼女、ドナヒュー牧場を出ていくってリッキーに言ったのよ。リッキーは頬を叩《たた》かれたような顔をしてたわ。どうなってるの？　もう、全然わからない！」キャサリンは声を張り上げた。

ローナは笑っている。「どうなってるもこうなってるも、とにかくお疲れなんですよ。意志の力だけで動いているから、何も理解できないように思うんです。モニカとリッキーは昔からけんかばかりしています。ちっとも特別なことじゃありません。モニカは、お嬢様が戻ってこられたら出ていくってずっと前から言ってました。リッキーは……そうですね、リッキーに必要なのは、思いやりのある強い男です。そういう男が愛してくれれば、救われるでしょう。自分にも価値があるんだって思えるようになりますから」

「リッキーってかわいそうな人ね」キャサリンはゆっくり言った。「首を絞めてやりたいと思ってるときでも、やっぱりかわいそうになるわ」

「かわいそうだから、ルールを譲ってあげます？」ローナは茶目っ気をのぞかせた。

「とんでもない！」キャサリンがすかさず答えたので、ローナは笑い出した。

「そうだと思ってました」彼女はエプロンで手をふいた。「二階へ行ってルールの様子を見てきます。まだトレイを壁に投げつけていなかったとしても、わたしには投げつけるでしょうよ。入ってきたのがお嬢様じゃないとわかったら。ご自分で見にいらっしゃいますか？」

「そのほうがよさそうね」キャサリンはため息をついた。「でも、今すぐ行くのはやめるわ。話はルールの頭が冷えてから。そうすれば、怒鳴り合わずに話せるでしょうから」

ローナが二階へ行ってから、キャサリンはしばらくテーブルの前に座って家庭的な居心地のいいキッチンを眺めていた。頭を冷やすべきなのはルール一人ではない。わたしも彼に負けず劣らずかっとしていた。正直に言えば、たいていわたしより彼のほうがしっかり感情を抑えている。

勝手口のドアが開き、ルイス・ストーヴァルの長身の体がドアに寄りかかった。「行こう、キャサリン」ルイスは誘いかけた。ここ数日の間に、彼は〝ミセス・アッシュ〟ではなく、ファースト・ネームでキャサリンを呼ぶようになった。二人がどれほど親しく仕事をしてきたか考えれば、これは当然だろう。「仕事があるんだ」

「ルールは、エネルギーがなくなるまでわたしを働かせろって言った？　仕事と睡眠と彼の世話以外は何もできないほどに？」キャサリンは、いぶかしげにきいた。

ルイスの顔にかすかな笑みが浮かび、目尻に笑いじわが寄った。「疲れてるんだね？」

「ふらふらよ」

「あと少しの辛抱だ。来週になれば、ルールは起きて動けるようになるだろう。その次の週には馬に乗れる。前にけがをしたときもそうだった」

「脚にギプスをつけたまま？」疑わしげに彼女はたずねた。

「腕にギプスをつけていても、肋骨《ろっこつ》にテーピングをしていても、鎖骨を骨折していても。何があろうと、ルールは寝てはいない。今回長く寝ていたのは、脳震盪のせいだ」

キャサリンは立ち上がってドアに向かい、ため息をつきながら洗ったソックスをはいてブーツに足を入れた。ルイスは妙な目つきで見ている。目を上げたキャサリンは、タイミングよく彼の目をとらえた。「どうしたの、ルイス？」彼女は戸惑ってたずねた。

「ちょっと考えてたんだよ。きみは外から見ればあか抜けた都会的美人だけど、一皮むけば田舎の女の子なんだな」

「美人？」キャサリンは笑った。美人だと言われるとくすぐったい。「わたしが？」

「きみが男なら、ぼくが何を言いたいかわかるはずなんだけどなあ」ルイスの話し方は、南部人らしく語尾が伸びる。

「わたしが男だったら、あなたはそんなこと考えないんじゃない？」

ルイスの笑い声はそのとおりだと告げていた。

裏庭を横切っていくうち、キャサリンは徐々に決意を固めていった。ルイスに初めて会ったときから、ききたかったことがある。さりげなくたずねてみよう。「あなた、ベトナムでルールと一緒だったの？」

ルイスはキャサリンを見下ろした。「ベトナムには行ったけど、ルールと一緒じゃなかった。彼に会ったのは、七年くらい前だ」

キャサリンはそれ以上何も言わなかった。

彼は馬小屋のすぐ近くまで行ってようやくたずねた。「なぜ？」

「あなたとルールは似てるから」キャサリンは考えながらゆっくり答えた。どうして彼らはこう似ているのだろう？　二人とも危険な雰囲気があり、死と苦痛にいやというほど接して非情になっている。

「ルールは一度もぼくにベトナムの話をしたことがない」ルイスの声はかすれていた。「ぼくも何も言わないけどね、もう今は。ぼくの言っていることがわかる連中もいる。だけど、彼らはそれぞれ自分の問題をかかえていて、人の話を聞くどころじゃない。ぼくの結婚生活は破綻《はたん》したんだ。帰ってきたときのぼくは人が変わっていて、女房は耐えられなかった」

　彼の痛みが伝わってくるような気がする。キャサリンが悲痛な目で見ると、ルイスの顔が笑み崩れた——本当に笑み崩れたのだ。

「同情してくれなくてもいいよ」彼はからかい半分に言った。「ぼくはうまくやっている。多分、そのうち再婚もするだろう。男はたいてい結婚を悲観的に見るけど、女性にはぼくたちを惹《ひ》きつける何かがある」

　キャサリンは思わず笑い出した。「それはなんなのかしら！　知りたいわ」

　ルイスという人を、今はとても身近に感じる。おかげで大変な一日を切り抜けることができた。それがなかったら、耐えられなかったかもしれない。午前中に引き続き、午後も忙しくて悶着《もんちゃく》の多い一日だったからだ。種馬の一頭が疝痛《せんつう》を起こし、雌馬二頭が夜中に出産しそうだとわかった。キャサリンが重い足取りでやっと家に帰ったのは午後七時。ローナはすでにルールに夕食のトレイを持っていったという。

「すごくご機嫌斜めでしたよ」ローナは告げた。

「それなら一人にしておくことね」キャサリンはけだるそうに言った。「今夜はルールをなだめに行く気はしないわ。シャワーを浴びてすぐベッドに入りたいの」

「お食事は？」

キャサリンは首を振った。「いらないわ。疲れてしまって食べたくないのよ。その分朝食べるから、心配しないで」

シャワーを浴びると、キャサリンは自分のベッドに倒れ込んだ。ぐったりし、動きたくなかった。シーツの下にもぐるのさえ億劫《おっくう》だ。そのままあっという間に眠ってしまったが、それは幸いなことだった。というのは、少し眠っただろうか、と思う頃に誰かに体を揺さぶられたからだ。

「キャサリン、起きて」リッキーの声だとわかり、キャサリンは無理やり目を開けた。

「どうしたの？」寝ぼけ眼に映るリッキーはまだ寝る支度もしていないようだった。「今何時？」

「十一時半。来てよ。出産が始まったの。二頭とも。ルイスが手を貸してくれって」リッキーの声に敵意は感じられない。でも、昔から牧場の仕事に興味があった彼女としては当然だろう。ルイスが女性二人に声をかけたのもよくわかる。二人とも、前に馬の出産を手伝った経験があるからだ。といっても、キャサリンが手伝ったのは何年も前になる。しかし、牧場はキャサリンのものであり、何かあれば彼女がなんとかしなくてはならない。

急いでキャサリンは服を着て、仔馬小屋へ駆けつけた。雌馬がいる仕切りには、薄暗い明かりが二つ、三つともっている。馬を驚かせてはいけないので、皆低い声しか出さない。ルイスと仔馬係のフロイド・ストダードはあいている仕切りの中で待っていた。

二人が馬小屋に入ったとき、ルイスが目を上げて言った。「セーブルはそれほど時間がかからないはずだ。アンダルシアはもっとかかると思うけど」

しかし、セーブルはなかなか出産せず、フロイドは心配し始めた。彼がセーブルの様子を見に行って再び戻ってきたのは午前二時。彼の表情は張り詰めていた。「セーブルが寝そべっている。おなかの仔馬は横向きになっているようだ。手を貸してやらないといけない。みんな手を洗ってくれ」

男性二人はウエストまで裸になり、温かいせっけん水で手を洗うとセーブルがいる仕切りへ走った。リッキーとキャサリンは仔馬に手を触れるわけではない。それでもできるだけ上まで袖《そで》をまくり上げ、手を洗った。仕切りの中では美しいダークブラウンの雌馬が横たわっており、腹がグロテスクにふくらんでいる。

「頭を押さえてくれ」フロイドはリッキーに指示し、雌馬の後ろにうずくまった。

そのとき、苦しそうな大きないななきが別の仕切りから聞こえ、四人は顔を上げた。

「キャサリン、アンダルシアを見に行ってくれ!」ルイスが言った。

アンダルシアも横たわっていたが、過度のストレスに苦しんでいるわけではなかった。キャサリンはそれを報告しに戻り、状況を考えた。リッキーは全エネルギーを使ってセーブルの頭を押さえ、ルイスはフロイドが仔馬を取り出しやすいように外から力をかけている。

「アンダルシアは元気よ。でも、すぐにでも出産しそう。わたし、そばについてるわ」

ルイスの顔を汗が流れ落ちている。「どうすればいいか、わかるかい?」

「ええ、任せて。具合の悪いことがあったら呼ぶわ」

キャサリンが仕切りに入ると、アンダルシアはパール・グレイの頭を上げて低くいななき、また干し草の上に頭を下ろした。そのかたわらに膝をついてやさしく体をなでたところ、馬は〝あなたは一人ではないのよ〟というメッセージを受け取ったらしい。大きな黒い目でじっと彼女を見つめた。そこには人間的な落ち着きがあり、見る人に感動を与える。

雌馬の脇腹《わきばら》が新たにうねり、小さな蹄《ひづめ》が現れた。アンダルシアに助けはいらない。数分のうちに仔馬は干し草の上にうずくまった。その体はまだちかちか光る袋状のものに包まれている。キャサリンは手早くそれを切り開いて仔馬を出し、柔らかい布でリズミカルに体をふいた。母馬は懸命に立ち上がったが、頭を垂れていて脇腹が大きくうねっている。

キャサリンは緊張して身構えた。もし雌馬が仔馬を受けつけなかったら、すぐに仔馬をかかえて逃げよう。しかし、アンダルシアは鼻から軽く息を吹き出し、干し草の上で震えている仔馬に近寄って様子をうかがった。心配する必要はなさそうだ。間もなくキャサリンが使っていた布に代わり、愛情あふれる母親の舌が仔馬をなで始めた。

小さな栗毛《くりげ》の雄馬は前脚に力を入れ、なんとかして立ち上がろうとしている。だが、やっとのことで前脚をぴんと立て、後脚も同じように踏ん張ろうとすると、たちまち前脚がぐらついて転んでしまう。何回か繰り返すうちに、仔馬は自分の脚で立って辺りを見回した。その姿は、次に何をしたらいいかわからず戸惑っているように見える。幸いアンダルシアはこういう経験を積んでいるので、仔馬をそっと鼻先で小突いて望ましい位置へ導いた。あとは本能が教えてくれる。数秒もすると、仔馬はごくごくと母親の乳を飲み始めた。細くて頼りない脚を大きく開き、危ういながらもバランスをとっている。

もう一つの仕切りに戻ると、リッキーが異常に小さい仔馬の横にうずくまって体をさすりながら小声で話しかけていた。ルイスとフロイドはまだ雌馬に付き添っている。キャサリンには一目で双子だとわかった。わずかながら、不安に胸が震えた。双子の場合は、一方あるいは双方とも死亡する確率が高い。リッキーのそばにいる弱々しい仔馬を見ると、生きていく可能性は低そうだ。

間もなくもう一頭の仔馬が干し草の上に横たわった。二頭とも体の色は同じだが、あとから生まれたほうが前のより大きい。こちらは元気のいい雌馬で、すぐに頑張って立ち上がり、小さな頭を誇らしげにもたげて自分を囲む世界を見渡した。

フロイドはまだセーブルにかかりきりだった。そこでルイスが先に生まれた仔馬に近づき、ぐったり横たわっている姿を見て言った。「これじゃ、乳を飲む力もないだろう」しかし、ドナヒュー牧場には、馬が死ぬのを黙って見ている人はいない。皆で一晩中仔馬を温め、体をさすって血液循環を促し、母親の乳をほんの数滴ずつ喉に流し込んだ。だが、雌の仔馬は依然としてぐったりしている。朝日が差し始める頃、仔馬は一度も立ち上がることなく束《つか》の間《ま》の生涯を閉じた。

最初からこうなるとわかっていたのに、熱い涙がにじんでくる。言うことは何もない。馬小屋にいる者は黙って動かぬ小さな動物を見つめていた。だが振り向けば、死ではなく、輝く美しい生命がある。生まれたばかりの仔馬二頭は、小さな鼻づらを自分の領域のあらゆるところに押しつけている。

ルイスは肩をすくめ、こりをほぐしてため息をついた。「長い夜だった。今日も長い一日になる。シャワーを浴びて食事しよう」

家に着こうとする頃、キャサリンはリッキーがいないことに気づいた。見回すと、彼女はルイスと一緒に立っている。呼ぼうとして口を開いたとき、ルイスがいきなりリッキーの腕をつかんだ。一分前までは険悪な空気などなかったのに、今二人は明らかにけんかをしている。ルイスはリッキーのウエストに腕を回し、有無を言わせず彼の宿舎である小さな家に入っていった。強引なことをしなくても、リッキーはついていくのに。ドアが閉まるのを見ながらキャサリンは思った。

なるほど。モニカが言っていたカウボーイとはルイスのことだったのね。思いつきもしなかった。でも、ルールのことがこれほど心を占めていなかったら、ルイスがリッキーを見る目つきに気がついただろう。リッキーがルールを抱き締めていたあの日、ルイスは遠くからリッキーを見ていた。リッキーはまだ知らないだろうが、ルイス・ストーヴァルは自分のほしいものも、それを手に入れる方法も知っている。リッキー、残るわずかな自由の日々を、大いに楽しんでおきなさい。キャサリンは心の中でほほ笑んだ。これでリッキーがルールを追いかけるのも終わるだろう。

「どうなりました?」ローナはキッチンに入ってきたキャサリンを見てたずねた。キャサリンの歩みは遅く、足を踏み出すごとにうめきがもれた。

「セーブルは双子を産んだの。でも、一頭はさっき死んだわ。アンダルシアの仔は大きな雄よ。色は燃えるような赤。ルールはきっと喜ぶわ。赤い馬が好きだから」

「ルールといえば……」ローナは意味ありげに言った。

キャサリンはひるんだ。「やめて、ローナ。今はだめよ。疲れて倒れそうですもの。何をしてもルールに負けちゃうわ」

「では、わたしから説明してみますよ」しかし、ローナは自信なさそうな顔をしている。キャサリンは、わたしが行くわ、と言いそうになった。これほど疲れていなかったら、ルールに会いたい気持を抑えられなかっただろう。でも、今はくたくたで彼に会えない。

「仔馬の話をしてあげてね」キャサリンはあくびをした。「それから、わたしはすぐベッドに入って二、三時間寝るから、起きたら会いに行くって言っておいて」

「ルールはいい顔をしないでしょうねえ。今会いたいって言いますよ」

不意にキャサリンはくすくす笑い出した。「いいことを教えてあげる。ルールに言うのよ。わたしが彼を許すと言ってたって。もしかしたら、ルールはかんかんになって口もけなくなるわ。そうなれば、何も言われなくてすむでしょ」

「本当に今は会わないんですか?」

「今はだめ。すごく疲れてるの」

ベッドに横たわってうとうとしながら、ルールのところへ行けばよかったとキャサリンは思った。仔馬の話をして慰めを求めたら、彼はわかってくれただろう。ルールを一人にしてわたしのありがたみをわからせようと思ったのに、わたしのほうが彼のありがたみを感じている。ルールのそばにいて、体に手を触れ、世話を焼きたい。あとで会いに行くと伝えてもらったのがせめてもの救いだ。一日中彼に会えなかったら耐えられない。

午後、電話だといってローナに起こされ、ふらふらしながら受話器を取ると陽気な声が流れてきた。「やあ」グレン・レイシーだった。「今夜のデート、覚えてるね？　どこへ行くかわかる？」

キャサリンは呆然《ぼうぜん》とした。グレンと会う約束をしたことなど、すっかり忘れていた。

「どこ？」彼女は消え入りそうな声でたずねた。

「アストロズの試合のチケットが手に入ったんだ。場所はヒューストン。四時に迎えに行くから、ヒューストンへ飛んで試合の前に食事しよう。どうだい？」

「いいわ。すてき」キャサリンは息が詰まりそうになった。二階で寝ている人のことを思うと気が滅入《めい》る。

10

ルールのことが気にならなかったら、グレンとのデートはさぞや楽しかっただろう。実際、にこにこして話をしているキャサリンは、表面上うれしそうに見えた。けれど、心の中は惨めだった。なんだかルールが一緒に来ているような気がする。ほかの人には見えないが、キャサリンには見えるのだ。何かについて笑うたびに、ベッドに横たわって自分を待っているルールが目に浮かんだ。彼は起き上がってここへ来ることができない。そう思うと、笑っているのが後ろめたかった。そうでなくても罪の意識にさいなまれていた。グレンは強引でも欲張りでもなく、一緒にいて楽しい。それなのに、心はときとして彼から離れてしまうからだ。

だが、試合が始まると気持はそちらに集中し、ルールの存在は遠のいた。別に野球ファンではないが、観戦している人たちを見るのが面白い。あらゆるタイプの人がいて、あらゆるタイプの服を着ている。あるカップルはすっかり熱くなり、試合を全然見ていない。何万人もの目の前で、二人の世界に酔っている。彼らのすぐ前に座っている男性は、膝から下をカットしたジーンズとスニーカーしか着けていない。Tシャツは頭に巻き、両方のチームに等しく声援を送っている。グレンは、どちらがどのチームかわかっていないのだろう、と言った。

しかし、観客を眺めていても苦痛を覚えるときがあった。豊かな濃い茶色の髪の男性が目に留まったときは、息が止まりそうになった。ルールは今どうしているだろう？　何か食べただろうか？　痛みは？

安静にさせておきなさいと先生に言われたのに、わたしはルールを怒らせた。彼が一人で起き上がろうとして転んだら、どうしよう？

突然あることに気がつき、背筋がぞっとした。ルールは今まで怒っていなかったとしても、今は怒っているだろう。でも、グレンとのデートを土壇場になって断ることはできなかった。彼は実にいい人で、失礼なことをしては申し訳ない。断っても、おそらく彼は事情をわかってくれ、いやな顔をしなかっただろう。けれど、チケットを買ってしまってから断られたら、不愉快な思いをするに決まっている。

不意に苦々しい涙で目頭が熱くなり、キャサリンは観客を見るふりをして顔をそむけた。家に帰りたい。ルールと同じ屋根の下に。そうすれば彼の様子を見に行き、異状がないかどうか確かめられる。たとえ彼がかんかんだったとしても、顔を見られるほうがいい。

愛！　愛は世界を動かすと、いったい誰が言ったのだろう？　愛は鎮痛剤あるいは麻薬のように癖になる。愛を知ったら、愛なしには生きられない。それゆえ苦しんでいてさえも、夢中になれない愛はいらないと思ってしまう。ルールはわたしの一部であり、彼なしにわたしの人生は存在しない。それは十分わかっているはずではないか。

ルールを愛している。牧場も愛している。その二つの板ばさみになり、頭がおかしくなりそうだ。どちらがよりつらい試練をわたしに課してくるだろう？　事態が複雑だということ以外、答えは見つからない。

グレンを一瞥《いちべつ》してキャサリンは思った。球場のスタンドに座ってつぶれたホットドッグを食べ、生温かいビールを飲むルールなど想像できない。そもそもリラックスしている彼を見たことがあるだろうか？　彼は疲れきって眠るまで常に気を張っており、翌朝はまた元気に活動を始める。よく本を読むが、気晴らしに読書するのではない。品種改良や遺伝学に関する部厚い専門書を読んでいる。血統を研究するほか、薬剤や獣医学の進歩に遅れまいとしているのだ。ルールの人生は牧場を中心に成り立っている。グレンと付き合うなとわたしに言ったが、あれは単によその男性と深入りしないよう忠告したのにすぎない。

牧場以外、彼にとって何があるだろう？

突然怒りが込み上げてきた。牧場！　いつもいつも牧場！　牧場なんか売ってしまうほうがいい。ルールを失うかもしれないが、少なくとも彼がわたしをどう思っているかわかる。なんとおかしな話だろう！　ほかの女性に嫉妬《しっと》するより、牧場に嫉妬しているなんて。

リッキーがルールの気を惹《ひ》きたがるのにはいらいらするが、むしろ彼女が哀れっぽく見える。彼女に勝ち目はない。なぜなら、リッキーはルールにきいただろう。わたしの何がほしいの、と。人を度胸があれば、キャサリンはルールにきいただろう。わたしの何がほしいの、と。人を愛したゆえに悩むのはこの点だ。こういう問題にぶつかると、人は不安になり弱くなる。愛は正気の人間を狂わせ、勇気ある者を臆病《おくびょう》にし、道徳心を激しい欲望に変えてしまう。

グレンが立ち上がって体を伸ばし、あくびをした。驚いたことに、試合が終わったのだ。キャサリンは急いでスコアボードに目を馳《は》せた。どちらが勝ったのだろう？　一対〇でアストロズの勝ち。得点の少ない投手戦だった。

「どこかでコーヒーでも飲もうよ」グレンが言った。「ビールを一杯飲んだだけだけど、ちょっとぼんやりしてる。もう少し頭の回転をよくしてから飛行機に乗りたい」

少なくともグレンはまだ正気らしいわ。キャサリンは思ったが、口では単に賛成を示すにとどめた。「いいわね。飲みましょう」二人は空港のコーヒー・ショップに入り、ゆったりした一時間を過ごした。時は刻々と過ぎていく。ルールが起きていたら、今頃《いまごろ》怒りに震えているだろう。それを思うと、帰りたいと思うのと同時に帰るのが怖くなった。できるだけ帰りを遅らせたい。

飛行機に乗ってシートベルトを締めたとき、その願いどおりのことが起こった。グレンが不意にエンジンを切ったのだ。「燃料が出てこない」彼は小声で言って席を立った。

原因は燃料ポンプの故障だった。新しいポンプと取り替えなくてはならなかった。それがすんで飛び立ったときは、夜中の十二時を回っていた。牧場に着陸したら、皆を起こすことになる。そのため、グレンは飛行機を格納庫に入れ、キャサリンを車で家まで送った。彼はさりげなくキャサリンの頬にキスをして立ち去り、入り口に残されたキャサリンはデートで遅くなった高校生みたいに靴を脱いでこそこそと暗い家の中を歩いた。古い床にはきしむ箇所がある。その場所はわかっているので、心して避けた。

抜き足差し足でルールの部屋の前を通ると、ドアの下から光が細くもれていた。彼はスタンドのスイッチに手が届かない。誰も消してあげなかったとしたら、スタンドは一晩中ついている。とはいえ、もうそろそろ朝だ。つまらない冗談はやめなさい。もう一人の自分が叱《しか》りつけた。ルールに会いたいんでしょう？　素直に認めればいいじゃないの。事実、三十六時間もルールの顔を見ていない。えっ！　そんなに長くなるのだろうか？　まるで麻薬常用者のように、一定時間が過ぎたらルールに会わずにいられなくなる。

ゆっくり慎重にドアを開け、キャサリンは中をのぞいてみた。ルールはいちおう横になっている。上体を起こしていた彼を、誰かが寝かせてあげたのに違いない。彼は目を閉じており、たくましい胸が規則正しく上下している。

熱い震えが体を駆け抜け、たちまち心が乱れた。ああ、ルール。なんてすてきなの！　つややかな髪はもつれ、顎は無精ひげでうっすら黒い。力強い腕が頭の脇《わき》に伸び、長い指には力が入っていない。キャサリンの目は小麦色の彼の肩から胸をおおう胸毛に移り、いったん止まって腹部へすべり下りた。その下には引き締まった腿が伸び、目はそこから離れようとしない。シーツはへそのすぐ下までかかっているが、ギプスをつけた脚は外に出ていていくつものクッションが支えている。

男の美しさにうっとりし、キャサリンは静かにベッドに歩み寄ってスタンドのスイッチに手を伸ばした。体を乗り出しはしたが、音はたてなかった。それは確かなのに、突然彼の右手が伸びてキャサリンの手首をつかんだ。濃い茶色の目がじっと彼女を見つめている。一秒、二秒……やがてその目の奥に宿っていた野性的な光が消え、ルールの低い声が流れた。「キャット」

彼はぐっすり眠っていた。それは間違いない。しかし、彼の感覚は戦場にいたときと変わらずとぎ澄まされていて、誰かが近づくと目を覚ます前に体が行動を起こす。ルールの頭の中でジャングルが薄れ、今いる場所がよみがえる。非情な目つきも、単なる怒りの目に変わった。指の力も弱くなったが、キャサリンが簡単に手を引き抜けるほど弱くはなかった。それどころか、彼はキャサリンを引っ張り、無様にベッドに倒れ込んだ彼女をしっかり抱き寄せた。

「グレン・レイシーに近づくなと言ったはずだぞ」ルールは不気味に静かな声で言った。きつくキャサリンを抱き寄せているため、ルールの息が彼女の頬を熱くする。

誰が言ったのだろう？　キャサリンの心は沈んだ。誰にでもその可能性がある。牧場にいる人は皆、グレンが迎えに来たのを見ていたに違いない。「グレンと約束したのを忘れてたの」キャサリンは動揺を隠し、正直に言った。「ヒューストンで野球の試合があって、彼はそのチケットを買ってから電話をくれたのよ。そうなると断れないわ。わざわざチケットを買ってくれたのに。彼、いい人ですもの」

「あいつが聖人だってぼくには関係ない」ルールの声はまだ不自然に静かで、怖いものを感じさせる。「よその男とは出かけるなと言っただろう？　あれは脅しや冗談じゃない」

「これが最後よ。そもそも、わたしはあなたの持ち物じゃないわ！」

「そう思ってるのか？　きみはぼくのものだ。絶対に手放さない。どんなことをしてもぼくのものにしておく」

キャサリンは感情を表さないようにしながらも、むっとした目でルールを見た。「そう？」牧場を売ったら彼はなんと言うか……それがわかっているだけに恐ろしい。彼はわたしを憎むだろう。あっという間にわたしを捨て、わたしはそのショックから立ち直れない。

「嘘《うそ》だと思うなら試してごらん」ルールはけしかけた。「言うまでもなく、きみはもう試しているけどね。ぼくを怒らせて、どのへんが限界か知ろうとしている。見えない鎖がいつそのきれいな細い首を絞めるか、実験してるんだ。教えてあげよう。もう限界に来てるよ、ハニー！」

　ルールは腕に力を入れ、キャサリンをさらに引き寄せた。キャサリンは左腕をベッドについて抵抗したが、仰向けに寝ていてもルールのほうがはるかに強い。左腕は役に立たず、彼女は小さな叫び声をあげてルールの上に腹這《はらば》いになった。それでも、彼をかばう気持は忘れていない。彼の体に衝撃を与えたり、脚を蹴飛《けと》ばしたりしたら大変だ。

　ルールはキャサリンの腕を放して彼女の髪に手を差し入れ、つややかな髪を指にからませて自分のほうへ引っ張った。

「ルール！　やめて！」キャサリンが泣きそうな声を出したとたん、彼の口がしっかり口をふさいだ。

　ここで負けてなるものか。キャサリンは歯を食いしばり、口を固く結んだ。だが、どちらも功を奏さない。ルールが顎に手をかけてそっと下唇を引くと、口はあっさり開いて彼の唇を迎えた。痛みや苦痛を覚えるところは一つもない。続いて彼の舌が苦もなく歯の防壁を通り抜け、口の中をまさぐった。舌が触れたところには、めらめらと炎が燃え上がる。体中の力が抜け、頭が霞《かす》んで何も考えられない。いつしかなすすべもなく彼の上に横たわっていた。

　ルールのキスは熱く激しくいつまでも続く。明日は唇が腫《は》れ、あざになっているだろう。でも、今感じ取れるのは酔うような彼の味、官能的に忍び込む舌、ちくちくと小さな刺激を与える歯。罰として、また褒美として、ルールはキャサリンの口から喉へ、感じやすい首のつけ根から柔らかい線を描く肩へ、歯を立てながら口を移していった。そのとき初めて、キャサリンは前開きのドレスがはだけているのに気がついた。知らぬ間に、ルールがボタンを外したらしい。彼女は喉の奥で低い声をたてた。「ルール……やめて。あなたにはこんなことできない……」

ルールは慎重に頭を枕《まくら》に埋《うず》めたが、キャサリンを放そうとはしなかった。ブラジャーの下側に手をすべらせ、彼女の胸のふくらみを熱いてのひらで包み込んだ。「そうだ。ぼくにはできない。だけど、きみはできる」

「だめよ……あなたは頭が……脚だって……」支離滅裂なことを言いながら、キャサリンは目を閉じた。ルールの愛撫《あいぶ》は依然として続き、喜びが熱い血潮となって全身を流れる。

「頭がなんだ。脚がなんだ。今はどっちも痛くない」ルールはキャサリンを抱き締め、再び唇をむさぼり出した。同じキスを返してくれ。きみが何も感じないはずはない。そんな声が聞こえてきそうな気がする。激しいキスに頭がくらくらし、キャサリンは力を抜いてもう一度彼の上に横たわった。

ルールの手がブラのストラップを引っ張っている。間もなくストラップは肩から落ちた。彼は背中に手を回して器用にホックを外した。ブラは外れ、胸をおおうものはもう何もない。キャサリンは絞り出すような声でささやいた。「お願いだから……」でも、その先は自分でもわからない。お願いだからやめて？　それとも、お願いだからもっと続けて？　彼がスカートの下に手を差し入れ、大胆な愛撫を始めると、キャサリンは激しく体を震わせた。熱に浮かされたように、相変わらず抵抗とも催促ともつかないささやきが口をつく。その間も彼の体に腕を回し、力いっぱいしがみついていた。

ルールはかすれた声をたて、キャサリンの脚を引っ張って自分の上にまたがらせた。キャサリンの頬は涙にぬれていた。自分では泣いていると思わなかったが、いつしか涙があふれていた。「あなたに痛い思いをさせたくないわ」彼女はしゃくり上げた。

「大丈夫だ」ルールの声は甘い。「頼む、ハニー。ぼくを入れて。きみがほしい。どうしても！　どんなにきみと一つになりたいか、わかるだろう？」

親密な熱い愛撫を繰り返すうち、ルールはキャサリンのパンティを脱がせてもどかしげに放《ほう》り投げた。秘した部分をおおうシルクの幕は、彼をいらだたせていたのだろう。ルールはキャサリンの腰に手をかけ、ゆっくりとちょうどいい位置に導いて引き下ろした。今、二人の体は完全に結び合っている。

人はこうも甘く奔放に燃えられるものだろうか？　最後の瞬間、キャサリンは喉元に込み上げる叫びを懸命に抑えた。体中のあらゆる組織が、彼の男としての力と魅力を感じ取る。ルールはわたしの下になり、わたしに彼の体を楽しませてくれた。わたしのリズムで、愛のいとなみをまっとうさせてくれたのだ。ルールには男の命がみなぎっている。彼の力は、けがをしていても衰えない。それだけになお、彼の体に惹きつけられる。ルールを愛している。心で愛し、魂で愛し、説明のつかない力に動かされる体で愛している。このうえなくやさしい気持で、わたしはルールが差し出すものを受け取った。そして、それを十倍にして彼に返した。わたしは喜びのきわみにのぼり詰め、それを彼に示したのだから。さらに、彼もまた喜びをきわめ、その反応をいとおしんだのだから。

キャサリンはルールの胸に頭を預け、半分目を閉じてうとうとしながらドアのほうに視線を向けた。あろうことかドアが開いている。彼女は体をこわばらせ、狼狽《ろうばい》してつぶやいた。「ルール。わたし、ドアを開けっ放しにしていたわ」

「だったらすぐに閉めればいい」彼はそっと言った。「中からだよ。ぼくはまだやめる気はないからね、ハニー」

「そんな……あなたは眠らなくちゃ……」

「もう夜が明けるよ」彼は告げた。「ぼくたちは、明け方に愛し合うようにできてるらしい。それに、ぼくは一週間寝てばかりいた。とにかく、話をしなくちゃいけない。それには今がいちばんんだ」

そのとおりね。いずれにしても、わたしは出ていきたくないわ。キャサリンはこれ以上彼を動かさないようにそろそろとベッドを下り、ドアを閉めて鍵《かぎ》までかけた。キャサリンがルールの部屋にいると知って、リッキーが朝飛び込んでこないとも限らない。それからキャサリンはドレスを脱いだ。脱ぐといっても、もとより着ていないのと変わりない。上半身はルールがウエストまで脱がせ、スカートも同じところまで引き上げてあるからだ。裸になったキャサリンはシーツの下にもぐり込み、ルールにぴったり体を寄せた。もう一度彼の隣に横たわる喜びに、思わずうっとりしてしまう。彼の肩のくぼみに顔をすり寄せると、男性的なにおいが胸を満たす。とてもゆったりし、とても満ち足りて……。

「キャット」ルールはキャサリンが自分にもたれかかっているのを感じ取り、彼女の髪に口を寄せて呼びかけた。返事はない。不服そうなため息が彼の口からもれた。キャサリンはぐっすり眠り込んでいた。きれいな曲線を描くすらりとしたその体を、ルールはいっそうしっかり抱き寄せ、自分の肩にかかるマホガニー色の髪に口づけをした。

数時間後に目を覚ましたキャサリンは、腕がしびれていることに気がついた。ずっと体の下になっていたからだ。ルールは眠っている。そっと頭を起こして彼を見たところ、ひどく疲れているようで顔色が悪い。二人の愛のひとときは、甘い喜びに満ちていた。でも、ルールはまだそこまで回復していなかったのだろう。キャサリンは彼から離れて立ち上がり、血液の循環をよくしようと腕をさすった。無数の微小なピンが肌を刺すように、腕がちくちくする。もう一方の腕でその腕を体に押さえつけ、いちばんひどいときが過ぎるのを待った。それから音をたてないようにドレスを着て、ほかの衣類を拾い上げて部屋を出た。ルールが目を覚まさないうちに、すばやく出ていくほうがいい。

疲れた。二、三時間眠ったくらいでは十分とは言えない。それでもシャワーを浴びて仕事着を着け、キッチンに入った。

「今日はお休みになさるのかと思いましたよ」ローナがにっこりし、休まなくてはいけないと言いたげに舌を鳴らした。

「ルールが仕事を休んだことある？」キャサリンは苦笑してたずねた。

「ルールはお嬢様よりずっと頑丈です。牧場はお金に困ってはいません。二週間くらいでつぶれはしませんよ。ワッフル、いかがです？　もう種はできてますから、あとは焼くだけです」

「それじゃ、いただくわ」キャサリンは自分のカップにコーヒーを注《つ》ぎ、食器棚にもたれてそれを飲んだ。疲れがたまって手足が鉛のように重い。

「ミスター・モリスから二度も電話がありましたよ」ローナにさりげなく言われ、キャサリンはぐいと顔を上げた。危ない、危ない。もう少しでコーヒーをこぼすところだった。

彼女はカップを下に置いた。

「あの人、虫が好かないわ！」キャサリンは口をとがらせた。「どうしてしつこく電話してくるのかしら？」

「ということは、牧場を売るつもりはないんですね？」

まったくなんでも筒抜けなんだから！　キャサリンは胸の内でつぶやき、ぼんやり額をさすった。アイラ・モリスが牧場を買いたがっていることは、おそらくドナヒュー牧場の全員が知っているだろう。わたしが今朝誰のベッドで目を覚ましたかということも！　まるで金魚鉢の中にいるみたい。

「ちょっといいかな、とも思ったけど」キャサリンはため息をついた。「それから考え直してね……」

ローナは手際よく種をワッフルの焼き型に流し込んだ。「お嬢様が牧場を売ったら、ルールはどうするんでしょう？　ミスター・モリスに雇ってもらう気にはならないでしょうねえ。ええ、そんなことはできませんよ。でも、ルールの人生はこの牧場と切っても切り離せないんです」

ローナの言葉を聞き、キャサリンは全身の筋肉がこわばるのを感じた。彼女が言ったことはわかっている。ずっと前からわかっていた。ドナヒュー牧場を持っているのはわたしだけれど、わたしは名目上のオーナーでしかない。牧場はルールのものであり、彼は牧場にすべてを賭《か》けている。それは、証書に記載されていることより、はるかに大きな意味を持つ。彼は時間と汗と血とを注ぎ込み、彼なりに牧場のために尽くしてきた。もしわたしが牧場を売ったら、彼はわたしを憎むだろう。

「何も考えられないわ」キャサリンは不安げに言った。「いろいろなことが、わたしを違う方向へ引っ張ってるのよ」

「それなら、何もしないほうがいいでしょう。少なくとも、物事がある程度落ち着くまでは。お嬢様は今ストレスがたまっているんです。しばらくお待ちなさいませ。三週間もたてば、ものを見る目も違ってきますよ」

ローナの意見は良識的だ。キャサリンも、何度も自分に同じことを言い聞かせた。そう。やはりそれが分別ある考え方なのだ。彼女は座ってワッフルを食べた。こうして静かな何分かを過ごしたのがよかったらしい。そのあとは驚くほど気分がよくなった。

「キャット！」

低い威圧的な声が二階から流れてきたので、キャサリンはすぐにまた緊張した。ルールと話をすると思うと怖い。そんなことを言うのはばかげている。彼の腕の中で眠ったばかりではないか。なぜ彼と話すのがそれほど不安なのだろう？

そばへ行けば、簡単にルールの腕の中に身を投げてしまい、彼の言うとおりにすると約束してしまうから。そういう自分を抑えられないから。それが怖い理由なのだ！　彼がもう一度結婚してくれと言ったら、おそらく舞い上がって何も考えずに承諾してしまうだろう。彼が自分の計画を話すばかりで一度も愛していると言わないのに、そんなことを気にもせず。

「キャット！」今度は彼の声に差し迫ったものを感じ、キャサリンは我知らず立ち上がって二階へ向かっていた。

ドアを開けたとき、ルールは目を閉じて横になっていた。だが、唇に色がない。「だから言ったじゃないの。まだ早いって！」キャサリンは厳しい口調で言いながらも声を抑え、冷たい手を彼の額に当てた。ルールは目を開けてにっこりしたが、その笑い方はぎごちない。

「どうやらきみの判断は正しかったらしい」彼ははっきりしない声で言った。「ああ、頭が痛い。今にも爆発しそうだ。氷嚢《ひょうのう》に氷を入れてきてくれ」

「すぐ持ってくるわ」キャサリンは指先で彼の髪をなでつけた。「何か食べる？」

「いや、今はいらない。何か冷たいものが飲みたいな。それと、エアコンのスイッチを入れてくれ」キャサリンが出ていこうとすると、ルールはいつもの調子で呼びかけた。「キャット……」

キャサリンは振り返り、けげんそうに眉を上げた。

不審がるような面持ちでルールは続けた。「グレン・レイシーのことだが……」

キャサリンは顔を赤らめた。「言ったでしょ。グレンはただの友達よ。わたしたちの間には何もないし、もうあの人とは出かけないわ」

「わかってる。ゆうべきみがブラをつけていたのでわかったんだ」

ルールは薄目を開けてキャサリンを見ている。服を脱がされているような気がし、キャサリンの頬はますます熱くなった。

それ以上言う必要はないのに、ルールはまだやめなかった。「ぼくと一緒だったら、ブラをつけなかったんじゃないか？　どう？」彼は声をひそめてきいた。

キャサリンも同じく声をひそめて言った。「そうね。つけなかったわ」

再びルールの口の端が動き、ほほ笑みらしきものが浮かんだ。「そうだと思ったよ。さあ、飲むものを持ってきてくれ、ハニー。ぼくは今、挑発的な会話を楽しめる状態じゃない」

キャサリンはくすくす笑いながら部屋を出た。笑うまいとしても、口から声がもれてしまう。わたしに弁解させておいて、本当は笑顔と刺激的な言葉でわたしに迫っただけだと明かすとは、なんてルールらしいのだろう。彼が持ついちばん危険な武器は、ほほ笑みと官能を刺激する言葉なのだから。ルールはわたしに操られるような人ではない。そこまで考えて突然気がついた。わたしは彼を操りたいとは思っていない。ルールは他人の意見を気にせずに、自分でなんでも決定する。誰かに動かされる男性ではないのだ。また、本当にわたしを操ろうとはしなかった。おかしなことに、ときどきルールはわたしを警戒しているように見える。けれど普段は、あれをしてはいけない、これをしてはいけない、とは言わない。グレン・レイシーの場合だけは例外だった。キャサリンは思い出してにっこりした。あのときだって、わたしはわたしのしたいようにしたじゃないの。わたしの赤い髪は短気の象徴でもあるけれど、強情のしるしでもあるのよ。

ルールはあまり快調ではなく、重要な話はできそうもなかった。キャサリンとしては幸いだった。彼女はルールにアイスティーを飲ませ、額に氷嚢を当てて寝かせ、それから部屋を片づけ始めた。ルールは静かに横たわって彼女を見ていた。「この間の話、ルイスから聞いたよ」ルールは小声で言った。「きみ、一人でアンダルシアのお産に立ち会ったんだって？　問題はなかった？」

「大丈夫。アンダルシアはどうすればいいかわかってたわ」

「あれはいい母親だ」ルールの声は眠そうに聞こえる。「セーブルの仔《こ》は残念だったな。二、三年前に、双子がうまく育ったことがある。そうはいっても、なかなか思うようにいかないがね。小さいほうの仔馬は、今ももう一頭ほど大きくないし力もない。だけど、とてもかわいい。仔を産ませるのは無理じゃないかと思ったので、ある家族に売ったんだ。子供たちを乗せるおとなしい馬がほしいというのでね」

セーブルの健康状態を調べなかったのが後ろめたくなり、キャサリンは急いで言った。「あのう……ルイスはセーブルのこと何か言ってなかった？　どうしてるかしら？」

「元気なようだよ。仔馬を見た？」

「生まれたときに見ただけ。脚が長くて、よく動き回って、強そうよ。生まれるとすぐ立ち上がったわ」

「父親はアイリッシュ・ゲールだ。あの馬の仔はどうも雄より雌が多い。これはあまりうれしいことじゃないんだ。雌馬は、いくら速いといっても雄馬ほど速くは走れない」

「ラフィアンは？」キャサリンは雌馬のために一言言いたくなった。「ダービーで雌馬が勝ったこともあるじゃないの。わりに最近の話よ。知らないの？」

「オリンピックでも女性は男性と一緒に走らないんだから、馬だって同じだ。そのう……特別な、例外もないことはないが」ルールは譲歩し、ゆっくり目を閉じてつぶやいた。

「起きなくちゃいけない。することがいっぱいある」

何もかもちゃんとできてるから心配しないでとキャサリンは言いかけたが、ルールはすでにうとうとしかけていた。起こさないほうがいいだろう。頭痛を治すには、睡眠がいちばん効果がある。休める間に大いに休むといい。すぐに、多分あまりにもすぐに、ルールは自分の体に鞭《むち》打って仕事をするだろう。彼が起きると言ったのは初めてだが、これが最後でないことはわかっている。

外へ出ると、くらくらするような熱気が体を包んだ。暑さはいつもと変わらないのだろうが、疲れた体にはことのほかこたえる。暑いのは焼けつくような陽光のせいばかりではない。大地から立ちのぼる熱がゆらゆらする熱波となり、顔を打つからだ。あの七月も、同じように暑かった。ルールが――やめなさい。そんなこと考えちゃだめ。キャサリンは自分を叱りつけた。仕事があるのよ。昨日休んでしまったのだから、今日はその分頑張るつもりだったじゃないの。

母馬二頭と仔馬の様子を見ようと、キャサリンは出産馬のいる小屋の前で足を止めた。セーブルは元気を取り戻したとフロイドは言い、仔馬が生まれるときはまた手伝ってくれと頼んできた。本気で言っているのだろうか？　キャサリンが疑いの目で見たので、フロイドは笑い出した。

「馬の扱いは立派なものだ。おかげでアンダルシアは無事に出産できたよ、ミス・キャサリン」彼はすっかりキャサリンを信用しているらしい。

「アンダルシアが頑張っただけよ」キャサリンは笑いながら言った。「ところで、ルイスは今朝どっちへ行ったかわかる？」

　フロイドはしかめっ面をして考え込んだ。「はっきりした記憶はないなあ。だけど、リッキーと一緒にいたのは多分ルイスじゃないかな。トラックを飛ばして牧草地の向こうへ行くのを見かけたんだ」彼は東のほうを指さした。そちらでは、牛の小さな群れが草を食《は》んでいるはずだ。

　リッキーがトラックに乗っていたとすれば、一緒にいたのはおそらくルイスだろう。彼らの関係を知った今は、容易に察しがつく。リッキーの興味がルールからルイスに移ってほっとしたが、その一方でルイスがかわいそうな気もする。リッキーが災いのもとでしかないということを、ルイスは知っているのだろうか？

　突然血の凍るような叫び声がした。なんだろう？　キャサリンは身動きもせずフロイドを見つめた。彼も同じく恐怖に駆られたような顔をしている。

「火事だ！　馬小屋が火事だ！」

「えっ、大変」金縛りがとけたようにキャサリンはくるりときびすを返し、馬小屋に向かって走り出した。フロイドはかたわらを走っているが、彼の顔は青ざめている。馬小屋が火事！　牧場では最悪の出来事だ。動物はパニックに陥り、多くの場合こちらが助けようとしてもそれに逆らう。そのため悲劇を招くのだ。走っているうちにいやな想像が頭をもたげた。ルールがこの騒ぎを聞きつけたら無理をしてベッドから下り、皆と一緒に何かしようとするだろう。その結果、どんなに健康を損なうかしれない。

「火事だ！」

「やめて！　大きな声を出さないでよ！」キャサリンが叫ぶと、従業員は驚いた顔をした。わけがわからなかったのだろう。しかし、キャサリンがちらりと家に視線を投げたので、ルールを気づかっているのだとわかったらしい。馬小屋の戸は開いていて黒い煙がもくもくと流れ出し、馬のおびえたいななきが聞こえる。だが、炎は見えない。

「はい、これ！」誰かが投げつけた濡《ぬ》れタオルを顔に当て、キャサリンは煙った小屋の中に飛び込んだ。タオルを当てていても、刺激のある煙が肺に流れ込んでむせてしまう。熱くはないが、今は火元をさがしているときではない。まず馬を助け出さなくては。

馬はおびえて後脚立ちになったり、あるいは自分を閉じ込めている木の柵《さく》を蹴ったりしている。キャサリンは手さぐりで木戸を開け、煙の中で目をこらした。馬の姿が霞んで見える。レッドマン。そう。ルールのお気に入りの馬だ。「大丈夫、大丈夫。心配しないで」彼女はやさしく話しかけて一度深く息を吸い込み、口に当てていたタオルを馬の目にかぶせた。馬はかなり落ち着き、導かれるままにすばやく馬小屋の外に出た。ここまで来れば新鮮な空気を吸える。ほかの馬も、男たちの指示に従ってそれぞれ速やかに、しかも驚くほど静かに外へ出てきた。男たちが積極的に馬をなだめ、落ち着かせたのだ。

くすぶっている段階で火は消えた。干し草に移らなかったからよかったが、もし移っていたら瞬く間に馬小屋全体に火が回っていただろう。馬具部屋から煙が出ているのに気づいたのは、ルールがわずか二カ月前に雇った若者だった。火はそこに置いてあったごみ箱から出て、鞍《くら》の下に敷く布と馬具用のなめし革に移ったのだ。馬具は破損し、部屋は焦げて黒くなってしまったが、これですんだのは不幸中の幸いだったと言っていい。誰もがほっと息をついた。

意外にも、ルールはこの騒動に気づかなかったと見える。多分、エアコンの音が外の騒音を消したのだろう。これから彼に話さなければならない。キャサリンはため息をついた。彼はきっと激怒する。ルールが監督していたら、馬小屋から火が出るなどということはなかったはずだ。上に立つ者がいないので気が緩み、マッチかたばこの燃えさしを不注意に捨てた人がいたのに違いない。これ以上の不幸を招かなかったのは、実に運がよかった。

とはいえ、たくさんの馬具を買い直さなくてはならない。わたしは休んだ分を取り返そうと夢中になっていた。そういうときに限って不測の事態が起こる。

キャサリンががっくり肩を落としていると、ローナがその肩を抱き寄せた。「家へ帰りましょう、お嬢様。熱いお湯につからないとだめですよ。頭から足の先まで真っ黒じゃありませんか」

キャサリンは視線を落とした。ついさっき身に着けたばかりのこざっぱりした服は、今はすすに汚れて見る影もない。顔や髪も灰をかぶっている。

シャワーを浴びている間に、ルールに悪いことをしたという思いが強くなってきた。話したら彼がなんと言うか、想像もつかない。

ルールは枕元の小さなラジオをつけて聞いていた。そのため、外の物音が聞こえなかったのだ。ドアが開くと彼は振り向き、張り詰めた表情のキャサリンをじっと見つめた。彼女の髪はぬれ、服は朝着ていたものと違う。何かあったな。ルールは悪い知らせを覚悟した。

「どうした?」彼は強い口調で言った。

「あのう……ば、馬具部屋から火が出たの」キャサリンは口ごもり、こわごわ一歩彼に近づいた。「でも、広がらなかったわ」ルールの顔に恐怖の色が浮かんだので、彼女はあわてて言い足した。「馬は全部無事よ。ただ……馬具部屋のものがだめになっただけ」

「どうしてぼくに知らせなかった？」

「それは……知らせなくてもいいと思ったから。あなたにできることは何もないわ。とにかく先に馬を出さないと――」

「馬小屋に入ったのか？」ルールは肘をついて体を起こし、痛みに顔をしかめた。濃い茶色の目の奥に激しい怒りが燃えている。キャサリンの背筋を冷たいものが駆け下りた。彼はひどく怒っている。いや、そんな生やさしいものではない。こぶしを固め、今にも爆発しそうになっている。

「そうよ」キャサリンは涙ぐんで答え、しきりにまばたきした。怒鳴られたくらいで泣いてはいけない。もう、子供ではないのだから。「幸い火は馬具部屋の外には広がらなかったわ。でも、馬はおびえて――」

「あきれたものだ。ばかじゃないか？」ルールはがなり立てた。「それがどんなに無謀で非常識なことか……」

ええ、わたしはばかよ。だって涙が頬を流れているもの。「ごめんなさい」キャサリンは喉を詰まらせた。「こんなつもりじゃなかったの」

「それじゃ、どんなつもりだったんだ？　この調子じゃ、ぼくは一分だってきみから目を離せないじゃないか」

「だから、ごめんなさいって言ったじゃないの」もうこれ以上、ルールの言うことなんか聞いていられない。「あとでまた来るわ。誰かに馬具を買いに行かせなくちゃいけないから」

「そんなことはどうでもいい。戻ってこい！」ルールは怒鳴ったが、キャサリンは部屋を飛び出してドアを閉めた。涙で頬がぬれている。彼女は涙をぬぐい、バスルームに行って肌の赤みが消えるまで冷たい水でばしゃばしゃと顔を洗った。自分の部屋に隠れたい。でも、プライドがそんな自分に鞭を当てた。まだしなくてはいけない仕事がある。ほかの人に代わってもらうわけにはいかない。

11

誰かがルイスに知らせたらしく、彼を乗せたピックアップが全速力で牧草地を抜け、裏庭に止まった。その瞬間にルイスが飛び降り、痛いほどきつくキャサリンの腕をつかんだ。

「どうしたんだ？」彼はたずね、口を一文字に結んだ。

「馬具部屋が焼けたの」キャサリンはぐったりして言った。「ぼやのうちに消し止めたけど、馬具は使えなくなってしまったわ。馬は全部無事よ」

「冗談じゃないぜ」ルイスは悪態をついた。「ルールは怒るだろうな」

「もう怒ってるわよ」キャサリンは笑おうとしたが、うまく笑顔を作れなかった。「ちょっと前に話したの。怒るなんてものじゃなかったわ」

彼はまた悪態をついた。「原因はわかったのかい？」

「ごみ箱の中のものに火がついたみたい。そこから燃え始めたの」

「今朝、馬具部屋にいたのは誰だ？　もっと大事なのは、最後にあそこにいたのは誰かってことだ」

キャサリンはぽかんとして彼を見た。「さあ、きいてみなかったわ」

「火事を出したやつがわかったら、すぐに首にしてやる。馬小屋の近くでたばこを吸うのは厳禁だ」

たばこを吸って火事を出したと自ら認める者はいないだろうが、ルイスの決然とした顔を見ると犯人は自白すべきだと思う。そうでないと、みんながトラブルに巻き込まれる。キャサリンには犯人をさがすエネルギーはない。ぼんやり周囲を見回すと、リッキーが目に映った。彼女も誰が犯人か気にしていないらしい。髪をねじってさりげなく頭のてっぺんにのせ、ピンで留めながら家に向かっている。

外は暑く、風がない。よどんだ空気の中には、まだいやなにおいが立ち込めている。そのため馬は落ち着かない。どすんどすんという鈍い音が、馬小屋中に響き渡る。気の立っている馬が、自分の仕切りを蹴《け》っているのだ。誰もがそうした馬をなだめるのに忙しい。放《ほう》っておいたら、馬は暴れてけがをしてしまう。その中で、レッドマンはどうしてもおとなしくならなかった。キャサリンはなだめるのをあきらめ、外へ連れ出して裏庭をぐるぐる歩かせた。レッドマンがいらだつのは、閉じ込められるのに慣れていないからだ。けれど、ルールがけがをしている今、レッドマンを調教する者はいない。馬のほうは、誰かがついて運動させてくれるのが当然だと思っている。

そうか。今必要なのはこの馬に乗ってあげることだ。さっそく鞍《くら》をつけて……と考えたところで気がついた。鞍は焼けてしまってもうない。キャサリンは馬のたくましい首に顔をすり寄せてため息をついた。あれほど明るく始まった一日が、悪夢に変わってしまうとは！　しかも、その悪夢から逃げられそうもない。

ルイスは牧場で働いている人全部にきちんと話を聞いて歩いている。しかし、ごみ箱はしばらくくすぶってから燃え上がったのではないだろうか？　それに、従業員の多くはまだ放牧地に出ている。彼らは朝早く出ていき、日が暮れなければ戻らない。キャサリンはルイスを手招きした。「話を聞くのはあとにできない？」続いてその理由を説明した。「わたしたちには、今すぐしなくてはいけないことがいっぱいあるわ。保険会社に知らせるのもその一つよ。向こうは現場検証をしたがると思うの」

鋭いルイスには、何事も隠しておけない。彼はしばらく非情な目でキャサリンを見つめていたが、やがて無表情な顔がわずかに和んだ。「泣いてたんだね？　くよくよするなよ。火事があったのは重大なことだけど、被害がなかっただけいい」

「わかってるわ」キャサリンの表情は硬い。「でも、何もかもわたしが点検すべきだったのよ。火事を出したのはわたしの責任だわ」

ルイスはキャサリンの手からレッドマンの手綱を取り上げた。「きみの責任？　冗談じゃない。どこもかしこものぞいて歩くなんてことはできない――」

「ルールがいたら火事になる前に気がついたわ」

ルイスは何か言おうとして口を開いたが、すぐにまた口を閉じた。キャサリンの言うとおりだからだ。ルールがいたら、気がついていただろう。牧場で何かあったら、彼は必ず気がつく。そこに思い至ってルイスは顔をしかめた。「ルールはなんて言ってた？」

「いろいろ。言いたいことがたくさんあるのよ」彼女はあいまいな返事をして苦笑いした。

「たとえば？」

泣く気はないのに、不愉快な涙がまた目頭を熱くし始めた。「まずわたしが侮辱された話を聞きたい？　それとも、肝心な話のほうへ進む？」

「ルールは腹立ちまぎれに失礼なことを言っただけだ」彼は居心地悪そうな顔をしている。

「そうでしょうよ！」

「本気で言ったんじゃない。馬小屋が火事になったらおしまいだから……」

「わかってるわよ。ルールが悪いって言ってるわけじゃないわ」実際そのとおりだった。ルールが侮辱的な言葉を投げつけたのは理解できる。長い年月一生懸命働いて築き上げたものが、煙になって消えてしまうところを想像したのだろう。愛情を注いでいる馬が、何頭も恐ろしい死に方をするところも。

「冷静になったら、彼はきみに謝るよ。見ててごらん」

そうかしら？　そう言いたげな目でキャサリンが見上げたので、ルイスは自信がなくなってきたらしい。ルール・ジャクソンが謝っているところなどキャサリンには想像できない。ルイスもそれがわかったと見える。

「責任を問うべき人間がいるとしたら、ぼくだろうな」ルイスはため息をついた。「ここにいなくちゃいけないのに、ぼくは――」彼は突然言葉を切った。

「知ってるわ」キャサリンはブーツの爪先を見つめた。もっと言ってもいいだろうか？　だが、答えが出ないうちに言葉が飛び出した。「彼女を傷つけないで、ルイス。リッキーは爪先をあちこちの岩にぶつけたみたいに、傷だらけなの。これ以上傷ついたら、自分ではもう手当てができないわ」

ルイスは怒ったような目つきをした。「もし本気なら、傷つく可能性もあるだろう。だが、彼女は本気じゃない。ぼくをおもちゃにして遊んでるだけだ。ぼくも遊びだけど。万一ぼくが身を固める決心をしたら、まず彼女に知らせるよ。だが、今のところその気はない」

「男の人って、身を固める気になんかならないんじゃない？」キャサリンは多少面白くなさそうな口調でたずねた。

「ときにはなるよ。前にも話したけど、女付き合いは断ちがたい習慣だ。男の血の中に入り込んでいるちょっとしたものなんだよ。たとえば、疲れて帰ってきたときの温かい料理のにおいとか、背中のマッサージ、笑い声、そういうものと同じなんだ。けんかもときにはその中に入る。がんがん怒鳴り合ってもまだ愛してるっていうのは、実に貴重なことだよ」

そう。確かに貴重なことだ。でも、苦痛な場合もある。愛する男性と怒鳴り合いのけんかをするところまではいいが、その男性がわたしを愛しているかどうか疑わしいときはとても苦しい。ルールが怒りに任せて投げつける言葉は、いずれもナイフのようにわたしの心に突き刺さる。

「リッキーの場合を考えてごらん」ルイスは続けた。「彼女は二回結婚したけど、いつも飾り物にすぎなかった。相手は彼女が必要だから結婚したんじゃない。リッキーは必要とされてると感じられなかった。彼女がなぜみんなにまつわりつくと思う？　なぜ馬に乗ったり、馬の世話をしたりすると思う？　生産的なことをしている気になれるのは、そういうときしかないからだ。リッキーに必要なのは、面倒をみさせてくれる男性だ」

「あなたがその男性なの？」

ルイスは広い肩をすくめた。「ぼくは長いこと自分で自分の面倒をみてきた。それもまた断ちがたい習慣だ。だけど、先のことはわからない。ぼくがその男だと気に入らないか？」

キャサリンは驚いて彼を見上げた。「なんでわたしがそんなことを気にすると思うの？」

「ぼくは何度も危ない目に遭ったし、何度も人のトラブルを見てきた」

キャサリンは思わずほほ笑んだ。「そして今回は、トラブルの一端を担ってしまった。

る車がある。

ルイスもにっこりした。そのとき車の音がし、二人は振り返った。こちらへ向かってく

違う？」

「誰かしら？」キャサリンは手をかざして日光をさえぎり、車を見つめた。

間もなくルイスが不愉快そうに言った。「あのモリスってやつだろう」

キャサリンはルイスに聞こえないように侮辱的な言葉をつぶやいた。「あの人、ずいぶん強引ね。断っても絶対引き下がらないんだから」

「断るつもりなのかい？」ルイスは言葉少なに言ってキャサリンを見下ろした。

「ええ、そうよ」キャサリンは力を込めて答えた。いつそう決めたのか、自分でもわからない。おそらく、牧場を売ることはできないと初めからわかっていたのだろう。わたしはここの人間だもの。よそ者に牧場を売る気になるはずがない。過去と未来の両方が、わたしをテキサスのこの土地に縛りつけている。

「レッドマンは落ち着いた」ルイスはアイラ・モリスが車から降りるのを見て言った。

「馬小屋へ連れていって仕切りの中に入れておくよ」

キャサリンはつとめて無表情を装いながら招かれざる客を待った。「ミスター・モリス」声にはなんの感情も表れていない。

「ミセス・アッシュ。今朝ここで騒ぎがあったそうですね。町で聞きました」彼の冷たい

目がすばやく馬小屋を一瞥《いちべつ》した。噂《うわさ》はこうも早く広まるのだろうか？

「今日おいでになったのは、先日のお話をキャンセルなさるためですか？」キャサリンは猫なで声を出した。「ごらんのように被害はほとんどありませんし、馬も無事でした。でも、時間と労力をむだにしないように、はっきり申し上げます。わたしは牧場を売りません」

モリスは驚いた様子もない。すでに考えは決まっているようだ。「まあ、そうあわてなくてもいいでしょう。まだわたしの話を聞いていないじゃありませんか。金の話をし始めると、たいていの人は考えが変わるものです」

「わたしは変わりません。この家で生まれたんですから、この家で死ぬつもりです」

キャサリンの話には耳も貸さず、モリスはびっくりするような金額を持ち出した。売ろうかどうしようかと迷っていたら、ふらふらと売る気になってしまっただろう。しかし、売る気がない以上、いくら莫大《ばくだい》な金を積まれても誘惑を感じない。

キャサリンは首を振った。「それでも売ろうとは思いません、ミスター・モリス」

「これだけの金があれば、一生安楽に暮らせますよ」

「今も安楽に暮らしています。住みたいところに住み、したいことをしていますから。お金のためにこの快適な暮らしを捨てるなんて、どうしてそんなことができるでしょう？」

モリスはため息をつき、ポケットに手を突っ込んだ。「よく考えてみてください。この家はあくまでもこの家。この土地はあくまでもこの土地です。世の中にはほかの家もあり、もっといろいろな土地もあります。こういう生活はあなたには合いません。ご自分を見てごらんなさい。どこを取ったって、大都会で暮らすご婦人じゃありませんか」

「わたしはどこを取っても埃《ほこり》だらけですよ、ミスター・モリス。テキサスの埃です。わたしの埃です。確かにしばらくはシカゴで暮らしていました。でも、牧場のことを考えない日はありませんでしたし、ここに戻りたいと思わない日もありませんでした」

顔色一つ変えず、モリスは金額を上乗せした。

この人はどうしてもわたしから牧場を取り上げるつもりなのだろうか？　キャサリンはうんざりしてきた。「いいえ。やめてください。わたしは売りたくありません。いくらでも」

「世界旅行ができますよ――」

「結構です」

「宝石や毛皮も買えるし――」

もう我慢も限界だわ。キャサリンは歯を食いしばった。「売る気はありません。これだけ言ってるのに、どうしてわからないんですか？」

「ミセス・アッシュ」モリスの口調は脅しがかっている。「これ以上値を吊《つ》り上げようとしてもだめですよ。お宅のミスター・ジャクソンと話をしましたが、彼のおかげでこの馬の飼育場にどの程度の価値があるかわかりました。わたしは馬の市で取り引きをしてますし、自分の飼育場を持つのも悪くないと思ってます。それだけじゃなく、あなたがもうすぐシカゴへ帰られることもわかりました」

キャサリンは驚いて息が止まりそうになり、夢中で彼の腕をつかんだ。「今なんとおっしゃいました？」

「あなたの代理人と話をしたと言ったんです。ここの馬のことはミスター・ジャクソンがいちばんよくご存じなんでしょう？　あなたがそう言ったんですよ。となれば、彼と話をするのが順当だということになります。彼は、あなたが多分出ていくとも言ってました」

「いつ彼と話したんです？」

「ゆうべです。電話で」

客用寝室には電話プラグの差し込み口がある。誰かが電話をあの部屋に持っていってルールに使わせたのに違いない。それにしても、ルールはなぜモリスにそんな話をしたのだろう？　彼は牧場を売ることに断固反対を唱えるはずなのに。どうなっているのだろう？

「ミスター・ジャクソンはなんて言ったんですか？」キャサリンは問い詰めた。

「長話をしたわけじゃありません。彼はただあなたがシカゴへ帰るだろうと言っただけです。それから、適正な価格がつけば牧場を売るだろうと。そこで我々はどのくらいが相場か話し合いました。彼の話から考えれば、わたしがさっき言った値段は相場以上ですよ」

キャサリンはうろたえて息を吸い込んだ。「ミスター・ジャクソンは思い違いをしてるんです。あなたも！」腹が立って体が震え、怒鳴りたくなるかと思うと泣きそうになる。ルールの考えていることがわからない。今すぐ彼に会って確かめよう。「返事はノーです。これがわたしの最終決定です。時間のむだづかいをさせてすみませんでした」

「まったくだ」モリスは顔をこわばらせた。「まったくだよ」

キャサリンは彼が立ち去るのも待たずにきびすを返し、小走りに家へ向かった。早くルールに会って問いたださなくては。わたしが牧場を売る？　どういうつもりでミスター・モリスにそんなことを言ったのだろう？　わたしを追い出したいのだろうか？　いや、そんなはずはない。ゆうべわたしを抱いたばかりではないか。しかも、もっと抱きたいようだった。それなのに……なぜ？

ローナとすれ違ったのにも気づかず、キャサリンは階段を駆け上がった。自分でも足が宙に浮いているような気がする。ノックもせず、彼女はルールの部屋のドアを開けた。

ベッドの上で二つの体がもつれ合っている。最初はそれがなんだかわからず、ぼんやりと見つめていた。それは……それは……そうだったのか。衝撃が襲い、くらくらする。床に倒れてしまいそう。とりあえずドアの木枠に寄りかかって体を支えた。一日中ショック続きだったが、これはいちばんひどい。みぞおちを突かれたみたいに息ができず、体がずたずたになって顔から血の気が引いていく。リッキーがベッドの上でルールの首に腕を巻きつけ、唇をしっかり彼の口に押しつけている。ルールの上で身もだえし、彼の引き締まった体に手をすべらせながら。リッキーのブラウスははだけ、裾《すそ》は半分ジーンズから出ている。一方、ルールは彼女の髪を手にからませて……。

いや、違う。恐怖に似た思いがしだいに薄れ、目の前のものがはっきり見えてきた。ルールはリッキーの頭を抱き寄せているのではない。彼女の髪を後ろへ引っ張り、なんとかして口を離そうとしているのだ。リッキーのほうは、負けるものかと攻め続ける。ようやくルールは彼女を押しのけた。「いい加減にしろ、リッキー。出ていけ！　そばへ来るな」

キャサリンの中で怒りが爆発した。ベッドに向かって歩いているのに、自分では何をしているのかわからない。目の前で炎が揺らぎ、辺りのものがゆらゆらしている。そうした中でリッキーの襟首をつかみ、ぐいとルールから引き離した。怒った勢いでものすごい力が出たのだろうか？　自分にこれほどの力があるとは知らなかった。「こんなことだろうと思ったわ」喉が締めつけられ、耳ざわりな声しか出てこない。「もう二度とさせないから覚えておきなさい」

「やめて！」リッキーはドアのほうへ投げ飛ばされ、悲鳴をあげた。「何するのよ？　気が狂ったんじゃない？」

キャサリンは何も言わずにリッキーを引きずって廊下へ出て、乱暴にドアを閉めた。黙っていたのは、憤りのあまり口がきけなかったからだ。ルールがかすれ声で戻ってこいと言っているが、耳を貸すつもりはない。

階段の手すりがこっちへおいでと手招きする。その甘い誘惑には抗《あらが》いがたい。リッキーを引きずっていって突き落とそう。しかし、実行寸前に健全な精神がよみがえり、むごい行為に歯止めをかけた。レディはそんなことをしないものよ。良識の声か、自分が自分に言い聞かせたのか、とにかくその言葉を聞きながらキャサリンはリッキーを引っ張って廊下を進んだ。力がみなぎっているせいか、リッキーを引きずり回すのも子供を扱うようにたやすい。リッキーは死人も起き上がらせるほどの大声で叫んだりわめいたりしている。

「黙りなさい！」キャサリンがリッキーの部屋に彼女を押し込んで怒鳴ると、急におとなしくなった。「座って！」キャサリンの命令口調はまだ続く。リッキーは椅子に腰を下ろした。「わたしはちゃんと注意したはずよ。ルールに近寄らないでって言ったでしょう？彼はわたしのものなんだから。あなたがルールの上で体をこすりつけてるところなんか、これ以上一分だって見ていられないわ。聞こえた？　すぐに荷物をまとめて、出ていってちょうだい！」

「出ていけ？」リッキーは呆然《ぼうぜん》とし、口をあんぐり開けた。「どこへ行けっていうの？」

「そんなことはあなたが決めるのよ！」キャサリンはクロゼットを開けてスーツケースをいくつも取り出し、ベッドの上に放り投げた。それからたんすの引き出しを開け、中身を大急ぎでスーツケースに放り込んだ。

リッキーとて黙って見てはいなかった。彼女ははじかれたように立ち上がった。「ちょっと待ってよ。わたし一人を悪者にしないでもらいたいわ！　わたしがレイプしたわけじゃないんだもの。あなただって知ってるじゃないの！　ルールは一人の女じゃ足りないのよ――」

「これからは足りるようになるわ！　彼が誘ったようなことを言うのはやめてちょうだい。言ったってむだよ。わたしは信じないから」

リッキーは衣類の山をにらみつけた。「ひどいわね。そんなふうに人の服を放り投げるものじゃないわ」

「だったら自分で荷造りすればいいじゃないの！」

リッキーが唇をかむと、急に涙が彼女の頬をぬらし始めた。その泣き顔には、むかつくと同時に感心してしまう。泣いているくせに、どうしてこんなにきれいなのだろう？　鼻の頭が赤くなったり鼻水が出たりするわけでもなく、顔に涙の跡がつくわけでもない。ただ、ダイアモンドのようにきらきらする涙が、優雅に頬を流れ落ちる。

「わたし、本当に行くところがないのよ。お金も全然ないわ」

ドアが開き、しかめっ面をしたモニカが入ってきた。「二人ともけんかはやめなさい。何よ。まるでレスリングでもしてるみたいじゃないの。どうしたの？」

「キャサリンはわたしを追い出すつもりなのよ」リッキーはキャサリンに罪をなすりつけ

た。不思議なことに、涙の痕跡《こんせき》さえも残っていない。キャサリンは手を腰に当て、黙って立っていた。顔には決然とした表情が浮かんでいる。

モニカはちらりとキャサリンを見て、いらいらした様子で言った。「ここはキャサリンの家よ。誰を住まわせるか決めるのは、彼女でしょう？」

「そうでしょうとも。昔からずっと彼女の家だったんですものね！」

「やめなさい」モニカはぴしゃりと言った。「自分を哀れんでも、なんの役にも立たないわ。キャサリンがいずれ帰ってくるのはわかってたはずよ。先のことが読めなくてなんの準備もしていなかったとしたら、それはあなたが悪いんじゃないの。人のせいにしてはいけないわ。そもそも、一生他人の子供たちが駆けずり回る音を聞いて暮らしたい？」

モニカは自分のことにしか関心がないように見えるが、明らかに多くを見ていたのだ。キャサリンは深く息を吸い込んで気持を静めた。そうだ。人生はそれほど複雑なものではない。本当はとても単純なのだ。わたしはルールを愛し、牧場を愛している。どちらもあきらめる気にはなれない。ルールの本心がわからないからといって、どうしてあんなに心配したのだろう？　友達であれ恋人であれ、二人は今ここにいる。大事なのはそれだけだ。

そう思ったとたんに完全に分別を取り戻し、キャサリンはため息をついた。「すぐに出ていかなくてもいいわ」彼女はリッキーに言い、額をさすって緊張をほぐした。頭がずきずきし始めている。「ついかっとしちゃったのよ。あなたがいるのを見て……とにかく、急がなくていいわ。時間をかけて計画を立ててちょうだい。ただし、いつまでも考えてちゃだめよ。どうせ、結婚式まではいたくはないでしょうけど。そうじゃない?」

「結婚式?」リッキーの顔が青ざめ、次に頰がぽっと赤くなった。「いやに自信があるのね」

「そう言うからにはそれなりの理由があるのよ。ルールはわたしに結婚を申し込んだの。骨折する前にね。わたしは受けるつもりよ」

「おめでとう」モニカがすかさず口をはさんだ。「それじゃ、わたしたちがいたらお邪魔だわ。リッキー、わたしはキャサリンのアパートメントで暮らすことにしたの。彼女が使っていいって言ってくれたから。あなたも一緒に来る? わたしたち、結構仲よくやっていけるんじゃない? 寝室は二つあるんでしょう?」彼女は急いでキャサリンにたずねた。

「ええ」キャサリンは答えてリッキーに視線を投げた。いい話ではないか。

リッキーは唇をかんだ。「どうしようかしら? 少し考えてみるわ」

「考えることなんてないじゃない」モニカが言った。「今週中に準備にかかるわよ」

「わたしはもうお母さんと暮らす年じゃないでしょう? お母さん、そう言ったじゃないの」リッキーはむっとして顔を赤らめたままモニカの口真似《まね》をした。

「わたしだって一生そこに住むつもりじゃないのよ。キャサリンもいつまでもいていいとは言ってないわ」モニカはきびきびと言った。「さあ、決心してちょうだい」

「わかったわ」リッキーは子供のようにふくれっ面をした。悔しくて仕方がないのだろう。だが、キャサリンにはどうでもよかった。彼女はほっとしてため息をついた。もし路頭に迷うのを承知でリッキーを追い出したら、冷静になったとき罪の意識にさいなまれるだろう。リッキーがここにいるのもあとわずかだと思えば、いろいろなことをうまく処理できそうな気がする。彼女がまたルールに抱きついたりしない限りは。

ルール。キャサリンは深呼吸し、最後の闘いに向けて心の準備をした。ルール・ジャクソンが独身者として生きる日々は残り少ない。わたしを愛していないかもしれないが、そんなことはどうでもいい。その分を補ってなお余りあるくらい、わたしは彼を愛している。もう二度と彼のもとから逃げ出さない。これからはずっとここにいよう。もし牧場を自分のものにしたいなら、ルールはわたしも自分のものにしなくてはならない。一つ確かなことがある。ほかの女性がルールのベッドに入るのは許せないということだ。そんなことを考える人がいるだけでも耐えられない。誰かがそう思うとしたら、それは彼が独身だからだ。できるだけ早く彼を既婚者にしてしまおう。きっとそうしてみせる。

突撃を開始する騎兵隊と同じく、意を決し目を光らせ、キャサリンは廊下を突進してルールの部屋のドアを開けた。

目は独りでにベッドを見たが、驚いたことに彼の姿はなかった。ぞっとしてキャサリンは部屋の中に足を踏み入れた。と、右のほうで何か動くものがある。振り向いた彼女は、思わず不安に駆られて叫び声をあげた。「ルール！」

彼はベッドから出て、ギプスをつけた脚と格闘しながらジーンズをはこうとしていたのだ。ジーンズの左脚はすでに縫い目を引き裂いてあり、ギプスをつけたままはけるようになっている。ルールが服を着ようとすれば、ふらふらするのは言うまでもない。そのため、一息ごとに口からののしりの言葉が飛び出す。力のない体に向かって、ギプスに向かって、ずきずきする頭に向かって、彼は悪態をついていた。それでもキャサリンの声が聞こえたのだろう。彼はぎごちなく振り向いた。その顔は絶望感にゆがみ、贅肉《ぜいにく》のない頬には悔し涙の筋がついている。キャサリンは息が詰まりそうになった。

「ルール」彼女は低い声で呼びかけた。なんて苦痛に満ちた顔だろう！　そんな彼の顔から目をそむけたい。ルールは彼女のほうへ一歩足を踏み出したが、急にぐらりと片側に倒れかけた。骨折した脚が体重を支えられないのだ。キャサリンは無我夢中で彼に駆け寄り、力を振り絞って倒れそうになる彼を支えた。

「すまない」ルールはキャサリンの体に腕を巻きつけ、引き締まった体に抱き寄せて顔を近づけた。彼の力は怖いほど強く、体は込み上げる嗚咽《おえつ》に震えている。「行かないでくれ、キャット。頼むから行かないでくれ。説明するよ。もうぼくを一人にしないでくれ」

キャサリンは足を踏ん張った。けれど、だんだん彼の重みにつぶされそうになる。「これ以上あなたを支えていられないわ」声も苦しそうに響く。「ベッドに戻って」

「いやだ」ルールは肩で大きく息をしている。「きみを放すわけにはいかない。ぼくはあのベッドから出られないし、服もすばやく着られない。だから……もたもたしているうちにきみが出ていってしまうんじゃないかと心配になった。もう二度ときみに会えないのかと……」彼は言いよどんだ。

キャサリンは胸がいっぱいになった。ルールは頭痛や脚の痛みを押して、わたしをつかまえようとしたのだ。わたしが出ていく前に。彼は歩けない。どうやってつかまえるつもりだったのだろう？　這《は》って？　そう。ほかに方法がなければ、彼は本当に這ってつかまえに来ただろう。彼の意志の強さには、人の心を震撼《しんかん》させるものがある。

「出ていくのはやめたの」キャサリンは涙ぐんで言った。「約束するわ。二度とあなたから離れない。お願いよ、ベッドに戻って。これ以上あなたをかかえていられないわ」

いくらか緊張がとけたと見え、ルールはキャサリンの腕の中で力を抜いた。

キャサリンの膝はたわみ始めている。「お願い」彼女はもう一度頼み込んだ。「ベッドに戻らなくちゃだめよ。転んでほかのところも骨折したら大変じゃないの」

ベッドがほんの二、三歩のところにあったのは幸いだった。もう少し離れていたら、ベッドにたどり着けなかっただろう。ルールの顔を汗と涙がぬらしている。力を使い果たしてしまったのか、キャサリンが頭と肩を支えて枕《まくら》にもたれさせると彼はすぐに目を閉じた。息づかいは荒く、胸が大きく上下している。だが、手はしっかりキャサリンの腕をつかみ、ベッドの脇《わき》にとどめていた。「出ていかないでくれ」彼の声は聞き取れないくらいか細い。

「わたしはどこへも行かないわ」キャサリンはやさしく答えた。「ちょっと待って。今あなたの脚をクッションの上にのせるから。ねえ、ルール、もう一人で起き上がっちゃだめよ」

「どうしてもきみを止めたかったんだ。そうしなければ、きみは二度と帰ってこなかっただろう」ルールが腕を放したので、キャサリンはベッドの足元へ回って彼の脚を持ち上げた。一瞬ジーンズの裂け目が目をとらえ、彼女はいぶかった。ルールはどうやってこんな丈夫な生地を切り裂いたのだろう？　それはともかく、早くこのジーンズを脱がせるほうがいい。今なら彼はまだ力がなく、わたしに抵抗しないだろう。そこでキャサリンはジーンズを慎重に引き下ろして脱がせた。ルールは目を閉じてぐったり横たわっている。

キャサリンは洗面用タオルを冷たい水につけて絞り、ルールの額の汗と頬の涙をぬぐった。彼は目を開けてキャサリンを見つめたが、その目には強い集中力が感じられる。彼の見事な体は、すでに力を取り戻しつつあるのだ。

「ぼくがリッキーをここへ呼んだわけじゃない」ルールはかすれ声で言った。「きみにどう見えたかはわかっている。だが、ぼくは彼女を止めようとしていた。もしかしたら、押しのけ方が足りなかったかもしれない。彼女にけがをさせてはいけないと思ったからだ」

「わかってるわ」キャサリンは彼の唇に指を当ててやさしく言った。「わたしだってばかじゃないのよ。少なくとも大ばかじゃないわ。リッキーには、あなたに近づくなって言ってあったの。それなのに、彼女があなたにべたべた体をこすりつけていたから、かっとしたのよ。リッキーとモニカは今週末にここを出てわたしのアパートメントに移るの。おかげでわたしはシカゴへ行かなくてすむわ」キャサリンは面白そうに言い足した。「服をみんな置いてきたので、取りに行こうと思っていたんだけど、あの二人が送ってくれるでしょう」

ルールは深く息を吸い込んだ。濃い茶色の目は底知れず深みを帯びて見える。「ぼくを信じてくれるのか？」

「もちろん、信じてるわ」キャサリンはこのうえなく美しい笑みを浮かべた。「あなたの言うこともすることも、間違いないと思ってる」

一瞬ルールは唖然《あぜん》とした。キャサリンがそこまで信用してくれるとは思わなかったのだろう。続いて彼はわずかに眉根を寄せた。「出ていくつもりは全然なかったのか？」

「なかったわ」

「それじゃ……」彼は歯を食いしばった。「怒って出ていったのはどういうわけだ？　どうしてぼくを置き去りにした？　ベッドの中であんなにきみを呼んだのに」

キャサリンは身動きもせず彼を見つめた。今の今まで気づかなかったが、ルールの態度は多くを語っている。それほどに思っているなら……喜んでもいいのでは？　夢がかなうのではないだろうか？　彼女は慎重に切り出した。「わたしが出ていくかどうかが、それほど重要だとは思わなかったわ。あなたは牧場を経営できればいいんだと思ってたの」

ルールは悪態をつき、それからけんか腰で言った。「重要じゃないだって！　きみが何をしようとどうでもいい男が、これほど長い間待ってると思うか？」

「あなたがわたしを待っていたとは知らなかったのよ。ずっと前から、あなたには牧場がいちばん大事なんだと思ってたわ」

ルールは口を一文字に引いた。「牧場は大事だ。それは否定しない。ウォードがここへ連れてきてくれたとき、ぼくは落ちに落ちてどん底にいた。彼はそんなぼくを救ってまともな人間に戻してくれたんだ。以後何年も、ぼくは死に物狂いで働いた。牧場が救いだったからだ」

「それなのに、どうしてアイラ・モリスと話をしたの？」ルールの裏切りを思い出して苦痛と衝撃を覚え、キャサリンの目は暗く曇った。「わたしは適正な価格がつけば牧場を売るだろうなんて、どうして言ったのよ？　牧場にどのくらいの価値があるか、あの人に言ったのはなぜ？」そのへんがどうも理解できない。けれど、ルールに関して理解していないことはたくさんある。彼が多くを深く隠しているからだ。これからは自分について語り、何を考えているかわたしに言えるようになってもらいたい。そう。きっとなってくれる。

ルールはキャサリンの手を強く握り、自分の胸に当てた。捨て鉢な表情のせいか、彼の顔はこわばって見える。だが、次の瞬間彼は顔をそむけ、そこに表れている感情を消し去った。「怖かったんだ」ようやく絞り出すような声が流れた。「ベトナムにいたときより怖かった。最初は、牧場を売るのかと思うと腹が立ってたまらなかった。そのときは、自分が失ってしまうものを思っておびえていた。きみがよく言っていたとおりだ。だから、きみがここにいて幸せじゃないなら、牧場を売ってどこか好きなところへ行くのがいちばんいいと思った。そこへモリスが話したいと電話してきたので、ぼくは承諾した。きみに幸せになってもらいたいんだ、ハニー。どんな犠牲を払ってもいい。きみを幸せにするためなら」

「わたしは幸せよ」キャサリンはそっと言い、ルールの手をほどいて自分の手で彼の胸に触れた。指先に彼の体のぬくもりが伝わってきてうれしい。彼女は喜びをかみ締めてカールした胸毛をまさぐった。「ドナヒュー牧場は絶対に売らないわ。あなたは牧場になくてはならない人よ。ここがあなたの住みかなら、わたしもここから動かない」言った瞬間息が止まった。ルールはなんと言うだろう？　怖くて彼の顔を見られない。一秒、また一秒と時が流れる。ルールはまだ何も言わない。キャサリンは思いきって彼を見上げた。

彼が大賛成の叫びをあげるとは思わなかったが、今のような彼もまた予想外だった。ルールは目を細くし、感情を見せまいとしている。「何を言ってるんだ？」彼の声は低く辺りの空気を震わせた。

今よ。この機会を逃がしたらおしまいよ。早く言いなさい。まず第一歩を踏み出さなくては。あとずさりしたら、ルールも尻込みしてしまうわ。彼は精いっぱい努力をして近づいてきたのよ。誇り高いわたしのルールが、よくそこまでしたと思わない？　わたしがしようとしていることは、大した冒険ではないじゃないの。ルールがいなかったら生きていけない——話はとても単純よ。それは変わらないわ。とにかく彼に言ってしまおう。「あなた、結婚したいって言ったわね」キャサリンは言葉を選びながら慎重に言い、一言一言がどんな効果を及ぼすか彼の表情を見守った。「答えはイエスよ」

「なぜだ？」ルールは鋭くたずねた。

「なぜ？」キャサリンはおうむ返しに言った。なんておかしなことをきくのだろう！　知らなかったとは思えない。それとも本当にわかっていないのだろうか？　もしかしたら、結婚する気がなくなったのでは？　怖い。寒気がする。「あのう……いつかのプロポーズは取り消し？」彼女は言いよどんだ。声にも顔にも、不安がはっきり表れている。ルールはもう一方の手を伸ばし、キャサリンの髪をつかんで自分のほうへ引き寄せた。二人の鼻は触れそうになっている。そこで彼は動きを止め、強烈なまなざしでじっとキャサリンを見つめた。キャサリンはその視線が心の中にまで入り込んできたかに思えた。

「プロポーズは撤回していない」ルールはキャサリンの唇に口を寄せてささやいた。「なぜ承諾するのか言ってくれ。妊娠したのか？　それが理由なのか？」

「違うわ！」キャサリンは驚いた。「そんなことないわよ。いえ、まだわからないわ。わかるわけがないでしょう？　すぐにはわからないんですもの」

「それじゃあ、なぜぼくと結婚する気になった？」彼は食い下がった。「言ってくれ」

ルールにしっかり押さえられ、キャサリンは逃げ場を失った。不意に逃げる気がなくなり、落ち着きと内なる力が満ちてきた。打ち明けよう。わたしのこの豊かな愛を。ルールにつかまれている手を引き抜き、キャサリンは彼の顔を手で包んで顎の線を指でなぞった。

「愛しているからよ、ルール・ジャクソン」彼女の声は胸が痛くなるほどやさしい。「何年も……ずっとずっと前から愛していたわ。あなたが愛してくれなくても、牧場しか愛していなくても、かまわない。牧場がほしいなら、わたしもあなたのものにしなくちゃだめよ。牧場とわたしはセット販売なの。だから、夫修行を始めてね」

ルールは仰天したような顔をし、いっそう強く彼女の髪を握った。「気は確かか？　何を言ってるんだ？」

「牧場の話よ。牧場がほしいなら、わたしと結婚しなくてはいけない、ってこと」

ルールの顔に目に激しい怒りが燃え、口からは聞くに堪えない言葉が飛び出した。しかし、それは彼の気持をよく表していた。今まで抑えていた感情が爆発し、彼はキャサリンに怒鳴った。「牧場がなんだ！　さっさと売っちまえ！　ぼくたちの邪魔をしていたのが牧場だとしたら、そんなものはなくなるほうがいい。シカゴでも香港《ホンコン》でもバンコクでも、ぼくはきみが住みたいところへついていく。ぼくがほしかったのはきみだからだ。牧場なんかじゃない！　キャット、もし牧場がほしいなら、ぼくは自分の牧場を持つよ。親父《おやじ》はぼくに全部遺《のこ》して死んだんだ」彼はキャサリンの体に手をすべらせた。「牧場がほしかった理由はこれだ。わからなかったのか？　きみはぼくを狂わせた」

そんなこと考えてもみなかったわ。いかにもそう言いたげなキャサリンの顔を見て、ルールは彼女をベッドに引き下ろして抱き寄せた。

「聞いてくれ」彼は一言ずつ切ってゆっくり言った。「牧場はほしくない。牧場はぼくを救ってくれたし、よそへ移ればきっと懐かしくなるだろう。だが、牧場はなくても生きられる。生きるためにどうしても必要なのはきみだ。きみなしに生きようとしてみた。八年間、きみと結ばれたあの日を思い出し、きみを逃がした自分を憎んでつらい毎日を送ったんだ。やっときみが帰ってきたときは、もう二度ときみを手放すまいと思った。きみと一緒にいるためなら、どんなことでもする。今度きみに見捨てられたら、もう生きていられない」

キャサリンは心臓が止まったような気がした。ルールはまだ愛しているとは言わないが、言っているのと変わりない。わたしと同じく、彼も命がけで深くわたしを愛している。夢みたい。あまりにもうれしくて信じられない。「知らなかったわ」キャサリンはぼうっとしてささやいた。「一度も……一度も言ってくれないんですもの」

「どうしてそんなことが言えるんだ？　きみは若すぎた。ぼくの要求を押しつけるわけにはいかなかった。川辺で起こったことは偶然だった。だけど、後悔はしなかったよ。またきみを抱きたかった。何度でも。きみの目からおびえた表情が消え、ぼくと同じ気持を込めて見てくれるまで。だが、何もできないうちにきみは逃げ出した。それについては悔いが残った。きみがデヴィッド・アッシュに会って結婚したからだ。その後しばらく顔を見せなかったのは正解だったよ、キャット。あとにも先にも、あんなに誰かの亭主を八つ裂きにしてやりたいと思ったことはなかったからね」

「妬《や》いてたの？」まだルールの言うことが信じられない。試しに頬をつねってみた。痛い。

この痛みは現実だ。隣に横たわっている人も。

ルールの目は多くを語っている。「妬いてたなんてものじゃない。気が狂いかけていた」

「わたしを愛してくれるのね」キャサリンは奇跡を見る思いでささやいた。「本当に愛してくれるのね。早く言ってくれればいいのに。ちっとも知らなかったわ！」

「きみを愛してる！　もちろんだ。きみがいてくれなくてはだめなんだ。今まで、きみほど必要だった人はいない。きみは仔馬《こうま》みたいに奔放で無邪気で、目が離せない。ぼくにもう一度生きる力を与えてくれ、戦争の悪夢を忘れさせてくれた。ぼくたちの結びつきは完《かん》璧《ぺき》だった。一つ行動すれば、望みどおりの応《こた》えが返ってくる。何もかも申し分ない。体が触れるたびに、きみはぼくを生き生きと燃やす。きみと離れてはいられない。きみの顔を見て、きみと話をしなくては生きていけないんだ。それなのに、ちっとも知らなかっただって？」

ルールはむっとした顔をしている。キャサリンは笑って彼にすり寄った。「あなたがそういう不機嫌な顔をしてるからいけないのよ。わたしも愛してるって言えなかったわ。あなたが同じ気持じゃなかったらと思うと不安だったの」

「気持は同じだよ。もう一度言ってくれ」ルールは命令口調で言って手をキャサリンの体の脇にすべらせ、彼女の胸を包み込んだ。「もっと聞きたいんだ」

「あなたを愛してるわ」キャサリンは嬉々《きき》として彼の望みに応えた。愛を伝えるのは至福であり、聖なる祈りでもある。

「きみを抱いているときに言ってくれる？」

「ええ、いつでも」

「それじゃあ、今」ルールは熱っぽい声で言うと彼女を抱き寄せ、しっかりその唇をとらえた。いつもの不思議な力が、キャサリンの全身を熱くする。彼に寄り添いうっとりしているうちに、いつしかシャツのボタンが外れていた。喜びに酔っている間に、ルールが外したのに違いない。

ルールの体をかばう気持が徐々に薄れていく。これではいけない。「ルール……こんなことをしちゃいけないわ。あなたは休まなくちゃ」

「休む必要なんかない」ルールは彼女の耳元でささやいた。「今だ。キャサリン、今だよ」

「ドアが開いてるわ」キャサリンは逆らおうとしたが、声に力がない。

「それなら、閉めて戻っておいで。下まで追いかけていかせるなよ」

ルールは本当に階下まで追いかけてくるだろう。脚が折れていようとどうしようと。キャサリンはドアを閉めに行き、彼のそばへ戻った。いくら彼の体に触れても、硬く温かい体の感触を指先で感じても、まだ満足できない。キャサリンは彼を愛撫《あいぶ》し、あふれる愛を注ぎ、至るところにキスをしては、愛してるわとささやいた。声に出して言えるようになると、今度はいくら言っても言い足りない。飽くこともなくその言葉を繰り返し、愛撫を続けているうちに、ルールは熱情を抑えきれなくなったらしい。不意にキャサリンの体を自分の上に引き上げ、彼女の中に自らを埋《うず》めた。その動きはすばやく、力強かった。

キャサリンは彼とともに情熱の舞を舞い、歓喜に酔って攻めては引いた。頭にあるのはルールと熱く燃える色濃い目、愛に応える愛の輝き。

「ずっと言ってて」ルールに言われ、キャサリンは愛していると言い続けた。しかし、それも言えなくなるときが来る。やがて彼女はただルールの名を叫び、彼の上で身もだえした。彼の強い手が腰を支えて動きを助け、どんどん高いところへ押し上げる。とうとう彼女は声にならない叫びをあげ、ルールの胸に身を投げた。

嵐《あらし》のあとの、静かなけだるさが二人を包んだ。ルールは彼女のもつれた髪をとかしつけ、強い力で抱き寄せた。「もっと人を雇わなくちゃいけない」彼の声は眠たげだった。

「そう……なぜ？」

「ぼくの仕事をさせるために。もう今までほど放牧地へ出られない。そもそも朝ベッドから出るのが大変だ。きみをかわいがるには時間がかかる。ぼくはそれにベストを尽くすつもりなんだ」

「まあ、すてき。あなたの努力に乾杯」キャサリンは見えないグラスをかかげてみせた。

「来週結婚しよう」ルールはキャサリンの髪に顔を埋めた。

「来週？」キャサリンは驚いてのけぞった。「あなたはまだ――」

「それまでには起きられる。信用してくれ。それから、モニカとリッキーに、式の日までいられるかどうかきくんだ。どんなときも、仲直りをしないといけないよ、ハニー」

キャサリンはほほ笑んだ。「わかってるわ。わたしも、悪い感情を残したくないの。先のことはわからないわよ。ルイスがリッキーを引き止めるかもしれないわ」

「それには賭《か》けないほうがいい。ルイスはリッキーと遊びはするが、一緒には暮らせないだろう。物事、きみの思いどおりになるとは限らない」

部屋はしんとし、キャサリンは自分が眠りに落ちていくのを感じた。でも、気になっていることがある。「火事のこと、ごめんなさい」

「あれはきみのせいじゃない」ルールはキャサリンを抱いている腕に力を入れた。

「でも、ばかだって怒鳴ったわ」

「謝るよ。きみが燃えている部屋から馬を出そうとしたと思うと、パニックに陥ってしまった。きみにもしものことがあったらどうする？　それでかっとなったんだ」

「わたしを責めていたんじゃないの？」

「違う。きみを愛している。きみに万一のことがあったら耐えられない」

あまりに幸せで、心臓が破裂してしまいそう。あのとき怒ったのは、わたしを危ない目に遭わせたくなかったからなのね。キャサリンは目を開け、ルールの肩に頭を預けたまま彼を見上げた。「愛してるわ」その声は夢のように静かでやさしい。

ルールは腕にいっそう力を入れ、小声で言った。「愛してるよ」

一呼吸おいて、ルールの低い声が静寂の中に流れた。

「おかえり、ハニー」

ついにキャサリンは自分の家に、ルールの腕の中に、本来いるべき場所に帰り着いたのだ。

訳者あとがき

『美しい悲劇』は四十年以上前に書かれている。携帯電話、コンピューターが登場する現代の物語と比べると、多少懐かしい気はするが古い感じはしない。リンダ・ハワードは言うまでもなく、ベストセラーをたびたび世に出している超人気作家である。その人気は緊迫感のあるストーリーの展開と、魅力あるヒーローによるところが大きい。そこで、この物語のヒーロー、ルール・ジャクソンの魅力を分析してみよう。

危うい男性——ルールは優等生にはほど遠い、危険な男である。女性にもて、女の噂《うわさ》が絶えない。小さな町では悪い男として知られてしまう。本人は女性を泣かせるのが好きなわけではないが、噂を否定するための努力もしない。女性の側から見ると、いけないと思いながらも惹《ひ》かれてしまう男性である。危険な男を手なずけてみたい、という妙なうぬぼれと冒険心に駆られて付き合いたがる女性もいる。怖いもの見たさ、という心理もある。異性を怖いと感じるのは、惹かれる形態の一つと言えよう。少なくとも、無関心ではない証拠である。好きとも嫌いとも怖いとも思わない、という相手がいちばん恋人になる可能性が低い。

どこかに傷を持つ男性――ルールはベトナム戦争で衝撃を受け、その心の傷がなかなか癒《い》えない。傷を持つ男性というのも女性の心を惹きつける。彼のために何かしてあげられるから、あるいは何かしてあげたくなるからである。幸せに生きていてなんの傷もない男性は、あなたを必要としない。ただし、傷があってもその傷に負けてめそめそしていては魅力がなくなる。あくまでも強く、きりりとしていて、一見、傷などなさそうに見えるのがよい。強くてあらゆるものに恵まれていそうな男性の中にちらりと痛みが見えるとき、女性は何かを感じるのではないか。人間らしさを見た気持になるのか、お互いに痛みを分かち合えそうな気がするのか、母性本能をくすぐられるのか、感じることはいろいろあるだろう。いずれにしても、心惹かれたり、興味を覚えたりする。

思いやりある男性――強さとやさしさは相反するものではない。強い男性にもやさしさがある。いや、むしろ強い男性のほうがやさしい。人を思いやる余裕があるからだ。ルールはキャサリンのために牧場を守り、発展させてきた。そうした大きな思いやりと深い愛情が、最後にキャサリンを感動させる。いくら有能でも、強くても、やさしさのない男性とは生涯を共にできない。ロマンス小説は愛の尊さを訴えるが、これは普遍の真実だろう。愛だけではおなかはふくれない、という考え方も間違ってはいないが、物質面だけ満たされても愛がなかったら人生はわびしい。とはいえ、明日の食糧が得られるかどうか、明日まで命があるかどうかわからない生活をしていたら、〝愛〟を賛美してはいられないかもしれない。厳しい現実は私たちの身近にある。現実を無視して生きるわけにはいかないだろう。けれど、夢を、美しい愛の世界を、忘れてしまうのもよくない。ロマンス小説は夢を見させてくれ、心を和ませてくれる。

リンダ・ハワードは『美しい悲劇』においても、魅力あるヒーローと胸躍るストーリーとでぐんぐん読者を引っ張っていく。人気作家中の人気作家の作品を訳せたことは、大変光栄でありうれしい。しかし、それには不安もつきまとう。訳が悪くてリンダの魅力を伝えられなかったらどうしよう……という不安である。この一冊に関しては、かなり責任を感じながら訳した。

二〇〇四年十一月

小林町子

＊本書は、2005年3月にMIRA文庫より刊行された『美しい悲劇』の新装版です。

mira™

美《うつく》しい悲劇《ひげき》

2023年2月15日発行　第1刷

著　者　リンダ・ハワード

訳　者　入江真奈子《いりえまなこ》

発行人　鈴木幸辰

発行所　株式会社ハーパーコリンズ・ジャパン
東京都千代田区大手町1-5-1
03-6269-2883（営業）
0570-008091（読者サービス係）

印刷・製本　中央精版印刷株式会社

定価はカバーに表示してあります。

ISBN978-4-596-76745-5